SÉRIE NOIRE

Collection créée par Marcel Duhamel

BERNHARD SCHLINK
& WALTER POPP

BROUILLARD SUR MANNHEIM

TRADUCTION DE L'ALLEMAND
DE MARTIN ZIEGLER, RÉVISÉE PAR OLIVIER MANNONI
PRÉFACE INÉDITE DE VINCENT PLATINI

nrf

GALLIMARD

Titre original :
SELBS JUSTIZ

PRÉFACE

Le titre français n'est pas mauvais. *Brouillard sur Mannheim*, cela évoque Léo Malet et le pont de Tolbiac. Cela résonne aussi d'une terreur passée, celle de la nuit et du brouillard. Et puis, l'intrigue ne se passe pas n'importe où : Mannheim, dans le Bade-Wurtemberg, au bord du Rhin, à la confluence du romantisme allemand et de l'industrie lourde. Ainsi, dès la couverture, se lit l'enracinement dans un terroir. C'est un élément fondamental pour le *Tatort* – « Sur les lieux du crime », cette série télé changeant de cadre géographique à chaque épisode – et le polar régional en plein essor depuis les années 1970-1980. Enfin, ce brouillard rappelle, en arrière-plan, la présence de l'usine qui a modelé la région et qui fait littéralement la pluie et le beau temps. Ici, les nuages toxiques se vaporisent en simples incidents. Derrière la RCW se devine la BASF, un sigle qui signifie plus que Badische Anilin & Soda-Fabrik. Le premier groupe mondial d'industrie chimique est lui aussi né à Mannheim. Tout comme lui, la RCW emploie des familles entières sur plusieurs générations, elle charrie près de deux siècles d'histoire, elle a survécu à la guerre.

Cœur économique et creuset mémoriel de la région, c'est un Léviathan qui feule quand un détective l'approche.

Le titre français vaut d'autant mieux qu'il a renoncé à traduire le titre allemand : *Selbs Justiz*, jeu de mots qui signifie « la justice de Selb », « la justice de soi », « faire justice soi-même ». Une histoire de génitif et de réflexif. Comme si enquêter, c'était toujours mener son propre interrogatoire, rouvrir des dossiers intimes, rendre un jugement très personnel. En tout cas, voici qu'arrive Gerhard Selb, ancien procureur reconverti depuis 1945 dans l'investigation privée. Les autres titres de la trilogie dont il est le héros, qu'il s'agisse en 1992 de *Selbs Betrug*[1] (« l'imposture de Selb » ou « se bercer d'illusions ») ou de *Selbs Mord*[2] (« le meurtre de Selb » ou « le suicide ») en 2001, vont aussi jouer sur un retour sur soi du détective allemand – jusqu'à sa mort. La série s'étale sur quinze ans, qui verront advenir la réunification du pays et la renommée mondiale de Bernhard Schlink avec *Le liseur* en 1995.

Mais revenons à Mannheim. En 1986, quand Schlink écrit le premier opus, il n'est pas encore romancier et il n'écrit pas seul. Professeur de droit public, il est invité pour un semestre à l'université d'Aix-en-Provence. Il loge non loin, avec son ami Walter Popp, avocat de formation et traducteur littéraire. Tous deux avaient déjà lu et réfléchi sur le roman policier. Ils accouchent en quelques mois de ce polar

1. *Un hiver à Mannheim*, trad. par Patrick Kermann et revu par Olivier Mannoni, Paris, Gallimard, « Série Noire » n° 2582, 2000.

2. *La fin de Selb*, trad. par Martin Ziegler et revu par Olivier Mannoni, Paris, Gallimard, « Série Noire » n° 2684, 2003.

– dit *Krimi* – qui sera publié en 1987 chez Diogenes Verlag. Le choix de l'éditeur n'est pas anodin. Depuis les années 1950, la maison zurichoise renouvelle le genre dans l'espace germanophone. L'éditrice Mary Hottinger importe les classiques anglo-saxons (Hammett, Chandler, Ross Macdonald…) et concocte trois anthologies de référence. En 1973 est lancée une édition policière de poche reconnaissable à ses couvertures noir et jaune. Parallèlement, la production dans la langue de Goethe prend son envol. Jakob Arjouni germanise le *hard-boiled* avec *Happy Birthday, Türke!* (*Bonne fête, le Turc!*) en 1985. La même année paraissent aussi *Das Parfum* (*Le parfum*) de Süskind et, autre best-seller, *Justiz* de Friedrich Dürrenmatt. Bref, *Selbs Justiz* n'arrive pas là par hasard. Il rencontre un certain succès et fera l'objet d'une adaptation télévisuelle (*Der Tod kam als Freund*) par Nico Hofmann en 1991. Le deuxième roman de Schlink, *Die gordische Schleife*[1] (1988), reçoit le prix Friedrich Glauser, puis *Selbs Betrug* est couronné du Deutscher Krimipreis – soit les deux plus grandes récompenses du roman policier germanophone.

Cependant, Schlink reste un juriste. Carrière brillante à l'université de Bonn, puis à la Humboldt de Berlin ; juge à la cour constitutionnelle de Rhénanie-du-Nord-Westphalie ; des ouvrages et des publications devenus classiques dans les études de droit. Pourtant, ses romans évitent l'écueil de l'exposé académique. L'écrivain n'est pas pontifiant. Sur la forme comme sur le fond, il a toujours tenu à distinguer ses

1. *Le nœud gordien*, trad. par Patrick Kermann et revu par Françoise Merle, Paris, Gallimard, « Série Noire » n° 2623, 2001.

activités. Le *Krimi* lui permet de déroger aux règles de collégialité et de diplomatie universitaires. Selb mène l'enquête à coups de pied dans les couilles. Mais surtout, explique Schlink dans un essai, l'intention guidant l'écriture ne doit consister qu'à raconter une histoire. Sa seule vérité est dans le récit.

On a beau séparer le romancier du juriste, l'arrière-plan intellectuel ne s'efface pas. Les deux auteurs connaissent l'histoire du droit allemand. Ils savent comment les lois ont été non pas abolies, mais relues et conformées par les nazis à travers l'enseignement des professeurs – Carl Schmitt, dont Selb suit les cours – et la pratique des magistrats. Cette « interprétation illimitée » du droit fait l'objet de travaux critiques dès les années 1970. Cela correspond à la formation de Schlink et de Popp. Ils sont nés en 1944 et 1948, une génération après Selb – cette génération de 68 qui n'a pas vécu sous le IIIe Reich et qui va questionner la culpabilité de ses aînés mais aussi de toute l'Allemagne contemporaine : comment ne pas être responsable quand on continue à s'accommoder du passé ? C'est l'« année zéro », mythe fondateur de la RFA, qui est mise à mal. On a fait comme si 1945 était une *tabula rasa*. Pas les mêmes gens, rien à voir. Il n'y a pas eu d'épuration, pas de seconde Nuit des longs couteaux, rappelle Korten : « Le fait que les années 1933 à 1945 restent dans l'oubli est le socle sur lequel repose notre État. » Dès ses premières législatures, le Bundestag passe des lois d'amnistie. En 1951, l'article 131 de la Loi fondamentale permet la réintégration des policiers et des magistrats compromis. On fait comme si de rien n'était ? Schlink parle de *Vergangenheitsschuld* dans une série d'essais : une faute commise dans le passé et une dette collective par rapport au passé, qui hypothèquent le présent de tout un peuple.

Les vieux messieurs se font bientôt bousculer. La génération de Beate Klarsfeld va gifler celle du chancelier Kiesinger. En littérature, une nouvelle tendance de romans policiers – les *Soziokrimis* – émerge en 1960-1970. Des auteurs comme -ky (Horst Bosetzky), Felix Huby, Hansjörg Martin, Michael Molsner, Irene Rodrian mettent en lumière les problèmes sociaux d'une république fédérale florissante. En mai 1978, Felix Huby interroge le ministre-président du Bade-Wurtemberg, Hans Filbinger, sur son passé et les condamnations qu'il a rendues en tant que juge durant la période nazie : « Ce qui, jadis, était de droit ne peut pas relever du non-droit aujourd'hui », répond Filbinger.

La paix et le silence sont également troublés par les investigations de Selb. Son contrat le conduit à soulever les pierres d'un édifice de pouvoir et, bientôt, à enquêter contre son employeur, quitte à ébranler la RCW jusqu'à son sommet. « Moisson rouge » à Mannheim, les auteurs connaissent le polar américain. Ils ont aussi lu les Allemands. Ils citent *Le grand tyran* (*Der Großtyran und das Gericht*, 1935) de Werner Bergengruen : dans l'Italie de la Renaissance, un despote charge le chef de la police d'enquêter sur un meurtre. Ses recherches se retourneront contre l'autocrate. Le roman, paru sous le IIIe Reich, permettait une critique du régime entre les lignes. Une amie de Selb se demande : « Est-ce que Bergengruen n'est pas irrémédiablement dépassé ? »

On pourrait le penser. L'intrigue prend place non pas sous la dictature mais dans une société du miracle économique. Aucun rapport, vraiment. « C'est bien sûr une comparaison inadmissible parce qu'il s'agit aujourd'hui de défendre l'ordre libéral et démocratique, mais... »

Mais le libéralisme permet l'épanouissement d'une entreprise autoritaire, piétinant les préoccupations écologiques qui affleurent en Allemagne – on lit le nom de Joschka Fischer en pièces détachées dans le roman. L'État ne doit pas mettre ses mains dans les affaires économiques. Le plus important est la prospérité. La RCW constitue une petite société de contrôle. Son réseau informatique collecte des données sur les habitudes, les loisirs, la consommation et la vie privée : « Je me demande bien qui cela intéresse... », demande Selb, peu visionnaire. L'usine entretient ses propres forces de sécurité, monte des dossiers sur ses employés, les fait suivre. Elle se structure en une communauté hiérarchique et affective, avec ses dirigeants situés sur les hauteurs – de l'ascenseur de la direction aux falaises bretonnes – et ses employés dévoués jusqu'à la mort, en vieux soldats du régime.

Si Felix Korten incarne un libéralisme triomphant, une Allemagne qui gagne, Gerhard Selb est le caillou dans la chaussure, la « bonne âme » qu'on va tenter d'employer. Contrairement à ses confrères américains, le détective ne pallie pas la corruption et l'incurie de la police. Il est mandaté par une entreprise qui privatise le droit. *Hard-boiled* mais pas trop, Selb mène l'enquête avec son corps vieillissant : il peut frapper, il aime boire et draguer lourdement. Il fait ses soixante-huit ans, aussi bien par ses rhumatismes que par ses remarques sur les femmes. Son parler aussi est légèrement suranné. Quelques mots et remarques lui échappent. Le style n'est pas celui du polar américain et des bas-fonds – pourquoi parler le *slang* dans le Bade-Wurtemberg ? –, mais c'est un allemand ramassé, elliptique, où se perçoit une pointe d'ironie. C'est une langue qui garde quelque chose dans son pli.

Tout fonctionne par entendement tacite. La société allemande a perduré non pas grâce à l'oubli mais grâce au sous-entendu. Un brouillard nimbe les conversations. On n'a pas besoin de demander qui est le « général », quelles ont été les occupations de chacun durant les « douze années obscures », ce qui s'est passé après. L'amitié, dit Selb, c'est manier avec prudence les mensonges que l'autre se fait à lui-même. Ses amis avec lesquels il joue aux cartes sont bien sympathiques. Qu'ont-ils fait à l'époque ? « Tous les hommes sont coupables de tout », dit l'un d'eux. Les artistes, les savants, les figures populaires cités au fil du roman ont pour la plupart été liés au nazisme à un moment de leur carrière – mais ce n'est pas très discriminant. Tout le monde est impliqué, *verstrickt*. Le terme est important chez Schlink. Il signifie qu'on a été lié par un fil, emberlificoté. Mais si quelqu'un tirait les ficelles, est-on excusé pour autant ? L'enquête de Selb le place devant ses anciens procès et sa propre justice. Le pied que le narrateur a dans le passé devient rapidement gênant pour le lecteur. Le *je* n'est pas innocent. « *The nazi inside me* », écrirait Jim Thompson.

La structure rétrospective du roman policier traditionnel est ainsi utilisée pour remonter, en trois actes, toujours un peu plus loin dans le passé de l'entreprise et dans celui de l'enquêteur. L'enquête se déroule en six mois, du début de l'été jusqu'au 31 décembre, et englobe plus de cinquante ans. Les corps s'empilent, la rétrospection rejoint l'introspection, le parcours individuel révèle l'histoire nationale. Ce faisant, *Brouillard sur Mannheim* s'inscrit parmi ces livres qui secouent, avec les outils du roman policier, l'oubli et le silence entourant les années sombres. On pourrait citer *Die Wolfshaut* (*La peau du loup*, 1960) de Hans Lebert pour la littérature autrichienne ou, plus récemment, *Der Fall Collini* (*L'affaire Collini*, 2010) de Ferdinand von Schirach. La liste est longue. La littérature cherche à résoudre un problème culturel par le biais d'une solution narrative. Le détective doit faire le boulot des politiques et des historiens.

Élucider le mystère, ou même seulement boucler l'enquête : cela suffira-t-il pour payer sa dette au passé ? « La fin doit avoir une forme », lit-on dans le roman, et cette fin est significative. Selb se retrouve au jour de l'An, en une sorte d'« année zéro » personnelle. On se déguise, on fait des tours de passe-passe, on s'abrutit un peu d'alcool et d'érotisme. C'est permis tant qu'on ne fait pas trop de bruit. Et le brouillard peut retomber sur Mannheim.

VINCENT PLATINI

PREMIÈRE PARTIE

1

Korten invite

Au début je l'ai envié. C'était au lycée Frédéric-Guillaume à Berlin. Je portais les costumes de mon père, je n'avais pas d'amis et j'étais incapable de monter à la barre fixe. Il était le premier, même en gymnastique, on l'invitait à tous les anniversaires, et les enseignants étaient sérieux quand ils le vouvoyaient. Parfois le chauffeur de son père venait le chercher avec sa Mercedes. Mon père travaillait aux Chemins de Fer du Reich ; en 1934 il avait été muté de Karlsruhe à Berlin.

Korten ne supporte pas l'inefficacité. Il m'a appris à monter à la barre et à en faire le tour. Je l'admirais. Il m'a également montré comment on fait avec les filles. Moi, je courais bêtement à côté de la petite qui habitait l'étage du dessous et qui allait au Luisen, en face de notre lycée. Je l'adulais. Korten, lui, l'embrassait au cinéma.

Nous sommes devenus amis, nous avons fait nos études ensemble, lui en économie, moi en droit ; les portes de sa villa au bord du Wannsee m'étaient ouvertes. Lorsque j'ai épousé sa sœur, Klara, il était témoin et m'a offert la table de travail qui est toujours dans mon bureau, en chêne massif, sculpté, avec des poignées en laiton.

J'y travaille rarement aujourd'hui. Ma profession ne me laisse pas le temps de m'asseoir, et lorsque je repasse au bureau en fin de journée, les dossiers ne s'empilent pas sur ma table. Seul le répondeur m'attend et m'indique dans sa petite fenêtre le nombre de messages reçus. Alors je m'installe devant le plateau vide, joue avec un crayon et écoute ce que je dois faire et ne pas faire, ce que je dois prendre en main et ce à quoi je ferais mieux de ne pas toucher. Je n'aime pas me brûler les doigts. Mais il arrive qu'on se les coince dans le tiroir d'un bureau qu'on n'a pas ouvert depuis longtemps.

La guerre a été finie pour moi au bout de cinq semaines. Rapatrié pour cause de blessure. Ils ont mis trois mois pour me rafistoler et je suis devenu magistrat stagiaire. Lorsqu'en 1942 Korten a commencé à travailler à la Société rhénane de Chimie à Ludwigshafen, moi au parquet de Heidelberg, et que nous n'avions pas encore de logement, nous avons partagé pendant quelques semaines la même chambre d'hôtel. En 1945, ma carrière au parquet était terminée; il m'a aidé à trouver les premières commandes dans le milieu de l'industrie. Puis il a commencé à grimper les échelons, il n'avait plus beaucoup de temps, et, avec la mort de Klara, ses visites pour Noël et pour mon anniversaire ont cessé. Nous ne fréquentons pas les mêmes milieux et je lis plus de choses à son propos que je n'entends parler de lui. Parfois nous nous croisons au concert ou au théâtre et nous nous comprenons. Nous sommes de vieux amis, c'est tout.

Puis… je me souviens bien de ce matin. Le monde était à mes pieds. Mes rhumatismes avaient cessé de me persécuter, j'avais les idées claires et l'air jeune dans mon nouveau costume bleu, enfin : c'était mon impression. Le vent ne poussait pas la puanteur chimique habituelle vers Mannheim, mais en direction du Palatinat. Le boulanger à l'angle de la rue avait fait des croissants au chocolat et j'ai pris un petit déjeuner dehors sur le trottoir, au soleil. Une jeune femme était en train de remonter la Mollstrasse, en s'approchant elle est devenue plus jolie, j'ai posé mon godet sur un rebord de vitrine et je l'ai suivie. Au bout de quelques pas seulement, je me suis retrouvé devant mon agence du square Augusta.

Je suis fier de ce lieu. J'ai fait remplacer les vitres de l'ancien bureau de tabac par du verre fumé sur lequel est écrit en lettres dorées, mais sobres :

Gerhard Selb
Enquêtes privées

Il y avait deux messages sur le répondeur. Le gérant de Goedecke avait besoin d'un rapport. J'avais pu établir la fraude du directeur de sa filiale, celui-ci ne s'était pas déclaré vaincu et avait contesté son licenciement devant le conseil de prud'hommes. L'autre message était de madame Schlemihl de la Société rhénane de Chimie ; elle me priait de la rappeler.

« Bonjour, madame Schlemihl. Selb à l'appareil. Vous vouliez me parler ?

— Bonjour, docteur. Monsieur le directeur général Korten aimerait vous voir. » Madame Schlemihl est la seule à me donner du « docteur ». Depuis que je ne suis plus procureur je n'utilise plus mon titre ; un détective privé ayant passé un doctorat est tout simplement ridicule. Mais en bonne secrétaire de direction, elle n'a jamais oublié comment Korten m'avait présenté lors de notre première rencontre au début des années cinquante.

« De quoi s'agit-il ?

— C'est ce qu'il aimerait vous expliquer pendant le lunch au mess. Douze heures trente, cela vous convient ? »

2

Dans le salon bleu

À Mannheim et à Ludwigshafen, nous vivons sous l'œil de la Société rhénane de Chimie. En 1872, sept ans après la Badische-Anilin & Soda-Fabrik, elle a été fondée par les deux chimistes, le professeur Demel et le conseiller commercial Entzen. Depuis, la société n'arrête plus de grandir. Aujourd'hui elle occupe un tiers de la surface construite de Ludwigshafen et emploie presque cent mille personnes. Le vent et le rythme de production de la RCW déterminent si la région sent le chlore, le soufre ou l'ammoniaque, et à quel moment.

Le mess se trouve à l'extérieur des terrains de l'usine ; il a sa propre réputation, et elle est fameuse. À côté du grand restaurant pour les cadres moyens, les directeurs disposent d'un espace réservé composé de plusieurs salons peints dans les couleurs dont la synthèse a permis à Demel et Entzen de remporter leurs premiers succès. Il y a aussi un bar.

À une heure j'y étais toujours. À l'accueil, déjà, on m'avait dit que monsieur le directeur général aurait malheureusement un peu de retard. J'ai commandé le deuxième aviateur.

« Campari, jus de pamplemousse, champagne, un tiers de chaque » – la jeune rouquine venue remplacer sa collègue pour la journée était contente d'avoir appris quelque chose.

« Vous faites ça très bien », lui ai-je dit. Elle m'a adressé un regard compatissant. « Vous devez attendre monsieur le directeur général ? »

Il m'est arrivé d'attendre dans des situations moins agréables, dans des voitures, des entrées de maison, des couloirs, des halls d'hôtel ou de gare. Ici, je me trouvais sous un plafond en stuc doré et au milieu d'une galerie de portraits à l'huile ; celui de Korten y figurerait un jour.

« Mon cher Selb », m'a-t-il lancé en venant vers moi. Petit et nerveux, les yeux bleus et vifs, les cheveux gris en brosse, la peau brune et tannée que donne la pratique trop fréquente d'un sport en plein soleil. S'il formait un groupe avec Richard von Weizsäcker, Yul Brynner et Herbert von Karajan, il pourrait faire swinguer le Régiment de Sambre et Meuse jusqu'à en faire un tube mondial.

« Je suis désolé de venir si tard. Tu supportes encore, fumer et boire ? » Il a regardé mon paquet de Sweet Afton d'un air interloqué. « Apportez-moi un Apollinaris ! – Comment vas-tu ? »

— Bien. Je vais un peu moins vite, je crois que j'ai le droit, d'ailleurs, à soixante-huit ans, je n'accepte plus toutes les offres et, dans quelques semaines, je pars faire de la voile sur la mer Égée. Et toi, tu ne passes toujours pas la main ?

— J'aimerais. Mais il faut encore un ou deux ans avant

qu'un autre puisse prendre ma place. Nous nous trouvons dans une phase difficile.

— Faut-il que je vende ? » Je pensais à mes dix actions de la RCW déposées à la banque des fonctionnaires badoise.

« Non, mon cher Selb, m'a-t-il dit dans un rire. Au bout du compte les phases difficiles s'avèrent toujours être des bénédictions. N'empêche qu'il y a des choses qui nous tracassent, à long ou à court terme. C'est pour un problème à court terme que je tenais à te voir aujourd'hui avant d'aller trouver Firner avec toi. Te souviens-tu encore de lui ? »

Je m'en souvenais bien. Firner était devenu directeur quelques années auparavant, mais pour moi il était toujours resté le dynamique assistant de Korten. « Est-ce qu'il porte toujours la cravate de la Harvard-Business-School ? »

Korten ne m'a pas répondu. Il avait l'air songeur, comme s'il réfléchissait à la fabrication et à la diffusion d'une cravate aux couleurs de l'entreprise. Il a pris mon bras. « Allons dans le salon bleu, c'est servi. »

Le salon bleu est le summum de ce que la RCW peut offrir à ses invités. Une pièce art nouveau avec tables et chaises de Van de Velde, une lampe de Mackintosh et au mur un paysage industriel de Kokoschka. Deux couverts étaient mis. Lorsque nous nous sommes assis le serveur a apporté une salade de crudités.

« Je reste fidèle à mon Apollinaris. Pour toi, j'ai commandé un château de Sannes, tu l'aimes, n'est-ce pas. Et après la salade, un bœuf à la crème ? »

Mon plat préféré. Très aimable de sa part de s'en souvenir. La viande était tendre, la sauce au raifort sans excès de béchamel, en revanche de la crème en abondance. Pour

Korten, le lunch a pris fin avec les crudités. Je mangeais encore lorsqu'il a abordé l'affaire.

« Je ne vais plus aujourd'hui me lier d'amitié avec les ordinateurs. Quand je regarde les jeunes gens qui nous viennent de l'université, qui n'acceptent pas les responsabilités et se sentent obligés d'interroger l'oracle avant de prendre chaque décision, je ne peux m'empêcher de penser au poème sur l'apprenti sorcier. J'étais presque content d'apprendre les problèmes qu'on avait avec l'installation. Nous avons un des meilleurs systèmes de gestion et de données du monde. Je me demande bien qui cela intéresse, mais tu peux savoir par le terminal que nous avons mangé aujourd'hui dans le salon bleu des crudités et un bœuf à la crème, quel collaborateur est en train de jouer sur nos courts de tennis, quels sont les ménages qui durent et ceux qui ne durent pas dans notre groupe et à quel rythme on plante des fleurs dans les parterres devant le mess. Et, bien sûr, l'ordinateur enregistre toutes les données de la comptabilité, de la gestion du personnel, celles qu'on rangeait autrefois dans les classeurs.

— Et qu'est-ce que je peux faire pour vous ?

— Patience, mon cher Selb. On nous a promis un des systèmes les plus sûrs. Ce qui veut dire mots de passe, codes d'accès, filtres de données, effet doomsday, que sais-je. Le but, c'est que personne ne puisse nous saboter le système. Or, c'est justement ce qui s'est passé.

— Mon cher Korten… » Depuis le lycée, nous sommes habitués à nous appeler par nos noms. Même une fois devenus les meilleurs amis du monde, ça n'a pas changé. Mais « mon cher Selb » m'agace, il le sait d'ailleurs. « Mon cher Korten, enfant, j'étais déjà dépassé par la table de multiplication. Et maintenant tu veux que je jongle avec des mots de passe, des codes d'accès et des machins choses de données ?

— Non, côté informatique, tout a été réglé. Si j'ai bien suivi Firner, il existe une liste de personnes qui peuvent avoir provoqué cette pagaille dans notre système. Le tout c'est de trouver le bon. Voilà ce que j'attends de toi. Enquêter, observer, suivre, poser les bonnes questions – comme d'habitude. »

Je voulais en savoir plus, poser d'autres questions, mais il y a coupé court.

« Je n'en sais pas plus moi-même, Firner t'expliquera les détails. Je t'en prie, ne discutons pas pendant notre déjeuner de cette pénible affaire – depuis la mort de Klara nous avons si peu eu l'occasion de nous parler. » .

Nous avons donc parlé du bon vieux temps. « Tu te souviens ? » Je n'aime pas le bon vieux temps, je l'ai remballé et fourré dans mes placards. J'aurais dû me méfier quand Korten a commencé à parler des sacrifices que nous avons dû faire et demander. Mais je n'y ai repensé que bien plus tard.

Nous avions peu de choses à nous dire du bon temps présent. Je n'étais pas du tout surpris d'apprendre que son fils était devenu député – il avait toujours été un vieux sage. Korten lui-même semblait le mépriser et il était d'autant plus fier de sa petite-fille et de son petit-fils. Marion avait été admise à la Fondation de Recherches du Peuple allemand, Ulrich avait obtenu le prix « Jeunesse et Recherches » grâce à son travail sur les nombres premiers jumeaux.

J'aurais pu lui parler de Turbo, mon chat, mais je ne l'ai pas fait.

J'ai fini mon café et Korten a mis fin au déjeuner. Le directeur du mess est venu nous dire au revoir. Nous sommes partis pour l'entreprise.

3

Comme une remise de décoration

Nous n'eûmes que quelques pas à faire. Le mess se trouve en face de la porte 1, à l'ombre du bâtiment de l'administration centrale, dont les vingt étages sans imagination ne dominent même pas la *skyline* de la ville.

L'ascenseur de la direction n'avait de boutons que pour les étages 15 à 20. Le bureau du directeur général se trouve au vingtième, et mes oreilles étaient bouchées en arrivant. Une fois dans l'antichambre, Korten m'a laissé entre les mains de madame Schlemihl qui m'a annoncé à Firner. Une poignée de main, ma patte dans les deux siennes, un « vieil ami » au lieu de « mon cher Selb » – et il était parti. Madame Schlemihl, la secrétaire de Korten depuis les années cinquante, a payé son succès avec une vie non vécue, elle est d'une usure soignée, mange du gâteau, porte au bout d'une chaînette en or des lunettes qu'elle n'utilise jamais ; à cet instant, elle était occupée. J'ai regardé par la fenêtre la forêt de cheminées, les halls et les tuyauteries du port de commerce et Mannheim, la pâle et brumeuse. J'aime les paysages industriels et je n'aimerais pas avoir à choisir entre le romantisme industriel et l'idylle sylvestre.

Madame Schlemihl est venue m'arracher à ces considérations oiseuses. « Docteur, puis-je vous présenter madame Buchendorff ? Elle dirige le secrétariat de monsieur le directeur Firner. »

Je me suis retourné pour découvrir une grande jeune femme élancée d'environ trente ans. Elle avait attaché ses cheveux blond-châtain, ce qui donnait à son jeune visage aux joues rondes et aux grandes lèvres une expression d'énergie et d'expérience. Le bouton du haut manquait à son chemisier en soie, le suivant n'était pas fermé. Madame Schlemihl l'a regardée d'un air désapprobateur.

« Bonjour docteur. » Madame Buchendorff m'a serré la main et m'a dévisagé sans la moindre hésitation – elle avait les yeux verts. Son regard me plaisait. Les femmes ne commencent à être belles qu'au moment où elles me regardent dans les yeux. Il y a dans cet échange une sorte de promesse, même si celle-ci n'est jamais tenue et n'est même pas prononcée.

« Puis-je vous conduire chez monsieur le directeur Firner ? » Elle est passée devant, avec un beau mouvement de hanches et de derrière. Une bonne chose, ce retour de la mode des jupes serrées. Le bureau de Firner se trouvait au dix-neuvième étage. Devant l'ascenseur, je lui ai dit : « Prenons donc l'escalier.

— Vous ne correspondez pas à l'image que je me suis faite d'un détective privé. »

Ce n'est pas la première fois que j'entendais cette réflexion. Je sais aujourd'hui comment les gens s'imaginent un détective privé. Pas seulement plus jeune. « Vous devriez me voir en imper !

— Ce n'est pas ce que je voulais dire, au contraire. L'homme au trench-coat aurait eu bien du mal avec le dossier que Firner va vous donner. »

Elle avait dit « Firner ». Est-ce qu'il y avait quelque chose entre eux ? « Vous savez donc de quoi il s'agit ?

— Je fais même partie des suspects. Au cours du dernier trimestre, l'ordinateur a viré cinq cents marks de trop tous les mois sur mon compte. Et mon terminal me permet d'accéder au système.

— Avez-vous dû rembourser l'argent ?

— Je ne suis pas la seule à qui c'est arrivé. Cinquante-sept autres collègues femmes sont concernées, la société se demande encore si elle va nous réclamer la somme. »

Arrivée dans son secrétariat, elle appuya sur un bouton pour appeler Firner. « Monsieur le directeur, monsieur Selb est arrivé. »

Firner avait pris du poids. Sa cravate portait maintenant la griffe d'Yves Saint Laurent. Sa démarche et ses gestes étaient toujours rapides, la poignée de main toujours un peu molle. Sur son bureau se trouvait un gros classeur.

« Bonjour, monsieur Selb. Ravi que vous acceptiez de prendre en main cette affaire. Nous avons pensé que le mieux était de préparer un dossier contenant tous les détails. Nous sommes sûrs aujourd'hui qu'il s'agit d'actes de sabotage ciblés. Pour le moment, nous avons pu limiter les dégâts matériels. Mais nous devons nous attendre à d'autres surprises d'un instant à l'autre, et ne pouvons nous fier à aucune information. »

Je l'ai regardé d'un air interrogateur.

« Commençons par les petits macaques. Nos télex sont

rédigés sur traitement de texte et, s'il n'y a pas urgence, stockés dans le système ; nous les envoyons la nuit, quand le tarif est plus bas. Nous procédons de la même manière pour nos commandes vers l'Inde ; tous les six mois notre département de recherche a besoin d'une centaine de macaques, avec une licence à l'exportation du ministère du Commerce de l'Inde. Il y a deux semaines, c'est une commande de cent mille macaques qui a été envoyée. Par bonheur les responsables hindous ont trouvé cela bizarre et nous ont appelés. »

Je me suis imaginé les cent mille macaques dans l'entreprise et je n'ai pu m'empêcher de ricaner. Firner a eu un sourire crispé.

« Oui, je sais, la chose paraît parfois comique. L'imbroglio du planning des courts de tennis a, lui aussi, provoqué l'hilarité générale. Depuis, nous sommes obligés de vérifier chaque télex avant son départ.

— Comment savez-vous qu'il ne s'agit pas d'une faute de frappe ?

— La secrétaire qui a saisi le texte du télex l'a fait imprimer, comme d'habitude, par le responsable pour qu'il le relise et le signe. L'impression donne le bon chiffre. Le texte a donc été manipulé une fois sauvegardé et en attente d'envoi. Nous avons également examiné les autres incidents que vous trouverez dans le dossier et nous sommes en mesure d'exclure l'hypothèse d'une erreur de programmation ou de saisie des données.

— D'accord, je trouverai ça dans le dossier. Parlez-moi un peu des suspects.

— Nous avons procédé de façon conventionnelle. Sur les collaborateurs ayant un droit ou une possibilité d'accès, nous avons exclu tous ceux qui ont fait leurs preuves depuis plus de cinq ans. Comme le premier incident a eu lieu il y a sept mois, nous pouvons également mettre de côté tous ceux qui ont été embauchés depuis. Pour certains incidents, nous avons pu déterminer le jour où l'on est intervenu dans le système, comme dans l'exemple du télex. Tous les absents de ce jour-là sont écartés de la liste. Puis nous avons contrôlé durant un certain laps de temps tout ce qui entrait sur une partie de notre terminal. Sans rien trouver. Et pour finir, dit-il avec un sourire suffisant, nous pouvons sans doute exclure les directeurs.

— Combien de noms avez-vous gardés au bout du compte ? lui ai-je demandé.

— Une centaine.

— J'ai du travail pour plusieurs années. Et les pirates extérieurs à l'entreprise ? On lit des choses là-dessus.

— En collaboration avec la poste, nous avons pu écarter cette hypothèse. Vous parlez d'années – nous sommes, nous aussi, conscients que le cas n'est pas simple. Il n'empêche que le temps presse. Toute cette affaire n'est pas seulement gênante ; avec tout ce que contient notre ordinateur en secrets sur notre entreprise et sa production, elle est aussi dangereuse. C'est comme si au milieu d'une bataille… » Firner est officier de l'armée de réserve.

« Laissons les batailles, ai-je répondu en lui coupant la parole. Quand voulez-vous avoir mon premier rapport ?

— Permettez-moi de vous demander de me tenir constamment au courant. Vous pouvez disposer du temps de toutes les personnes de la sécurité de l'entreprise, de la surveillance du système informatique, du centre de calcul et du service du personnel dont vous trouverez les rapports dans ce dossier. Inutile de dire que nous vous demandons la plus extrême discrétion.

— Madame Buchendorff, est-ce que la carte de monsieur Selb est prête ? » a-t-il demandé par l'interphone.

Elle est entrée dans la pièce pour apporter un morceau de plastique, format carte de crédit. Firner a fait le tour de son bureau.

« Nous avons fait faire votre photo couleur lorsque vous êtes entré dans le bâtiment administratif pour fabriquer une carte, a-t-il dit avec fierté. Cette carte vous permet d'aller et venir librement partout dans l'entreprise. »

Il a accroché la carte au revers de ma veste, avec un bout de plastique en forme d'épingle à linge. On aurait dit une remise de décoration. Il s'en est fallu de peu que je me mette au garde-à-vous.

4

Turbo attrape une souris

J'ai passé la soirée à étudier le dossier. Un sacré morceau. J'ai essayé de trouver une structure dans ce qui s'était passé, un fil conducteur à travers les incursions dans le système. Le ou les malfaiteurs s'étaient attaqués à la comptabilité des salaires. Ils avaient augmenté le salaire de toutes les secrétaires de direction, dont madame Buchendorff, de cinq cents marks pendant plusieurs mois, doublé la prime de vacances des bas salaires et effacé tous les numéros de compte des salariés commençant par 13. Ils s'étaient immiscés dans le système d'échange d'informations interne à l'entreprise, avaient fait parvenir des informations confidentielles de la direction au service de presse et supprimé les primes que le chef de service reçoit en début de mois pour les distribuer à ses collaborateurs. Le planning des courts de tennis avait accepté toutes les demandes pour le vendredi, le jour le plus demandé, si bien qu'un vendredi du mois de mai cent huit joueurs se sont retrouvés sur les seize courts. Et là-dessus, l'affaire des macaques. Je commençais à comprendre le sourire crispé de Firner. Une entreprise de la taille de la RCW pouvait digérer les dommages, cinq millions environ. Mais celui qui avait provoqué ces dégâts était désormais capable de se promener librement dans le système d'information et de gestion de l'entreprise.

La nuit tombait. J'ai allumé la lumière, appuyé sur le bouton à plusieurs reprises, mais ce système-là avait beau être binaire, il ne me faisait pas mieux comprendre le principe du traitement électronique des données. Je me suis demandé si je ne connaissais pas un spécialiste en informatique. Ça m'a fait sentir mon âge. Je connaissais un ornithologue, un chirurgien, un champion d'échecs, quelques juristes, tous des messieurs qui n'étaient pas du dernier printemps et pour lesquels un ordinateur était, comme pour moi, le livre aux sept sceaux. Alors je me suis demandé à quoi pouvait ressembler quelqu'un qui aime manipuler les ordinateurs – et en l'occurrence, celui qui avait saboté le système – et je m'étais convaincu que, dans le cas présent, il n'y avait qu'un seul coupable.

Des blagues de lycéen attardé ? Un joueur, un bricoleur, un plaisantin qui cherchait à se moquer de la RCW ? Ou un maître chanteur, une tête froide qui fait comprendre avec ces quelques plaisanteries qu'il est capable de frapper un grand coup ? Ou une action politique ? L'opinion publique réagirait mal en apprenant qu'on peut semer un tel chaos dans une entreprise qui manipule des produits hautement toxiques. Mais non, l'activiste politique aurait imaginé d'autres incidents et le maître chanteur aurait pu frapper depuis longtemps déjà.

J'ai fermé la fenêtre. Le vent avait tourné.

Le lendemain, je comptais d'abord aller discuter avec

Danckelmann, le chef de la sécurité. Ensuite, j'irais étudier au bureau du personnel le dossier des cent personnes soupçonnées. Pourtant j'avais peu d'espoir de découvrir le joueur, tel que je l'imaginais, en fouinant dans son dossier. L'idée de vérifier cent suspects selon les règles de l'art me faisait carrément horreur. J'espérais que la rumeur de ma mission courrait dans les bureaux, provoquerait des incidents et limiterait le cercle des suspects.

Ce n'était pas une affaire palpitante. À ce moment-là seulement, je me suis rendu compte que Korten ne m'avait même pas demandé si je l'acceptais. Et que je ne lui avais pas dit que j'allais y réfléchir.

Mon chat s'est mis à gratter à la porte du balcon. Je lui ai ouvert et Turbo a déposé une souris devant mes pieds. Je l'ai remercié, puis je me suis couché.

5

Chez Aristote, Schwarz, Mendeleïev et Kekulé

Avec mon laissez-passer, je n'ai eu aucun mal à trouver une place pour mon Opel Kadett sur le parking de l'entreprise. Un jeune gardien m'a conduit jusque chez son chef.

Il suffisait de regarder Danckelmann pour comprendre qu'il souffrait de ne pas être un vrai policier, et encore moins un agent des services secrets. C'est toujours la même chose avec les membres de la sécurité des entreprises. Avant même que j'aie pu lui poser mes questions, il m'avait raconté que s'il avait quitté l'armée fédérale, c'est qu'il la trouvait trop molle.

« Votre rapport m'a beaucoup impressionné, lui ai-je dit. Vous laissez entendre que vous avez des ennuis avec des communistes et des écologistes ?

— Il est difficile de mettre la main sur ces gars-là. Mais il ne faut pas être grand sage pour savoir de quel coin ça vient. Je dois d'ailleurs vous dire que je ne comprends pas très bien pourquoi on vous a fait venir, je veux dire quelqu'un de l'extérieur. Nous aurions pu éclaircir ça tout seuls. »

Son assistant est entré dans la pièce. Thomas – c'est sous

ce nom qu'on me l'a présenté – semblait compétent, intelligent et efficace. Je comprends comment Danckelmann a pu s'affirmer comme chef de la sécurité de l'entreprise. « Avez-vous quelque chose à ajouter à ce rapport, monsieur Thomas ? »

— Sachez qu'on ne vous abandonnera pas le terrain comme ça. Nous sommes les mieux placés pour mettre la main sur le malfaiteur.

— Et comment comptez-vous vous y prendre ?

— Je ne crois pas, monsieur Selb, que j'aie envie de vous le dire.

— Si, vous voulez et vous devez me le dire. Ne me forcez pas à mettre en avant les détails de mon engagement et de mon mandat. » Avec ces gens-là il faut être formaliste.

Thomas n'aurait pas cédé. Mais Danckelmann est intervenu : « Laisse, Heinz, tout est en ordre. Firner a téléphoné ce matin pour nous demander de collaborer à cent pour cent. »

Thomas a fait un effort sur lui-même. « Nous avons eu l'idée, avec l'aide du centre informatique, de mettre un appât et de poser un piège. Nous allons informer tous les utilisateurs du système de la mise en place d'un nouveau fichier ultraconfidentiel et – c'est là le point le plus important – absolument sûr. Mais voilà, ce fichier, destiné à stocker des données inaccessibles, est vide. Ou plus exactement, pour tout dire, il n'existe pas parce qu'il n'y aura pas d'informations de ce genre. Je serais surpris si l'annonce de l'absolue inviolabilité du système n'incitait pas le pirate à prouver ses capacités et à se frayer un accès au fichier.

Mais dès qu'on ouvre le fichier, la centrale enregistre les coordonnées de l'utilisateur; et l'affaire devrait être réglée.»

Cela avait l'air simple. «Pourquoi avez-vous attendu jusqu'à maintenant pour le faire?

— Il y a une ou deux semaines encore, toute cette histoire n'intéressait personne. Et de plus», il plissa le front, «nous, les gens de la sécurité de l'entreprise, ne sommes pas les premiers à être informés. Vous savez, on nous considère encore comme un tas de flics à la retraite ou, pire, virés de la police : des gens capables de lâcher les chiens sur quelqu'un qui escalade le grillage mais qui n'ont rien dans le crâne. Alors que tout notre personnel est très qualifié, aussi bien pour les questions de sécurité interne, la protection des objets et des personnes, que pour la protection des données. Nous sommes justement en train de mettre en place à l'école supérieure de Mannheim un cycle d'études permettant d'obtenir le diplôme de gardien de sécurité. Les Américains, sur ce terrain, ont, comme toujours, quelques longueurs…

— D'avance, ai-je complété. Quand le piège sera-t-il en place?

— Nous sommes jeudi. Le directeur du centre de calcul veut préparer cette affaire lui-même ce week-end. Lundi matin, nous comptons informer les utilisateurs.»

La perspective de pouvoir boucler cette affaire dès lundi était séduisante, même si ce succès n'était pas le mien. Mais, de toute façon, des gens de mon espèce n'ont rien à faire dans un monde peuplé de gardiens de sécurité diplômés.

Comme je ne voulais pas abandonner la partie tout de

suite, je lui ai demandé : « J'ai trouvé dans mon dossier une liste d'environ cent suspects. Est-ce que la sécurité aurait à ajouter sur certains d'entre eux des éléments qui ne figureraient pas dans le rapport ?

— Je vous remercie d'aborder cet aspect, monsieur Selb », a dit Danckelmann. Quand il s'est approché de moi après s'être extrait de son fauteuil de bureau, j'ai vu qu'il boitait. Il a saisi mon regard. « Vorkuta. En 1945, j'avais dix-huit ans, j'ai été interné dans un camp de prisonniers en Russie, retour en 1953. Sans le vieux de Rhöndorf j'y serais toujours. Mais revenons à votre question. Il est vrai que nous possédons sur quelques suspects certains détails que nous n'avons pas voulu mettre dans le rapport. Il y a quelques politiques sur lesquels le contre-espionnage nous tient au courant dans le cadre d'un échange entre services. Et quelques autres ont des problèmes dans leur vie privée, femmes, dettes, etc. »

Il m'a donné onze noms. En parcourant la liste, je me suis vite aperçu que ceux qui avaient été classés parmi les « politiques » l'avaient été pour des broutilles : avoir signé le mauvais tract pendant les études, avoir été candidat pour le mauvais groupe, participé à la mauvaise manif. Ce qui m'a intéressé, c'est le fait que madame Buchendorff y figurait aussi. Avec d'autres femmes, elle s'était attachée avec des menottes à la grille de la maison du ministre de la Famille.

« De quoi s'agissait-il ? ai-je demandé à Danckelmann.

— Les services secrets ne nous l'ont pas dit. Après le divorce avec son mari, qui l'avait sans doute entraînée dans ce genre d'histoires, elle ne s'est plus jamais fait remarquer. Mais moi, je dis toujours que celui qui a fait un jour de la politique peut y retomber du jour au lendemain. »

Les choses les plus intéressantes se trouvaient sur la liste des « ratés » comme les appelait Danckelmann. Un chimiste, Franz Schneider, quarante-cinq ans environ, plusieurs fois divorcé et joueur passionné. Il s'était fait repérer parce qu'il était trop souvent venu demander des avances sur salaire à la comptabilité.

« Comment l'avez-vous repéré ?

— C'est la procédure classique. Dès que quelqu'un demande pour la troisième fois une avance, nous le regardons de plus près.

— Ce qui veut dire, exactement ?

— Ça peut, comme dans ce cas, aller jusqu'à le surveiller. Si vous voulez, vous pouvez en parler à monsieur Schmalz ; c'est lui qui s'en est occupé à l'époque. »

J'ai fait informer Schmalz que je l'attendais à midi au mess pour déjeuner. J'ai voulu ajouter que je l'attendrais à côté de l'entrée, près de l'érable, mais Danckelmann m'a fait comprendre que c'était inutile. « Laissez, Schmalz est un de nos meilleurs hommes. Il vous trouvera.

— Alors, à notre bonne collaboration, a dit Thomas. Ne m'en veuillez pas d'être un peu sensible quand on nous ôte nos compétences en matière de sécurité. En plus vous venez de l'extérieur. Mais j'ai été ravi de discuter avec vous et », il a ri d'une façon désarmante, « les renseignements que nous avons pris sur vous sont excellents. »

Après avoir quitté le bâtiment en briques où était installée la sécurité de l'entreprise de l'usine, je me suis perdu. Il se peut que je n'aie pas pris le bon escalier. Je me suis retrouvé dans une cour où étaient garés de chaque côté les véhicules d'intervention de la sécurité, des voitures bleues avec le logo de l'entreprise sur les portières, l'anneau d'argent du benzol entourant les lettres RCW. L'entrée côté pignon était conçue comme un portail, avec deux statues en pierre de basalte et quatre médaillons en pierre depuis lesquels me regardaient, noircis et tristes, Aristote, Schwarz, Mendeleïev et Kekulé. Je me trouvais manifestement devant l'ancien bâtiment principal. J'ai quitté cette cour et je me suis retrouvé dans une deuxième, envahie par la vigne vierge. Il y régnait un étrange silence, mes pas résonnaient trop fort sur les pavés. Les bâtiments semblaient inutilisés. Lorsque quelque chose est venu me frapper dans le dos, je me suis retourné, surpris. J'ai vu un ballon aux couleurs vives rebondir devant moi, suivi d'un garçon. J'ai pris le ballon et me suis dirigé vers le petit. C'est à cet instant que j'ai aperçu dans un angle de la cour, derrière un rosier grimpant, les fenêtres avec rideaux et la bicyclette à côté de la porte ouverte. Le garçon a pris son ballon, m'a dit « merci », puis a disparu en courant dans la maison. Sur la porte, j'ai lu le nom de Schmalz. Une femme d'un certain âge m'a regardé d'un air méfiant avant de fermer la porte. Tout était redevenu parfaitement silencieux.

6

Médaillon de ragoût fin aux haricots verts

Lorsque je suis entré au mess, un petit homme frêle, aux cheveux bruns et au teint blafard, s'est adressé à moi. « Monsieur Selb ? » m'a-t-il demandé en zozotant. « Schmalz. »

Je l'ai invité à prendre un apéritif. Il a refusé. « Non merci, je ne bois pas d'alcool.

— Et un jus de fruits ? » Je ne voulais pas renoncer à mon aviateur.

« Le travail reprend à une heure, j'aimerais donc que nous déjeunions… de toute manière, je n'ai pas beaucoup à vous raconter. »

La réponse était elliptique, mais exempte de chuintantes et de sifflantes. Avait-il appris à éliminer de son vocabulaire tout terme comprenant un s ou un ch ?

L'hôtesse à l'accueil a fait appeler une serveuse. La jeune fille, venue il y a peu en renfort au bar de la direction, nous a conduits dans la salle à manger, au premier étage, et nous a installés à une table près de la fenêtre.

« Vous savez ce que je préfère pour commencer un repas ?

— Je vais m'en occuper tout de suite », m'a-t-elle répondu en souriant.

Schmalz a passé la commande au maître d'hôtel : « Un médaillon de ragoût fin avec haricots verts, je vous prie. » Moi, j'avais envie de petit salé, de saucisses et d'une salade de céleri. Schmalz m'a lancé un regard envieux. Nous avons tous deux renoncé à la soupe, pour des raisons différentes.

En buvant mon aviateur, je lui ai demandé ce qu'avaient donné les investigations sur Schneider. Schmalz m'a fait un rapport précis en évitant toute sifflante. Un homme malheureux, ce Schneider. Suite au bruit qu'avait fait sa demande d'avance, Schmalz l'avait suivi pendant plusieurs jours. Schneider ne jouait pas seulement à Dürkheim, mais aussi dans des cercles privés. Il était dans la nasse. Lorsque ses créanciers de jeu l'avaient fait passer à tabac, Schmalz était intervenu pour ramener Schneider chez lui – il n'était pas sérieusement blessé, mais totalement hébété. C'était le bon moment pour une conversation entre Schneider et son supérieur. L'affaire avait été arrangée de la façon suivante : Schneider, indispensable dans la recherche en pharmacologie, avait été retiré de la circulation pendant trois mois, les cercles concernés avaient dû s'engager à ne plus lui donner l'occasion de jouer. La sécurité de l'entreprise de la RCW s'était servie de l'influence qu'elle avait jusque dans le milieu de Mannheim et de Ludwigshafen.

« C'était il y a trois ans ; ensuite, le bonhomme s'est tenu tranquille. Mais, à mon avis, il y a toujours en lui une bombe qui continue à faire tic tac. »

Le repas était excellent. Schmalz a mangé en vitesse. Il n'a pas laissé un seul grain de riz sur son assiette – la minutie du névrosé de l'estomac. Je lui ai demandé ce qui, à son avis, allait advenir de celui qui se trouvait derrière l'embrouille informatique.

« Ils vont commencer par l'interroger en profondeur. Puis le remettre sur le droit chemin. Il ne doit plus faire courir aucun danger à la boîte. Il a certainement du talent. On pourrait en avoir… »

Il cherchait un synonyme sans s pour « besoin ». Je lui ai offert une Sweet Afton.

« Je préfère les miennes, a-t-il dit en sortant de sa poche une boîte en plastique brune pleine de cigarettes avec filtres roulées à la main. Ma femme me les roule, pas plus de huit par jour. »

S'il y a quelque chose que je déteste, ce sont les cigarettes roulées. Je les mets dans le même sac que les penderies, les caravanes solidement ancrées dans le sol et les petits sacs au crochet contenant le papier toilette sur la plage arrière des voitures en excursion dominicale. La mention de sa femme m'a rappelé la loge de concierge et l'écriteau « Schmalz » sur la porte.

« Vous avez un petit garçon ? »

Il m'a regardé d'un air méfiant et m'a retourné la question : « Vous voulez dire ? » Je lui ai raconté mon errance à travers l'ancienne usine, cette ambiance mystérieuse dans la cour envahie de vigne vierge et ma rencontre avec un petit garçon et son ballon bigarré. Schmalz s'est détendu et m'a confirmé que son père habitait la loge.

« Il était de la même division, connaît encore bien le général depuis. Maintenant il veille à ce que tout aille bien dans les vieux bâtiments. Le matin, on lui amène le petit, ma femme travaille également dans la boîte. »

Il m'a appris qu'autrefois de nombreux employés du service de sécurité avaient habité sur le terrain de l'entreprise et que Schmalz y avait, pour ainsi dire, grandi. Il avait participé à la reconstruction de l'usine et en connaissait le moindre recoin. Le romantisme industriel avait beau faire, l'idée d'une vie entre la raffinerie, les réacteurs, la distillation, les turbines, les silos et les chaudières me paraissait déprimante.

« Est-ce que vous n'avez jamais eu envie de travailler ailleurs qu'à la RCW ?

— Mon père en mourrait. Il dit toujours : nous sommes de là. Et puis le général non plus ne jette pas le torchon. »

Il a regardé sa montre, puis a bondi de sa chaise. « Je ne peux vraiment pas parler plus longtemps avec vous. On m'a nommé à la protection des personnes » – deux mots qu'il prononça presque sans faute. « Je vous remercie de votre invitation. »

L'après-midi que j'ai passé au bureau du personnel n'a rien donné. À quatre heures, je me suis avoué que je pouvais laisser tomber l'étude des dossiers du personnel. Je suis passé chez madame Buchendorff dont je savais maintenant qu'elle s'appelait Judith, qu'elle avait fait des études de lettres et d'anglais et qu'elle n'avait pas trouvé de poste d'enseignante. Elle était à la RCW depuis quatre ans, d'abord aux archives, puis aux relations publiques, où Firner l'avait remarquée. Elle habitait dans la rue Rathenau.

« Restez donc assise », lui ai-je dit. Elle a cessé de chercher ses chaussures du bout du pied, sous le bureau, et m'a proposé un café. « Volontiers, nous pourrons ainsi trinquer au bon voisinage. J'ai lu votre dossier et je sais maintenant presque tout de vous, sauf combien vous possédez de chemisiers en soie. » Elle en portait un nouveau ce jour-là, boutonné jusqu'en haut cette fois-ci.

« Si vous venez à la réception samedi, vous verrez le troisième. Avez-vous déjà reçu votre invitation ? » Elle a poussé une tasse vers moi avant de s'allumer une cigarette.

« Quelle réception ? » Je me suis mis à lorgner ses jambes.

« Depuis lundi nous avons ici une délégation chinoise et, pour clore leur séjour, nous voulons leur montrer que nos installations mais aussi nos buffets sont supérieurs à ceux des Français. Firner pensait que ce serait une occasion pour vous de faire sans cérémonie la connaissance de gens intéressants pour votre affaire.

— Est-ce que je pourrai aussi faire votre connaissance sans cérémonie ? »

Elle a ri. « Je suis là pour les Chinois. Mais il y a parmi eux une femme dont je ne sais pas encore de quoi elle s'occupe. C'est peut-être l'expert en sécurité puisqu'on ne vous l'a pas présentée, une sorte de collègue, donc. Une jolie femme.

— Vous voulez vous débarrasser de moi, madame Buchendorff ! Je vais me plaindre auprès de Firner. » À peine prononcée, j'ai regretté cette phrase. Le charme éventé du vieil homme.

7

Petite panne

Le lendemain, il n'y avait pas un souffle d'air sur Mannheim et Ludwigshafen. Il faisait si lourd que, même sans bouger, mes vêtements me collaient à la peau. La circulation était frénétique et saccadée, j'aurais bien aimé avoir trois pieds pour pouvoir débrayer, freiner et accélérer. Sur le pont Konrad-Adenauer tout était bloqué. Il y avait eu un carambolage suivi presque aussitôt d'un deuxième. Pendant vingt minutes, je suis resté dans un bouchon à regarder le trafic en sens inverse et les trains, à fumer une cigarette après l'autre pour ne pas étouffer.

Mon rendez-vous avec Schneider était fixé à neuf heures et demie. Le gardien de la porte 1 m'a expliqué comment y aller. « Ça ne vous prendra même pas cinq minutes. Vous allez tout droit, quand vous arrivez au Rhin, vous faites cent mètres à gauche. Les laboratoires se trouvent dans le bâtiment clair avec les grandes fenêtres. »

Je me suis mis en chemin. Arrivé au bord du Rhin, j'ai vu le petit garçon que j'avais rencontré hier. Il avait attaché une ficelle à son seau pour pouvoir puiser de l'eau dans le fleuve. Ensuite, il la reversait dans le caniveau.

« Je vide le Rhin, m'a-t-il crié en me reconnaissant.

— J'espère que ça marche.

— Qu'est-ce que tu fais par ici ?

— Il faut que j'aille au laboratoire là-bas.

— Je peux venir ? »

Il a vidé son seau et m'a suivi. J'attire souvent les enfants, je ne sais pas pourquoi. Je n'en ai pas et la plupart d'entre eux me tapent sur le système.

« Viens », lui ai-je dit. Puis nous sommes partis en direction du bâtiment aux grandes fenêtres.

Nous étions à peu près à cinquante mètres quand plusieurs personnes toutes de blanc vêtues sont sorties précipitamment du bâtiment. Ensuite, d'autres sont arrivées, plus nombreuses, pas seulement des blouses blanches : il y avait des ouvriers en bleu de travail et des secrétaires en jupe et chemisier. C'était drôle à voir. Je n'arrivais pas à comprendre comment on pouvait courir par une telle touffeur.

« Regarde, il nous fait signe », a dit le petit garçon. En effet, une des blouses blanches était en train de faire des moulinets et de nous crier quelque chose que je n'ai pas réussi à comprendre. Mais il n'y avait plus grand-chose à comprendre ; il s'agissait apparemment de déguerpir au plus vite.

La première explosion a craché une cascade de débris de verre sur la chaussée. J'ai voulu attraper la main du petit garçon, mais il s'est dégagé. Pendant une fraction de seconde, je suis resté comme paralysé : je ne sentais rien, j'entendais un grand silence malgré le bruit du verre, je voyais courir le garçon, glisser sur les éclats de verre, se rattraper, tomber définitivement après deux pas et, dans son élan, faire la culbute.

Puis il y a eu la seconde explosion, le cri du petit garçon, la douleur dans le bras droit. Le bruit de l'explosion a été suivi par un dangereux sifflement. Un bruit violent, mauvais, qui m'a fait paniquer.

C'est grâce aux sirènes que j'entendais au loin que je suis passé à l'action. Elles ont réveillé les réflexes appris pendant la guerre : se réfugier, aider, chercher un abri et offrir un abri. J'ai couru vers le garçon, l'ai soulevé de la main gauche, entraîné dans la direction d'où nous étions venus. Il avait du mal à me suivre avec ses petites jambes, mais il a fait de son mieux et n'a pas lâché. « Allez, mon petit gars, cours, il faut qu'on s'en aille d'ici, c'est pas le moment de flancher. » Avant de tourner à l'angle du bâtiment, je me suis retourné. À l'endroit où nous nous trouvions un instant plus tôt, un nuage vert montait dans le ciel plombé.

C'est en vain que j'ai essayé de faire signe à l'ambulance qui est passée devant nous à toute allure. Arrivés à la porte 1, le gardien s'est occupé de nous. Il connaissait le petit garçon qui s'était cramponné à ma main, pâle, écorché et terrorisé.

« Richard, pour l'amour du ciel, qu'est-ce qui t'est arrivé ? J'appelle ton grand-père tout de suite. » Il est allé au téléphone. « Et pour vous, j'appelle une ambulance. Ça a une sale tête. »

Un éclat de verre m'avait ouvert le bras et le sang teintait en rouge la manche de ma veste. J'avais les jambes flageolantes. « Vous n'auriez pas un schnaps ? »

Je ne me rappelle pas très bien la demi-heure qui a suivi.

Le grand-père, un homme grand, large et lourd, au crâne rasé sur les côtés et derrière, à la moustache blanche touffue, a pris son petit-fils dans ses bras sans le moindre effort. La police a essayé d'entrer dans l'usine pour enquêter sur l'origine de l'incident, mais on l'a renvoyée. Le portier m'a servi un deuxième, puis un troisième verre. Lorsque les ambulanciers sont venus, ils m'ont conduit chez le médecin de l'entreprise qui a recousu mon bras et l'a mis en écharpe.

« Vous devriez vous reposer encore un peu à côté, m'a dit le médecin. De toute façon, vous ne pouvez pas sortir maintenant.

— Pourquoi je ne pourrais pas sortir ?

— Parce qu'il y a alerte à la pollution et que tout le trafic est arrêté.

— Comment dois-je comprendre ça ? Il y a alerte à la pollution et vous interdisez qu'on quitte le centre de la pollution ?

— Vous ne me comprenez pas. La pollution est un phénomène météorologique global dans lequel il n'existe ni centre ni périphérie. »

Cela me semblait complètement insensé. Quelle que soit la pollution dont il parlait, moi j'avais vu un nuage vert qui grandissait et c'est sur le terrain de l'entreprise qu'il grandissait. Et c'est là que je devais rester ? Je voulais parler à Firner.

On avait installé dans son bureau un état-major de crise. À travers la porte, j'ai vu les policiers en vert, les pompiers en bleu, les chimistes en blanc, et en gris quelques hommes de la direction.

« Qu'est-ce qui s'est passé ? ai-je demandé à madame Buchendorff.

— Il y a eu une petite panne, rien de grave. Malheureusement, l'administration a déclenché une alerte à la pollution, ce qui a provoqué pas mal de panique. Mais qu'est-ce qui vous est arrivé ?

— Je me suis fait quelques petites égratignures lors de votre petite panne.

— Qu'est-ce que vous cherchiez par… Ah, oui, vous alliez voir Schneider. D'ailleurs, il n'est pas là aujourd'hui.

— Est-ce que je suis le seul blessé ? Il y a eu des morts ?

— Mais qu'allez-vous chercher, monsieur Selb. Quelques blessés légers, c'est tout. Est-ce que nous pouvons faire autre chose pour vous ?

— Vous pouvez me faire sortir d'ici. » Je n'avais pas envie d'essayer d'approcher Firner et de m'entendre dire « Bonjour, monsieur Selb ».

Du bureau est sorti un policier portant différents insignes. « Vous partez bien pour Mannheim, n'est-ce pas, monsieur Herzog. Est-ce qu'il vous serait possible de prendre monsieur Selb avec vous ? Il s'est fait quelques égratignures et nous ne voulons pas qu'il ait à attendre plus encore ici. »

Herzog, un type de caractère, m'a pris avec lui. Devant le portail de l'entreprise se trouvaient quelques voitures de police et des reporters.

« Évitez, je vous prie, de vous laisser photographier avec votre bandage. »

Je n'avais aucune envie de me faire photographier ; et au moment de passer devant les reporters, je me suis penché pour enfoncer l'allume-cigares, en bas du tableau de bord.

« Comment se fait-il que l'alerte à la pollution ait été déclenchée si vite ? » lui ai-je demandé alors que nous roulions dans Ludwigshafen, qui semblait être une ville morte.

Herzog se montra bien informé. « Après les nombreuses alertes à la pollution de l'automne 1984, nous avons procédé à une simulation dans le Bade-Wurtemberg et en Rhénanie-Palatinat, avec de nouvelles technologies et sur une nouvelle base légale, au-delà des limites de circonscription et en synergie. L'idée est de saisir les émissions directement, de faire une analyse corrélative grâce au météorogramme et de ne pas déclencher l'alerte quand il est déjà trop tard. Aujourd'hui, c'est le baptême du feu de cette simulation, jusque-là nous n'avons procédé qu'à des essais.

— Et comment se passe la collaboration avec l'usine ? J'ai appris que la police s'est fait refouler à l'entrée.

— Vous mettez le doigt sur un point sensible. L'industrie chimique combat la loi sur tous les plans. Un procès se déroule ces temps-ci devant le tribunal constitutionnel suprême. Le droit, en principe, nous autorisait à entrer dans l'enceinte de l'usine, mais à ce stade nous ne voulons pas monter l'affaire en épingle. »

La fumée de ma cigarette gênait monsieur Herzog. Il a ouvert la fenêtre. « Mon Dieu, a-t-il dit en la refermant aussitôt, vous ne voudriez pas éteindre votre cigarette ? » Une odeur âcre était entrée dans l'habitacle, j'ai commencé à pleurer, j'ai ressenti un fort picotement sur la langue, et nous nous sommes mis à tousser tous les deux.

« Une bonne chose, tout de même, que les collègues sur le terrain aient leurs masques à gaz. » À l'embranchement du pont Konrad-Adenauer il y avait un barrage ; les deux policiers qui devaient arrêter la circulation portaient des masques. Le long de l'accès étaient garés vingt véhicules, le conducteur du premier était en train de parler aux policiers avec force gestes ; il avait une drôle d'allure, avec le tissu bigarré qu'il s'était collé devant la bouche.

« Et qu'allez-vous faire ce soir, avec la sortie des bureaux ? »

Herzog a haussé les épaules. « Il faut attendre de voir comment évolue le gaz chloré. Nous espérons pouvoir faire sortir les ouvriers et les employés de la RCW dans l'après-midi, ce qui réduirait le problème du trafic à l'heure de pointe. Peut-être qu'une partie des gens va devoir passer la nuit sur son lieu de travail. Nous les en informerons par la radio et les haut-parleurs de nos voitures. J'étais surpris de voir tout à l'heure à quelle vitesse nous avons réussi à dégager les rues.

— Pensez-vous à une évacuation ?

— Si la concentration de gaz chloré ne diminue pas de moitié dans les douze heures, il nous faudra évacuer les quartiers à l'est de la rue Leuschner et peut-être également Neckarstadt et Jungbusch. Mais les météorologues sont optimistes. Où voulez-vous que je vous dépose ?

— Si la concentration de monoxyde de carbone dans l'air le permet, j'aimerais que vous me déposiez devant chez moi, rue Richard-Wagner.

— Nous n'aurions pas déclenché d'alerte s'il n'y avait eu que la concentration de monoxyde de carbone. Le pire, c'est le chlore. Je préfère que les gens soient chez eux ou au bureau, en tout cas pas dans la rue. »

Il s'est arrêté devant mon immeuble. « Monsieur Selb, a-t-il dit avant que je descende, vous êtes détective privé ?

Je crois que mon prédécesseur vous a rencontré – vous souvenez-vous de l'inspecteur Bender et de cette histoire de voiliers ?

— J'espère que ça n'est pas une affaire de la même taille qui nous attend tous les deux, ai-je répondu. Savez-vous déjà quelque chose sur l'origine de l'explosion ?

— Avez-vous un soupçon, monsieur Selb ? Ça n'est tout de même pas un hasard si vous étiez sur place. On redoutait des attentats, à la RCW ?

— Je ne suis pas au courant. Ma mission est relativement anodine, et ne va pas du tout dans cette direction.

— Nous verrons bien. Peut-être serons-nous obligés de vous poser encore quelques questions au commissariat. » Il a regardé le ciel. « Et, maintenant, priez pour que le vent se mette à souffler, monsieur Selb. »

J'ai monté les quatre étages menant à mon appartement. Mon bras s'est remis à saigner. Mais c'est autre chose qui me tracassait. Ma mission allait-elle vraiment dans une tout autre direction ? Était-ce un hasard si Schneider n'était pas venu au travail justement aujourd'hui ? Avais-je abandonné trop vite l'idée d'un chantage ? Firner, au bout du compte, m'avait-il vraiment tout dit ?

8

Eh bien, dans ce cas

J'ai chassé le goût de chlore en avalant un verre de lait, puis j'ai essayé de renouveler mon bandage. Le téléphone m'a interrompu.

« Monsieur Selb, c'est bien vous que j'ai vu tout à l'heure avec Herzog à la sortie de la RCW ? L'entreprise vous a demandé de participer à l'enquête ? »

Tietzke, un des derniers journalistes intègres. Après la disparition du *Heidelberger Tageblatt* il a réussi, en se démenant, à décrocher une place au *Rhein-Neckar-Zeitung*, mais sa position y était délicate.

« Quelle enquête ? N'allez pas vous faire des idées, Tietzke. C'est pour une autre affaire que j'étais à la RCW et je vous serais reconnaissant si vous ne m'aviez pas vu.

— Il faudra bien que vous m'en disiez un peu plus si vous ne voulez pas que j'écrive ce que j'ai vu.

— Avec la meilleure volonté, je ne peux pas vous dire pourquoi j'ai été engagé. Mais je peux essayer d'obtenir pour vous une interview exclusive avec Firner. Je vais l'appeler cet après-midi même. »

Il m'a fallu la moitié de l'après-midi avant de pouvoir

joindre Firner entre deux réunions. Il ne pouvait ni confirmer ni exclure un acte de sabotage. Schneider, selon la déclaration de sa femme, était alité avec une otite. Lui aussi avait donc voulu savoir pourquoi Schneider n'était pas venu au travail. Il n'était pas chaud pour recevoir Tietzke le lendemain. Madame Buchendorff se mettrait en contact avec lui.

J'ai essayé ensuite de joindre Schneider. Personne n'a décroché, ce qui pouvait signifier tout et rien. Je me suis couché et j'ai pu m'endormir malgré les douleurs dans mon bras; je me suis réveillé pour le journal de vingt heures. Ils disaient que le nuage de gaz chloré s'élevait vers l'est et que le danger, qui n'avait jamais existé, serait éliminé dans le courant de la soirée. Le couvre-feu, qui n'en avait pas été un non plus, serait levé à vingt-deux heures. Dans le réfrigérateur, j'ai trouvé un morceau de gorgonzola avec lequel je me suis fait une sauce pour accommoder des tagliatelles rapportées de Rome deux ans auparavant. C'était un plaisir. Il avait fallu un couvre-feu pour que je me remette à cuisiner.

Je n'ai pas eu besoin de montre pour savoir qu'il était vingt-deux heures. Il y a eu un vacarme incroyable dans la rue, on aurait juré que le club de la ville était devenu champion d'Allemagne. J'ai mis mon chapeau de paille et je suis allé au « Rosengarten ». Un groupe qui s'appelait « Just for Fun » jouait de vieux tubes. Les bassins de la fontaine en ciment étaient vides et les jeunes y dansaient. En marchant j'ai fait quelques pas de fox – le gravier et mes articulations se sont mis à crisser.

Le lendemain matin, j'ai trouvé dans ma boîte aux lettres

un message distribué par la Société rhénane de Chimie contenant une déclaration dont chaque mot valait son pesant d'or. J'ai ainsi appris que « La RCW protège la vie ». Et que l'une des tâches majeures de la recherche est aujourd'hui la protection de la forêt allemande. Eh bien, dans ce cas… À l'envoi était joint un petit cube en plastique enfermant une graine de sapin allemand en bonne santé. C'était charmant. J'ai montré l'objet à mon chat avant de le poser sur la cheminée.

En me promenant, j'ai acheté ma ration hebdomadaire de Sweet Afton, un petit pâté en croûte à la moutarde sur le marché, j'ai rendu visite à mon Turc et à ses bonnes olives, j'ai observé les vains efforts des Verts pour troubler avec leur stand d'information sur la place des Parades la bonne entente entre la RCW et la population de Mannheim et de Ludwigshafen et j'ai reconnu dans la foule Herzog qui se faisait approvisionner en tracts.

L'après-midi, je me suis installé au Luisenpark. Il était payant, comme le Tivoli. J'avais donc pris un abonnement annuel en début d'année et je voulais l'amortir. Quand je ne regardais pas les retraités qui nourrissaient les canards, je feuilletais *Henri le Vert*. C'est le prénom de madame Buchendorff qui m'en avait donné l'idée.

À cinq heures, je suis rentré chez moi. Recoudre un bouton de smoking m'a coûté une bonne demi-heure avec mon bras abîmé. Au château d'eau j'ai pris le taxi pour aller au mess de la RCW. On avait suspendu une banderole avec des idéogrammes chinois au-dessus de l'entrée. Les drapeaux de la République populaire de Chine, de la République fédérale allemande et de la RCW flottaient dans le vent. À droite et à gauche de l'entrée se tenaient deux femmes en costumes du Palatinat qui avaient l'air aussi authentiques qu'une poupée Barbie en tenue tyrolienne. Les voitures défilaient. Tout était digne et intègre.

9

Mettre la main dans le décolleté de l'économie

Schmalz se tenait au foyer.

« Comment va votre fiston ?

— Bien, toute ma gratitude, j'aimerais vous dire un mot tout à l'heure. Je ne peux quitter l'endroit pour le moment. »

J'ai monté l'escalier et suis entré dans la grande salle. Les gens formaient de petits groupes, les serveuses et les serveurs remplissaient les verres de champagne, de jus d'orange, de champagne et d'orange, de Campari avec jus d'orange et de Campari au soda. Je me suis promené un peu. C'était comme à toutes les réceptions avant le discours et l'ouverture du buffet. À la recherche de visages connus, j'ai trouvé la rousse aux taches de rousseur. Nous nous sommes souri. Firner m'a fait entrer dans un groupe et m'a présenté à trois Chinois dont les noms étaient une combinaison variée de San, Yin et Kim, ainsi qu'à monsieur Oelmüller, le directeur du centre informatique. Oelmüller cherchait à expliquer aux Chinois ce qu'était la protection des données. Je ne sais pas ce qui leur semblait tellement comique là-dedans, en tout cas ils riaient comme des Chinois de Hollywood dans une adaptation de Pearl S. Buck.

L'heure des discours est venue. Korten a été brillant. Il est passé de Confucius à Goethe, sautant par-dessus le soulèvement des Boxers et mentionnant l'ancienne succursale de la RCW à Kiautschou dans le seul but de trousser son compliment : grâce aux Chinois, le dernier directeur y avait appris un nouveau procédé de fabrication du bleu outremer.

Le directeur de la délégation chinoise ne lui a pas répondu avec moins d'élégance. Il a parlé de ses années d'études à Karlsruhe, a rendu hommage à la culture et l'économie allemandes de Böll à Schleyer, évoqué des questions techniques que je n'ai pas comprises et terminé par une phrase de Goethe, « Orient et Occident sont devenus inséparables ».

Après le discours du ministre-président de la Rhénanie-Palatinat, même un buffet moins superbe aurait eu un effet charismatique. Pour commencer, j'ai choisi des huîtres au safran sauce champagne. Heureusement qu'il y avait des tables. Je ne supporte pas les cocktails debout où l'on jongle avec sa cigarette, son verre et son assiette, et où il faudrait quelqu'un pour vous donner la becquée. J'ai découvert madame Buchendorff assise à une table où il restait une chaise vide. Elle avait l'air ravissante dans son ensemble en soie naturelle bleu d'aniline. Aucun bouton de son chemisier ne manquait.

« Puis-je m'asseoir à votre table ?

— Vous pouvez aller vous chercher une chaise, à moins que vous ne préfériez prendre l'experte chinoise sur vos genoux ?

— Dites-moi, est-ce que les Chinois se sont rendu compte de l'explosion ?

— De quelle explosion ? Mais soyons sérieux : hier ils ont d'abord été au château d'Eltz, puis ils ont essayé la nouvelle Mercedes sur le Nürburgring. Lorsqu'ils sont revenus, tout était fini. Quant à la presse de ce matin, elle aborde surtout cette affaire d'un point de vue météorologique. Comment va votre bras ? Vous êtes une sorte de héros – malheureusement la presse n'a pas pu en parler. Ça aurait pourtant fait une belle histoire. »

La Chinoise est arrivée à ce moment-là. Elle avait tout ce qu'un homme allemand peut rêver d'une Asiatique. Il m'a été impossible de savoir si elle était vraiment une experte en matière de sécurité. Je lui ai demandé s'il y avait des détectives privés en Chine.

« Pas de ploplíété plivée, pas de détective plivé », m'a-t-elle répondu ; puis elle m'a demandé s'il y avait des femmes détectives privés en Allemagne fédérale. Cela nous a conduits à des considérations sur le marasme du mouvement féministe. « J'ai plesque tout lu de ce qui est palu en Allemagne comme livles de femmes. Comment se fait-il qu'en Allemagne des hommes éclivent des livles sul les femmes ? Un Chinois peldlait son visage. » Heuleuse Chine.

Un maître d'hôtel m'a informé que j'étais invité à la table d'Oelmüller. En chemin je me suis servi en guise de second plat des soles roulées à la brêmoise.

Oelmüller m'a présenté à son voisin de table qui m'impressionnait pour l'adresse pointilleuse avec laquelle il avait arrangé ses cheveux épars sur son crâne : Professeur Ostenteich, directeur du service juridique et professeur honoris causa de l'université de Heidelberg. Ce n'était pas par hasard que les deux messieurs dînaient ensemble. Il fallait se mettre au travail. Depuis ma conversation avec Herzog, une question me tenaillait.

« Ces messieurs pourraient-ils m'expliquer le nouveau plan antipollution ? Monsieur Herzog de la police l'a mentionné devant moi en précisant également qu'il n'était pas incontesté. Qu'est-ce que je dois comprendre, par exemple, quand il est question de saisie directe des émissions ? »

Ostenteich s'est senti le devoir de prendre en main la conversation. « C'est *un peu délicat**[1], diraient les Français. Vous devriez lire l'expertise du professeur Wenzel qui présente en détail le problème des compétences et révèle l'arrogance législative du Bade-Wurtemberg et de la Rhénanie-Palatinat. *Le pouvoir arrête le pouvoir** – la réglementation fédérale de la protection contre les troubles du voisinage bloque les recours juridiques au niveau du Land. À cela s'ajoutent le droit à la propriété, la protection de l'activité des entreprises et de la confidentialité des sociétés. Le législateur estime pouvoir en faire fi d'un trait de plume. *Mais la vérité est en marche**, il existe encore, *heureusement**, le tribunal constitutionnel suprême à Karlsruhe.

— Et comment fonctionne le nouveau plan antipollution ? » J'ai regardé Oelmüller d'un air engageant.

Ostenteich ne s'est pas laissé priver aussi facilement de la direction de la discussion. « Une bonne chose que vous abordiez également l'aspect technique, monsieur Selb. Monsieur Oelmüller ne va pas tarder à vous l'expliquer. Le centre, *l'essence**, de notre problème est que pour se supporter à peu

1. Les mots ou expressions en italique suivis d'un astérisque sont en français dans le texte.

près, l'État et l'économie ont besoin d'une certaine *distance**. Et, permettez-moi de recourir à cette image osée, l'État, dans ce cas, est allé trop loin et a mis la main dans le décolleté de l'économie. » Il a éclaté de rire, et Oelmüller s'est senti obligé de l'imiter.

Lorsque le calme est revenu, ou, comme dirait le Français, *le silence**, Oelmüller a dit : « Du point de vue technique, tout ça ne présente aucun problème. La protection de l'environnement est fondée sur une analyse de la concentration des produits nocifs dans les vecteurs d'émissions, l'eau et l'air. Lorsque les seuils limites sont dépassés, on essaie de détecter la source de l'émission et de la couper. La pollution de l'air peut provenir du fait que telle entreprise laisse s'échapper plus d'émissions qu'il n'est toléré. Mais d'un autre côté, il peut y avoir pollution lorsque les émissions des différentes entreprises restent dans le cadre de ce qui est autorisé mais que le climat ne permet pas de s'en débarrasser.

— Comment le responsable de l'alerte à la pollution sait-il de quel genre de pollution il s'agit ? Il doit réagir très différemment selon les cas, j'imagine. » La chose commençait à me passionner, j'ai préféré attendre plus tard pour me servir un troisième plat et j'ai sorti gauchement une cigarette du petit paquet jaune.

« C'est exact, monsieur Selb, en principe il faudrait réagir différemment suivant le cas. Or, les méthodes classiques ne permettent guère de les distinguer. Il se peut, par exemple, que le trafic soit arrêté et que les usines baissent leur production bien qu'il n'y ait qu'une seule centrale au charbon qui dépasse de loin les taux d'émission autorisés : il suffit que celle-ci n'ait pas pu être identifiée et arrêtée à temps. Là où le nouveau modèle de la mesure directe des émissions est absolument convaincant c'est, du moins en théorie, qu'il permet d'éviter les problèmes que vous évoquez à juste titre. Par l'intermédiaire de capteurs, les émissions sont mesurées là où elles sont créées, le message est envoyé à une centrale qui sait donc ainsi, à tout moment, où il y a des émissions. Encore mieux : la centrale intègre les taux de pollution dans une simulation du climat de la région pour les prochaines vingt-quatre heures, c'est cela qu'on appelle un météorogramme ; on peut donc, en quelque sorte, anticiper la pollution atmosphérique. C'est un système d'alerte anticipée qui est moins probant en pratique qu'il ne paraît en théorie, parce que la météorologie en est encore à ses balbutiements.

— Comment voyez-vous l'incident d'hier dans ce contexte ? Le nouveau modèle a-t-il fait ses preuves ou échoué ?

— On peut quand même dire que le modèle a bien fonctionné hier. » Oelmüller s'est un peu trituré la barbe.

« Non, non, monsieur Selb, je me dois d'ajouter à la perspective du technicien un *tour d'horizon** économique global. Jadis, rien ne se serait passé un jour comme hier. Mais cette fois, nous avons eu le chaos des annonces par haut-parleurs, des contrôles de police, du couvre-feu. Et à quoi cela a-t-il servi ? Le nuage s'est dissipé sans que les protecteurs de l'environnement n'interviennent. On a semé la peur et détruit la confiance, endommagé l'image de la RCW – *tant de bruit pour une omelette**. Je crois que dans ce cas, précisément, on peut faire comprendre au tribunal constitutionnel à quel point la nouvelle réglementation est disproportionnée.

— Nos chimistes sont en train de vérifier si les valeurs enregistrées hier justifient l'alerte de pollution, a dit Oelmüller pour reprendre la parole. Ils ont tout de suite commencé à analyser les taux de pollution que nous sauvegardons dans notre système de management et d'information.

— L'industrie a toujours eu le droit de recevoir *on line* le résultat des analyses faites par l'État, a dit Ostenteich.

— Croyez-vous qu'il soit possible, monsieur Oelmüller, qu'il existe un lien entre cet incident et les incursions dans le système informatique ?

— J'y ai pensé. Presque tous nos processus de production sont gérés électroniquement et il existe une multitude de connexions parallèles entre les microprocesseurs et le système de management. Des manipulations depuis ce système-là ? – je ne saurais l'exclure, en dépit de toutes les protections installées. Cependant je n'en sais pas encore assez sur l'incident d'hier pour pouvoir dire si un soupçon dans ce sens est justifié. Si tel était le cas, la suite serait effroyable. »

L'interprétation par Ostenteich des événements de la veille m'a presque fait oublier que j'avais toujours le bras en écharpe. J'ai levé mon verre à la santé de ces messieurs et suis parti en direction du buffet. J'étais en train d'avancer vers la table de Firner avec une assiette chaude de côtelettes de mouton aux herbes quand Schmalz est venu vers moi.

« Docteur, ma femme et moi-même pourrions-nous vous inviter à venir prendre un jour le café chez nous ? »

Manifestement Schmalz avait eu vent de mon titre universitaire et s'en servait volontiers : cela lui permettait de neutraliser une autre sifflante.

« C'est très aimable à vous, monsieur Schmalz, l'ai-je remercié. Mais comprenez-moi, je ne peux disposer de mon temps avant le dénouement de cette affaire.

— Alors une autre fois, peut-être. » Schmalz semblait malheureux, mais il comprenait que l'entreprise passait avant tout.

J'ai cherché Firner des yeux et je l'ai vu rejoindre sa table, une assiette dans les mains.

Il s'est arrêté un instant. « Bonjour, avez-vous trouvé quelque chose ? » Il tenait son assiette maladroitement, à hauteur de poitrine, pour cacher une tache de vin sur sa chemise.

« Oui, lui ai-je simplement répondu. Et vous ?

— Comment dois-je comprendre cela, monsieur Selb ?

— Imaginez un maître chanteur qui cherche à démontrer sa supériorité en manipulant d'abord le système de management, puis en provoquant une explosion. Il réclame ensuite dix millions à la RCW. Qui, dans l'entreprise, serait le premier à recevoir un tel commandement ?

— Korten. Parce que lui seul peut prendre une décision sur une somme pareille. » Il a froncé les sourcils en regardant instinctivement vers la table légèrement surélevée où se trouvaient Korten en compagnie du directeur de la délégation chinoise, le ministre-président et d'autres importantes personnalités. J'ai vainement attendu le « mais monsieur Selb, qu'allez-vous imaginer ? » pour couper court à mes questions. Il a laissé son assiette descendre sur son ventre, dévoilant la tache de vin et un Firner tendu et déstabilisé derrière sa façade de souveraineté artificielle. Comme si je n'étais plus là, il a fait quelques pas en direction de la fenêtre ouverte. Ensuite, il s'est ressaisi, a remonté l'assiette devant sa poitrine, m'a fait une petite révérence et a rejoint sa table d'un pas décidé. Moi, je suis allé aux toilettes.

« Alors, mon cher Selb, ça avance ? » Korten s'est mis devant l'autre urinoir en farfouillant sa braguette.

« Tu parles de cette affaire ou de la prostate ? » Il a ri en commençant à pisser. Il a ri de plus en plus fort, il a dû se retenir au mur carrelé et ça m'est revenu, à moi aussi. Nous nous étions déjà trouvés comme cela l'un à côté de l'autre, dans les pissotières du lycée Frédéric-Guillaume. Le coup était destiné à nous permettre de sécher les cours ; au cas où le professeur aurait remarqué notre absence, Bechtel devait se lever et annoncer : « Korten et Selb se sont sentis mal tout à l'heure, ils sont aux W-C – je vais les voir en vitesse. » Mais le professeur est venu en personne, il nous a trouvés là, joyeusement réunis, et il nous y a laissés pour nous punir en nous envoyant de temps en temps l'appariteur.

« Attention, Krascher avec son monocle va arriver, a dit Korten en pouffant. Le Cracheur, attention, le Cracheur arrive » – je me suis souvenu de son surnom ; nous étions là, braguettes ouvertes, à nous taper sur l'épaule, à pleurer de rire, à en avoir mal au ventre.

Les choses ont failli mal se passer, à l'époque. Krascher nous avait dénoncés au directeur. Je voyais déjà mon père écumer de rage, ma mère pleurer et les rêves de carrière s'évanouir. Mais Korten avait tout pris sur lui : il était l'instigateur, j'avais seulement suivi. C'est donc chez lui qu'est arrivée la lettre et son père s'est contenté de rire.

« Faut que j'y retourne. » Korten a refermé sa braguette.

« Déjà ? » Je riais toujours. Mais la plaisanterie était finie et les Chinois attendaient.

10

Souvenirs de l'Adriatique bleue

Lorsque je suis revenu dans la salle, tout le monde s'en allait. Comme je passais devant madame Buchendorff, elle m'a demandé comment j'allais rentrer chez moi : je ne pouvais certainement pas conduire avec mon bras.

« Je suis venu en taxi.

— Je vous ramènerai volontiers, nous sommes voisins, non ? Dans un quart d'heure à la sortie ? »

Les tables étaient désertes, de petits groupes se formaient et se défaisaient encore. La rousse était toujours prête à servir le champagne, mais tout le monde avait bu plus qu'il ne fallait.

« Salut, lui ai-je dit.

— La réception vous a-t-elle plu ?

— Le buffet était bon. Je suis surpris qu'il en reste. Mais puisque c'est le cas, vous ne pourriez pas me faire un petit pique-nique, un petit paquet pour demain ?

— Pour combien de personnes ? » Elle a esquissé une révérence ironique.

« Si vous avez le temps, pour deux.

— Oh, ce n'est pas possible. Mais je vais quand même vous préparer quelque chose pour deux. Un instant. »

Elle a disparu derrière la porte. Elle est revenue avec un grand carton. « Vous auriez dû voir la tête de notre chef cuisinier. J'ai dû lui dire que vous étiez un drôle de type, mais très important. » Elle a ri un peu sous cape. « Comme vous avez dîné avec monsieur le directeur général, il a ajouté une bouteille de Forster Bischofsgarten. »

Madame Buchendorff a froncé les sourcils en me voyant arriver avec le carton.

« J'ai emballé l'experte sécurité chinoise. Vous n'avez pas remarqué comme elle est petite et menue ? Le directeur de la délégation ne lui aurait pas permis de partir avec moi. »

Face à elle, il ne me venait toujours que de mauvaises blagues à l'esprit. Si cela m'était arrivé trente ans plus tôt, j'aurais dû m'avouer que j'étais amoureux. Mais que puis-je en penser à un âge où je ne tombe plus amoureux ?

Madame Buchendorff conduisait une Alfa spider, une ancienne, sans l'affreux spoiler à l'arrière.

« Voulez-vous que je ferme ?

— En temps normal, je fais de la moto en maillot de bain, même en plein hiver. » C'était de pire en pire. Et ça a débouché, en plus, sur un malentendu : elle a fait mine de fermer la capote. Uniquement parce que je n'avais pas osé dire que rien ne valait à mes yeux une promenade en cabriolet à côté d'une belle femme, par une douce nuit d'été. « Non, laissez, madame Buchendorff, j'aime rouler dans un cabriolet décapoté par une douce nuit d'été. »

Nous sommes passés au-dessus du Rhin et du port par le nouveau pont suspendu. J'ai regardé le ciel et les câbles. La nuit était claire et pleine d'étoiles. Lorsque nous avons quitté le pont, Mannheim s'est offert à nous pendant quelques secondes avec ses tours, ses églises et ses buildings. Nous avons dû nous arrêter à un feu tricolore, une grosse moto s'est mise à côté de nous. « Allez, on roule jusqu'à l'Adriatique ! » a crié la jeune fille assise à l'arrière dans le casque de son ami pour couvrir le bruit de la machine. En 1946, un été très chaud, je m'étais souvent rendu au Baggersee, auquel les gens de Mannheim et de Ludwigshafen ont donné le nom d'Adriatique par nostalgie du Sud. À cette époque, ma femme et moi étions encore heureux et j'ai goûté à cette communauté, à cette paix et aux premières cigarettes. On y allait donc toujours, plus vite et plus facilement aujourd'hui, après le cinéma, un petit plongeon.

Nous ne nous sommes rien dit durant tout le trajet. Madame Buchendorff a conduit vite, concentrée sur la route. Puis, elle s'est allumé une cigarette.

« L'Adriatique bleue – quand j'étais petite, nous y sommes allés quelques fois dans notre Opel Olympia. Il y avait du café à la chicorée dans la Thermos, des côtelettes froides et de la crème à la vanille dans un bocal à confiture. Mon grand frère était ce qu'on appelle un crâneur ; il suivait déjà ses propres chemins sur sa Zündapp Avanti. C'est à cette époque qu'a commencé la mode des petits bains de minuit. Tout cela me paraît tellement idyllique, avec le recul. Mais enfant, j'ai toujours souffert de ces excursions. »

Nous étions arrivés devant mon immeuble, mais je voulais encore savourer un peu cette nostalgie qui s'était emparée de nous.

« Pourquoi souffert ?

— Mon père voulait m'apprendre à nager, mais il n'avait aucune patience. Mon Dieu, ce que j'ai pu avaler comme eau. »

Je l'ai remerciée de m'avoir raccompagné. « C'était un beau voyage dans la nuit.

— Bonne nuit, monsieur Selb. »

11

Une sale histoire

Le beau temps a pris congé par un dimanche rayonnant. Au pique-nique, près de l'écluse de Feudenheim, mon ami Eberhard et moi avons trop mangé et trop bu. Il avait apporté une petite caisse en bois avec un bordeaux qui se défendait très bien et nous avons commis l'erreur d'ouvrir ensuite la bouteille cuvée spéciale de la RCW.

Je me suis réveillé le lundi avec le crâne en feu. En plus, la pluie avait ranimé mes rhumatismes à la hanche et au dos. C'est peut-être pour cela que je n'ai pas fait ce qu'il fallait avec Schneider. Il avait réapparu tout seul, et non déniché par la sécurité de l'entreprise. Je l'ai trouvé dans le laboratoire d'un collègue; son propre laboratoire avait brûlé lors de l'accident.

Lorsque je suis entré dans la pièce, il s'est redressé devant le réfrigérateur. Il était grand, émacié. D'un geste indécis, il m'a invité à prendre place sur un des sièges en restant lui-même debout devant le réfrigérateur, les épaules tombantes. Son teint était gris, les doigts de la main gauche jaunis par la nicotine. Le blanc immaculé de sa blouse était censé cacher la décrépitude de la personne. Mais cet homme était au bout du rouleau. S'il était joueur, alors il était un de ceux qui avaient perdu et qui n'avaient plus d'espoir. Un de ceux qui remplissent leur feuille de loto le vendredi mais qui ne vérifient même plus s'ils ont gagné, le samedi.

« Je sais pourquoi vous voulez me voir, monsieur Selb, mais je ne peux rien vous dire.

— Où étiez-vous le jour de l'incident ? Cela au moins vous devez le savoir. Et où étiez-vous passé depuis ?

— Ma santé n'est malheureusement pas très bonne et j'ai été souffrant ces derniers jours. L'incident au laboratoire m'a beaucoup affecté, d'importants documents de recherche ont été détruits.

— Ce n'est pas une réponse à ma question.

— Qu'est-ce que vous me voulez, au juste ? Laissez-moi donc tranquille. »

En effet, qu'est-ce que je lui voulais ? Il m'était de plus en plus difficile de voir en lui le maître chanteur génial. Dans l'état où il était, je n'arrivais même pas à m'imaginer que quelqu'un de l'extérieur ait pu en faire son instrument. Mais il m'était déjà arrivé de me laisser abuser ; quelque chose ne tournait pas rond chez Schneider, et puis je n'avais pas tant de pistes que cela. Pas de chance pour lui, ni pour moi, qu'il se soit retrouvé dans les dossiers de la sécurité de l'entreprise. Et puis il y avait ma gueule de bois, mes rhumatismes et ses manières pleurnichardes et molles qui m'agaçaient. Si je n'arrivais pas à venir à bout d'un type comme lui, je pouvais raccrocher tout de suite. Je me suis concentré avant de lancer une nouvelle attaque.

« Monsieur Schneider, nous menons ici des investigations

sur des actes de sabotage qui ont provoqué des millions de dégâts ; il faut aussi parer à d'autres dangers. J'ai rencontré jusqu'ici dans mes recherches des personnes tout à fait disposées à collaborer. Votre mauvaise volonté à m'aider vous rend, je veux être franc, particulièrement suspect. D'autant plus que votre biographie mentionne certaines périodes où vous avez été lié au milieu.

— J'ai arrêté de jouer il y a des années déjà. » Il s'est allumé une cigarette. Sa main tremblait. Il fumait très vite. « Mais soit, j'étais chez moi, alité, et nous coupons souvent le téléphone pendant le week-end.

— Mais monsieur Schneider, la sécurité de l'entreprise est venue chez vous. Il n'y avait personne.

— De toute façon, vous ne voulez pas me croire. Inutile que je dise quoi que ce soit. »

Ce n'était pas la première fois que j'entendais cette phrase. Parfois je pouvais faire avancer les choses en convainquant l'autre que je croyais tout ce qu'il disait. Il m'était aussi arrivé de chatouiller cette détresse profonde que cache une réaction enfantine, de telle sorte que la personne finisse par tout déballer. Aujourd'hui, je n'étais capable ni de l'un ni de l'autre. Je n'en avais plus envie.

« Eh bien, dans ce cas, il faudra poursuivre notre conversation en présence de la sécurité de l'entreprise et de votre supérieur. J'aurais aimé vous épargner cela. Mais si je n'ai pas de vos nouvelles d'ici ce soir… Voici ma carte. »

Je n'ai pas attendu sa réaction, je suis sorti. En bas, sous l'auvent, j'ai regardé la pluie et je me suis allumé une cigarette. Est-ce qu'il pleuvait aussi, à cet instant, sur les rives du Sweet Afton ? Je ne savais pas comment continuer. Puis je me suis rappelé que les gars de la sécurité et du centre informatique avaient dû mettre leur piège en place. Je suis donc allé au centre pour voir à quoi cela ressemblait. Oelmüller n'était pas là. Un de ses collaborateurs – son badge m'apprit qu'il s'appelait Tausendmilch – m'a montré sur l'écran l'information à l'adresse des utilisateurs sur le faux fichier.

« Voulez-vous que je l'imprime ? Ce n'est pas un problème. »

J'ai pris la feuille et je suis allé voir Firner. Ni lui ni madame Buchendorff n'étaient là. Une secrétaire m'a parlé de cactées. J'en avais assez pour aujourd'hui et je suis parti.

Si j'avais été plus jeune, je serais allé sur l'Adriatique, malgré la pluie, et j'aurais nagé pour faire passer ma gueule de bois. Si j'avais simplement pu monter dans ma voiture, je l'aurais peut-être fait en dépit de mon âge. Mais mon bras abîmé ne me permettait toujours pas de conduire. Le portier, celui qui était là aussi le jour de l'explosion, m'a appelé un taxi.

« Vous êtes bien celui qui a ramené son fils à Schmalz. Vous vous appelez Selb ? Alors j'ai quelque chose pour vous. »

Il s'est glissé sous son tableau de contrôle et d'alarme et en est ressorti avec un petit paquet qu'il m'a tendu d'un air solennel.

« Il y a un gâteau, c'est une surprise pour vous. C'est madame Schmalz qui l'a préparé. »

J'ai demandé au chauffeur de taxi de me conduire à la piscine Herschel. C'était le jour des femmes au sauna. Je me suis donc laissé conduire jusqu'au « Kleiner Rosengarten » pour manger dans mon restaurant préféré une saltimbocca romana. Après je suis allé au cinéma.

La première séance de l'après-midi, quel que soit le film, a un certain charme. Le public est composé de clochards, de jeunes de treize ans et d'intellectuels frustrés. Avant, quand ça existait encore, on y trouvait les élèves des auto-écoles. Les adolescents y allaient pour flirter. Mais Babs, une amie directrice de collège, m'a assuré que les élèves flirtent maintenant à l'école et qu'à treize heures ils ont fini.

J'étais entré dans la mauvaise des sept boîtes dont était fait le cinéma et j'ai dû regarder *On Golden Pond.* J'aimais bien tous les acteurs principaux, mais à la fin j'étais heureux de ne pas avoir de femme, de fille et de petit-fils bâtard.

Avant de rentrer chez moi, je suis passé au bureau. Un message m'attendait : Schneider s'était pendu. Madame Buchendorff me l'avait laissé d'un ton très sobre sur mon répondeur en me priant de la rappeler de toute urgence.

Je me suis servi une sambuca.

« Est-ce que Schneider a laissé une lettre ?

— Oui, nous l'avons là. Il nous semble que votre affaire soit résolue. Firner aimerait vous voir pour en parler. »

J'ai répondu à madame Buchendorff que j'arrivais tout de suite et j'ai appelé un taxi.

Firner était de bonne humeur. « Bonjour, monsieur Selb. Une sale histoire. Il s'est pendu au laboratoire, avec un câble électrique. C'est une stagiaire qui l'a trouvé. Nous avons tout essayé pour le réanimer, évidemment. En vain. Lisez sa lettre d'adieu, c'est bien notre homme. »

Il m'a donné la photocopie d'une lettre écrite à la hâte, manifestement adressée à sa femme.

« Ma Dorle chérie – pardonne-moi. Ne crois pas que tu ne m 'as pas assez aimé – sans ton amour je l'aurais fait bien plus tôt déjà. Mais aujourd'hui je n'en peux plus. Ils savent tout et ne me laissent pas d'autre issue. Je voulais te rendre heureuse et te donner tout – que Dieu te rende la vie plus légère qu'elle ne l'a été ces dernières terribles années. Tu le mérites tant. Je t'embrasse – jusque dans la mort ton Franz. »

« Vous avez votre homme ? Mais ça ne résout rien du tout. J'ai parlé ce matin avec Schneider. C'est le jeu qui le tenait et qui l'a précipité dans la mort.

— Vous êtes un défaitiste. » Firner m'a éclaté de rire au nez, la bouche grande ouverte.

« Si Korten estime que l'affaire est réglée, il peut me la reprendre quand il veut. Je crois toutefois que vos conclusions sont hâtives. Et que vous n'y croyez pas vraiment non plus. À moins que vous ayez déjà renoncé à votre piège ? »

Firner ne s'est pas laissé impressionner. « De la routine, monsieur Selb, de la routine. Bien sûr que nous maintenons notre piège. Mais, en attendant, cette affaire est terminée. Il reste à comprendre certains détails, notamment comment Schneider a procédé pour ses manipulations.

— Je suis certain que vous n'allez pas tarder à me rappeler.

— Nous verrons, monsieur Selb. » Firner a mis un pouce

dans la petite poche de son trois-pièces, pour jouer *Yankee Doodle* avec les autres doigts.

En rentrant chez moi, dans le taxi, j'ai pensé à Schneider. Étais-je responsable de sa mort ? Ou était-ce la faute d'Eberhard qui avait apporté trop de bordeaux : le lendemain, avec ma gueule de bois, j'avais peut-être parlé trop brutalement à Schneider ? Ou est-ce le chef cuisinier avec sa bouteille de Bischofsgarten qui avait fini par nous achever ? Ou la pluie et les rhumatismes ? On pouvait suivre sans fin la chaîne des causes et des responsabilités.

Les jours suivants, j'ai souvent pensé à Schneider dans sa blouse blanche. Je n'avais pas grand-chose à faire. Goedeke m'a demandé un autre rapport, plus détaillé, sur son directeur de filiale déloyal ; un autre client s'est adressé à moi pour obtenir une information que la préfecture pouvait lui fournir.

Le mercredi, mon bras allait mieux, j'ai enfin pu aller chercher ma voiture sur le parking de la RCW. Le chlore avait attaqué la peinture, je mettrais ça sur ma note. Le portier m'a salué et m'a demandé si le gâteau avait été bon. Lundi, je l'avais oublié dans le taxi.

12

Chez les chouettes

J'ai exposé le problème de la chaîne des causes et des responsabilités à mes amis pendant que nous jouions aux cartes. Plusieurs fois par an, nous nous retrouvions un mercredi dans l'un des bars à vin de la région. Eberhard, champion d'échecs, Willy, ornithologue et professeur émérite de l'université de Heidelberg, Philipp, chirurgien au CHU, et moi.

Philipp, avec ses cinquante-sept ans, est notre benjamin, Eberhard, avec ses soixante-douze ans, notre Nestor. Willy est de six mois mon cadet. Nous n'allons jamais très loin dans nos parties de cartes, nous parlons trop volontiers.

J'ai parlé de la vie passée de Schneider, de sa passion de joueur, des soupçons que j'avais nourris à son égard – je n'y avais pas vraiment cru moi-même, mais ils m'avaient incité à l'aborder sèchement. « Il s'est suicidé deux heures plus tard. Je ne pense pas que ce soit à cause de mes soupçons. Il avait compris que sa passion intacte pour le jeu allait être découverte. Est-ce que je suis responsable de sa mort ?

— C'est toi le juriste, a dit Philipp. Il doit bien y avoir des critères pour déterminer cela ?

— Du point de vue juridique, je ne suis pas responsable. C'est le problème humain qui m'intéresse. »

Mes trois amis étaient désemparés. Eberhard réfléchissait. « Dans ce cas, je n'aurais plus jamais le droit de gagner aux échecs. Mon adversaire pourrait prendre la chose tellement à cœur qu'il se tuerait.

— Allons, allons, si tu sais que la défaite est la goutte qui va faire déborder le vase de la dépression, tu le laisses tomber et tu te cherches un autre adversaire. »

Eberhard n'était pas d'accord avec ce que Philipp venait de dire. « Qu'est-ce que je fais lors d'un tournoi où je ne peux pas choisir mon adversaire ?

— Chez les chouettes… a poursuivi Willy. Je comprends de mieux en mieux pourquoi j'aime tellement les chouettes. Elles attrapent les souris et les moineaux, nourrissent leurs petits, vivent dans les trous des arbres ou des cavités dans la terre, elles n'ont besoin ni de société ni d'État, elles sont courageuses, vives, fidèles à leur famille, leurs yeux sont pleins d'une profonde sagesse et jamais encore je ne les ai entendues pleurnicher sur cette question de culpabilité et de repentir. Pour le reste, si ce n'est pas l'aspect juridique mais l'aspect humain qui vous intéresse, je vous dis ceci : Tous les hommes sont coupables de tout.

— Tu vas voir, le jour où tu te trouveras sous mon bistouri. Si je dérape parce que l'infirmière me drague, est-ce que tous tes amis réunis ici seront responsables ? » Philipp a fait un grand geste de la main. Le serveur l'a interprété comme une commande et s'est présenté à la table avec une

Pils, un vin de Laufen, un autre d'Ihringen et un grog pour Willy qui était enrhumé.

« Enfin, en tout cas, si tu le coupes en morceaux, tu auras affaire à nous tous. » J'ai levé mon verre à la santé de Willy. Il n'a pas pu faire de même, son grog était encore trop chaud.

« N'aie pas peur, je ne suis pas idiot. Si je faisais quelque chose à Willy, nous ne pourrions plus jouer à la belote.

— Tu as raison, on va faire une autre partie », a dit Eberhard. Mais avant même qu'il ait pu annoncer *ses couleurs,* il a posé ses cartes sur la table. « Mais soyons sérieux ; moi, votre aîné, je suis encore le mieux placé pour aborder ça. Qu'est-ce qui nous arrivera quand l'un de nous… quand l'un de nous… vous savez bien ce que je veux dire.

— Quand il n'en restera plus que trois ? a dit Philipp en ricanant. Eh bien, on jouera à l'écarté.

— Est-ce qu'il n'y a pas un nouveau quatrième, un que nous pourrions inviter dès maintenant pour faire le cinquième ?

— Un prêtre, ça ne serait pas mal, à notre âge.

— Nous ne sommes pas obligés de jouer à chaque fois, de toute façon, on ne joue presque jamais. Nous pourrions aller manger quelque part ou faire quelque chose avec des femmes. J'amène une infirmière pour chacun de vous si vous voulez.

— Des femmes, a dit Eberhard, désapprobateur, avant de reprendre ses cartes.

— Mais l'idée d'aller manger quelque part est à retenir. » Willy a demandé la carte. Nous avons tous commandé quelque chose. La cuisine était bonne et nous avons oublié la responsabilité et la mort.

En rentrant chez moi, j'ai remarqué que j'avais pris de la distance avec la mort de Schneider. J'étais seulement curieux de savoir quand Firner se manifesterait de nouveau.

13

Les détails vous intéressent?

Il est rare que je reste chez moi le matin. Pas seulement parce que je me balade pas mal, mais aussi parce que j'ai du mal à ne pas aller au bureau même quand je n'ai rien à y faire. C'est un reliquat de l'époque où j'étais procureur. Il se peut aussi que je n'aie jamais vu mon père un seul jour ouvré à la maison quand j'étais enfant ; et à l'époque, on travaillait six jours sur sept.

Jeudi, je me suis fait violence. La veille, j'avais récupéré mon lecteur de cassettes vidéo. J'avais emprunté plusieurs cassettes. Même si cela fait longtemps qu'on ne tourne et ne montre plus de westerns, moi, je leur suis resté fidèle.

Il était dix heures. J'avais mis *Heaven's Gate* que je n'avais pas pu voir au cinéma, et qu'on n'y programme plus, je suppose ; j'ai vu les élèves de dernière année à Harvard faire cette course en smoking lors de la cérémonie d'adieu. Kris Kristofferson était bien placé quand le téléphone a sonné.

« Je suis content de pouvoir vous joindre, monsieur Selb.

— Avez-vous pensé qu'avec le temps qu'il fait je serais parti sur l'Adriatique, madame Buchendorff ? » Il pleuvait des trombes.

« Toujours le même vieux charmeur. Je vous passe monsieur Firner.

— Bonjour, monsieur Selb. Nous avons pensé que l'affaire était réglée, mais monsieur Oelmüller vient de me dire que c'est reparti dans notre système. Je vous serais reconnaissant si vous pouviez passer nous voir, le mieux serait aujourd'hui. Est-ce que votre agenda vous le permet ? »

Nous sommes convenus de nous voir à seize heures. *Heaven's Gate* dure presque quatre heures et il ne faut pas vendre sa peau trop bon marché.

En allant à l'usine, je me suis demandé pourquoi Kris Kristofferson avait pleuré à la fin. Parce que les anciennes plaies ne cicatrisent jamais ? Ou parce qu'elles cicatrisent et qu'un beau jour elles ne sont plus que de pâles souvenirs ?

Le portier de l'entrée principale m'a salué comme si j'étais une vieille connaissance, la main devant la casquette. Oelmüller est resté distant. Thomas s'était joint à nous.

« La dernière fois, je vous ai parlé du piège que nous avons mis en place, a dit Thomas. Aujourd'hui, il s'est refermé…

— Mais la souris s'est débinée avec son morceau de lard ?

— On peut dire ça comme ça, a dit Oelmüller d'un ton aigre. Voilà ce qui s'est passé exactement : hier, l'ordinateur nous a informés que notre fichier-appât a été demandé par le terminal PKR 137 et un utilisateur dont le numéro est 23045 ZBH. L'utilisateur, monsieur Knobloch, est employé à la comptabilité générale. Mais au moment de l'accès au fichier, il était en réunion avec trois messieurs des impôts. Quant au terminal concerné, il se trouve à l'autre bout de l'entreprise, dans la station d'épuration, et il était en maintenance en offline ce matin-là, entre les mains de notre propre technicien.

— Monsieur Oelmüller veut dire par là que l'appareil ne pouvait fonctionner pendant la révision, a dit Thomas pour venir à mon secours.

— Ce qui signifie que derrière Knobloch et son numéro se cache un autre utilisateur et derrière le faux numéro de terminal un autre terminal. Vous ne vous attendiez pas à ce que le coupable se camoufle ? »

Oelmüller était tout disposé à me répondre. « Si, monsieur Selb. Pendant tout le week-end j'ai réfléchi au moyen de mettre la main sur le responsable. Les détails vous intéressent ?

— Essayez toujours. Si c'est trop compliqué je vous le dirai.

— D'accord, je vais essayer d'être le plus clair possible. Nous avons fait en sorte qu'une certaine instruction de contrôle transmise par le système aux terminaux en fonctionnement déclenche un petit commutateur dans leur système de sauvegarde. Il est impossible que l'utilisateur s'en rende compte. La commande de contrôle a été envoyée aux terminaux au moment précis où il y a eu accès au fichier-appât. Notre intention était de pouvoir identifier plus tard, grâce à la position du commutateur, tous les terminaux qui communiquaient avec le système à ce moment-là, et ce indépendamment du numéro de terminal derrière lequel le coupable se serait caché.

— J'imagine ça comme l'identification d'une voiture

volée à l'aide non pas de la plaque d'immatriculation mais du numéro moteur ?

— Oui, à peu près. » Oelmüller a hoché la tête pour m'encourager.

« Et comment expliquez-vous que, malgré cela, la souris ne se soit pas trouvée dans le piège ? »

C'est Thomas qui a répondu. « Pour le moment nous n'avons pas d'explication. Ce à quoi vous pensez peut-être à l'instant – une intervention de l'extérieur – reste totalement improbable. Le système de capture mis en place par la poste est toujours actif et n'a rien signalé. »

Pas d'explication. *Dixit* les spécialistes. Ce qui me gênait, c'était de dépendre de leurs connaissances de spécialistes. Bien sûr, je pouvais suivre l'exposé d'Oelmüller. Mais je ne pouvais vérifier ses hypothèses. Il se pouvait que ces deux-là n'aient pas été particulièrement intelligents et qu'il n'ait pas été si difficile de trouver une ruse pour échapper au piège. Mais que faire ? Me familiariser avec l'informatique ? Suivre les autres pistes ? Quelles autres pistes ? Je ne savais plus quoi faire.

« Pour monsieur Oelmüller et moi toute cette affaire est très gênante, a dit Thomas. Nous étions certains de mettre la main sur le coupable en tendant ce piège et nous avons été assez bêtes pour le dire. Le temps presse. Et pourtant je ne vois pas d'autre solution que de vérifier par un travail laborieux sur chaque détail toutes nos hypothèses et conclusions. Peut-être devrions-nous parler aussi au fabricant du système, n'est-ce pas, monsieur Oelmüller ? Pouvez-vous nous dire, monsieur Selb, comment vous comptez continuer ?

— Il faut d'abord que je réfléchisse à tout cela.

— Je serais heureux que nous restions en contact. Pouvons-nous nous revoir lundi matin ? »

Nous étions déjà debout et en train de prendre congé quand j'ai pensé à l'incident. « Qu'ont donné vos investigations sur les causes de l'explosion ? A-t-on eu raison de déclencher l'alerte à la pollution ?

— L'alerte à la pollution semble avoir été déclenchée à juste titre par le RRZ. En tout cas, notre enquête nous permet, d'ores et déjà, de dire que cela n'a rien à voir avec notre système. Inutile de vous dire combien j'ai été soulagé. Une valve cassée – c'est de la responsabilité des gens qui ont installé le laboratoire. »

14

Longue à réagir

J'arrive à réfléchir correctement quand il y a de la bonne musique. J'avais allumé la chaîne, mais je n'avais pas encore posé *Le Clavecin bien tempéré* sur la platine : je voulais d'abord aller chercher une bière dans la cuisine. Quand je suis revenu, j'ai pu écouter le tube favori de ma voisine du dessous qui avait mis sa radio à fond. « We're living in a material world and I'm a material girl… »

J'ai tapé du pied, mais ça n'a servi à rien. J'ai donc mis mon peignoir, mes chaussures et ma veste et j'ai descendu un étage pour sonner à sa porte. Je voulais demander à la « material girl » s'il y avait encore une place pour la politesse dans son « material world ». Personne n'a répondu à mes coups de sonnette et aucune musique ne provenait de son appartement. Il n'y avait personne, manifestement. Les autres voisins étaient en vacances et au-dessus de chez moi, il n'y avait plus que le grenier.

C'est à ce moment-là que j'ai réalisé que la musique sortait de mes propres enceintes. Je n'ai pas branché de radio sur ma chaîne. J'ai pianoté sur les boutons de l'ampli sans pouvoir éteindre la musique. J'ai mis le disque. Dans les forti, Bach parvenait sans peine à couvrir ce canal de mauvais augure ; en revanche, il devait se partager les piani avec le speaker de la radio. Quelque chose semblait avoir sauté dans ma chaîne.

Peut-être était-ce le manque de bonne musique ; en tout cas, le soir, je n'avais plus beaucoup d'idées géniales. J'ai imaginé un scénario dans lequel Oelmüller jouait le malfaiteur. Tout collait – sauf la psychologie. Il n'était ni un plaisantin ni un joueur – pouvait-il être un maître chanteur ? D'après ce que je sais sur la criminalité informatique, une personne travaillant chaque jour sur un tel outil s'en servirait autrement. Il utiliserait le système, mais ne le rendrait pas ridicule.

Le lendemain, avant le petit déjeuner, je me suis rendu dans un magasin de radio. J'avais essayé de nouveau ma chaîne, le parasite avait disparu. Cela m'a encore plus énervé. J'ai du mal à supporter que l'infrastructure soit imprévisible. Ma voiture a beau rouler et la machine à laver tourner, tant que la plus insignifiante des diodes lumineuses ne fait pas preuve d'une conformité prussienne, je ne suis pas tranquille.

Je suis tombé sur un jeune homme compétent. Mon ignorance technique lui a fait pitié, il m'aurait presque appelé grand-père, aimable et condescendant. Bien sûr je sais, moi aussi, que les ondes ne sont pas attirées par la radio mais qu'elles sont toujours présentes. La radio les rend seulement audibles ; le jeune homme m'expliquait que les circuits qui réalisent cette prouesse dans le récepteur existent également, à peu de chose près, dans l'amplificateur et que, dans certaines conditions atmosphériques, l'amplificateur fonctionne comme un récepteur. Il n'y avait rien à dire, c'était plausible.

En quittant la rue Seckenheimer pour aller dans mon café sous les arcades, près du Wasserturm, j'ai acheté le journal. Mon marchand de journaux met toujours à côté du *Süddeutsche* le *Rhein-Neckar-Zeitung*. Je ne sais pas pourquoi, mais les initiales RNZ de ce journal ne me sont pas sorties de la tête.

Installé à ma table au Café Gmeiner, alors que j'attendais mes œufs au lard devant ma tasse de café, j'ai eu le sentiment de vouloir dire quelque chose à quelqu'un mais de ne plus savoir quoi. Est-ce que cela avait à voir avec le RNZ ? Je me suis rappelé que je n'avais pas lu l'interview que Firner avait donnée à Tietzke. Mais ce n'était pas cela que je cherchais. Est-ce qu'hier, par hasard, quelqu'un avait évoqué le RNZ ? Non, Oelmüller avait dit que le RRZ ne s'était pas trompé en déclenchant l'alarme. C'était, apparemment, le service responsable de l'alerte et de la saisie des taux de pollution. Mais il y avait autre chose qui ne voulait pas me revenir à l'esprit. Cela avait à voir avec l'amplificateur qui fonctionnait comme récepteur.

Lorsqu'on m'a servi les œufs au lard, j'en ai profité pour demander un autre café. La serveuse ne l'a apporté qu'au bout de ma troisième demande. « Je suis désolée, monsieur Selb, je suis un peu longue à réagir aujourd'hui. J'ai gardé le fils de ma fille hier parce que les jeunes avaient des places de théâtre et ils ne sont rentrés que tard. C'est le *Crépuscule des dieux* de Wagner qui a mis si longtemps. »

Longue à réagir. Naturellement, c'était cela, la longueur de la réaction jusqu'au RRZ. Herzog m'avait parlé du modèle de saisie directe des taux de pollution. Ces mêmes données sont également saisies par le système de la RCW, avait dit Oelmüller. Et Ostenteich avait parlé de la connexion en ligne de la RCW au système de surveillance de l'État. Il devait donc y avoir un lien entre le centre de calcul de la RCW et celui du RRZ. Est-ce qu'il était possible d'intervenir à partir du RRZ grâce à cette connexion dans le système de management de la RCW ? Était-il par ailleurs pensable que les gens de la RCW l'aient tout bonnement oublié ? J'ai essayé de me rappeler mes conversations précédentes et je me suis fort bien souvenu du fait qu'il avait été question de terminaux de l'entreprise et de lignes téléphoniques vers l'extérieur lorsque nous avions évoqué les possibles failles du système. On n'avait jamais évoqué une liaison directe entre la RCW et le RRZ telle que je l'imaginais aujourd'hui. Celle-ci ne faisait partie ni des lignes téléphoniques ni des liaisons entre terminaux. Elle se différenciait sans doute des autres par le fait qu'elle ne servait pas à la communication active. Un flot paisible de données partait de ces capteurs mal aimés vers je ne sais quelles bandes de stockage. Des données qui n'intéressent personne dans l'entreprise et que l'on peut oublier tant qu'il n'y a pas d'alerte ou d'incident. J'ai alors compris pourquoi le brouhaha musical de ma chaîne m'avait si longtemps préoccupé : le dérangement venait de l'intérieur.

J'ai trituré mes œufs au lard et les multiples questions qui me passaient par la tête. J'avais besoin, avant tout, d'informations supplémentaires. Je n'avais pas envie, pour l'instant, de parler à Thomas, Ostenteich ou Oelmüller. S'ils avaient oublié une connexion RCW-RRZ, leur omission les préoccuperait plus que la connexion elle-même. Il fallait que j'aille faire un tour dans les locaux du RRZ et que j'y déniche quelqu'un à même de m'expliquer les liens entre les systèmes.

J'ai téléphoné à Tietzke depuis la cabine téléphonique à côté des toilettes. Le RRZ était le « Centre informatique régional » à Heidelberg. « D'une certaine façon, il est même interrégional, a dit Tietzke, parce que le Bade-Wurtemberg et la Rhénanie-Palatinat y sont connectés. Que comptez-vous y faire, monsieur Selb ?

— Vous êtes incorrigible, monsieur Tietzke ? » lui ai-je dit avant de lui promettre les droits de mes Mémoires.

15

Pom pom, pom pom, pom

Je suis allé directement à Heidelberg. J'ai pu trouver une place pour me garer devant la faculté de droit et me suis donc rendu à pied jusqu'à la place Ebert, anciennement place Wrede, où se trouvait le Centre informatique régional. Celui-ci était installé dans un vieux bâtiment occupé jadis par la Deutsche Bank, avec une entrée flanquée de deux colonnes. Le portier était assis dans l'ancienne salle des guichets. Je me suis présenté :

« Selk, des éditions Springer. J'aimerais parler avec une personne de la surveillance des émissions, ma maison a pris rendez-vous. »

Il a saisi le combiné. « Monsieur Mixkey, j'ai quelqu'un ici des éditions Springer qui aimerait vous parler, il dit qu'il a rendez-vous. Je vous l'envoie ? »

Je suis intervenu. « Pourrais-je parler un instant à monsieur Mixkey ? » Comme le portier était installé à un bureau sans vitres et que j'avais déjà tendu la main, il m'a donné l'appareil, l'air ahuri.

« Bonjour, monsieur Mixkey, Selk à l'appareil, des éditions Springer, celles avec le petit cheval, les scientifiques, vous voyez ce que je veux dire. Nous voulons publier dans notre rubrique d'informatique un article sur votre modèle de saisie directe des taux de pollution, et comme je viens de parler avec les gens de l'industrie, j'aimerais pouvoir faire la connaissance de ceux qui se trouvent à l'autre bout de la chaîne. Vous est-il possible de me recevoir ? »

Il n'avait pas beaucoup de temps, mais il m'a prié de monter. Son bureau se trouvait au second étage, la porte était ouverte, on voyait la table. Mixkey était assis, dos à la porte, très concentré sur son terminal, devant lequel il pianotait très vite, avec deux doigts. Il m'a lancé par-dessus l'épaule : « Entrez donc, j'ai presque terminé. »

J'ai regardé autour de moi. Sur la table et les chaises s'empilaient des tirages d'imprimante et des revues, depuis *Computer-Magazin* jusqu'à une édition américaine de *Penthouse.* Sur le mur était accroché un tableau noir où l'on pouvait encore lire, à la craie, « Happy Birthday, Peter ». À côté du tableau, Einstein me tirait la langue, sur l'autre mur il y avait des affiches de cinéma et la photo d'une scène que je ne parvenais pas à attribuer à un film. Je me suis approché. « Madonna, a-t-il dit sans lever le nez.

— Madonna ? »

Du coup il a levé la tête. Un visage marqué, osseux, avec de profondes rides barrant le front, une petite moustache, un menton volontaire et une tignasse drue et déjà un peu grisonnante. Ses yeux me regardaient avec gaieté à travers des lunettes d'une laideur choisie. Les lunettes « Sécu » des années cinquante étaient-elles de nouveau en vogue ? Il portait des jeans et un pull-over bleu foncé, pas de chemise. « Je vais vous la sortir de mon fichier cinéma et vous l'afficher à l'écran, ça sera de bon cœur. » Il m'a fait signe de m'approcher, il a tapé quelques commandes et l'écran s'est rempli en un éclair. « Vous est-il déjà arrivé de chercher une mélodie sans pouvoir vous la rappeler ? Un problème que rencontrent tous les fans du hit-parade et tous les branchés de cinéma. J'ai trouvé une solution. Voulez-vous écouter la musique de votre film préféré ?

— *Barry Lyndon* », ai-je répondu. L'instant d'après j'entendais le début de la sarabande de Haendel ; le son couinait, c'est vrai, mais tout de même : pom pom, pom pom, pom. « C'est chouette, ai-je dit.

— Qu'est-ce qui vous amène, monsieur Selk ? Comme vous pouvez le constater, je suis très occupé en ce moment et je n'ai pas beaucoup de temps. Vous vouliez parler des taux de pollution ?

— C'est ça, de ces taux ou, plutôt, d'un reportage sur vous dans notre rubrique informatique. »

Un collègue est entré dans le bureau. « Tu joues encore avec tes fichiers ? Et moi, je vais devoir me farcir les chiffres d'inscriptions pour les Églises – je dois te dire que je trouve cela extrêmement peu confraternel.

— Puis-je vous présenter mon collègue monsieur Grinsche. Il s'appelle vraiment comme ça, mais avec un e muet. – Jörg, je te présente monsieur Selk. Il veut faire un rapport sur le climat d'entreprise au RRZ. Continue comme ça, tu es tout ce qu'il y a de plus authentique.

— Alors là, Peter, alors là vraiment… » Grinsche a gonflé ses joues. Je leur donnais à tous les deux une bonne trentaine d'années, mais le premier avait l'air d'un jeune homme de vingt-cinq ans mature et l'autre d'un quinquagénaire qui aurait mal vieilli. Le côté grincheux de Grinsche était souligné par un costume safari et ses longs cheveux qui se clairsemaient. J'y vis une nouvelle confirmation du bien-fondé de ma politique, qui consistait à faire couper court mes cheveux peu abondants. Une fois de plus je me suis demandé si ma chevelure allait encore changer à mon âge ou si la progression de la calvitie s'était arrêtée, comme pour les femmes l'enfantement après la ménopause.

« D'ailleurs, tu aurais pu sortir le rapport sur ton terminal depuis longtemps. Je suis en train d'analyser le comptage de la circulation. Il faut que ce soit terminé aujourd'hui. Voilà, monsieur Selk, c'est pour cela que les choses se présentent mal pour nous deux. À moins que vous ne m'invitiez à déjeuner ? Au McDonald's ? »

Nous nous sommes donné rendez-vous pour midi et demi.

Je me suis promené dans la rue principale, témoignage impressionnant de la volonté destructrice de la politique municipale dans les années soixante-dix. Il ne bruinait pas à ce moment-là. Mais le temps avait encore du mal à savoir quoi proposer pour le week-end. Je me suis dit que j'allais questionner Mixkey sur le météorogramme. Au centre commercial du Darmstädter Hof, j'ai trouvé un magasin de disques. Il m'arrive de faire des emprunts à l'air du temps, j'achète le disque ou le livre du moment, je vais voir *Rambo II* ou je regarde une discussion électorale entre Kohl, Rau, Strauss et Bangemann. Madonna était en promotion. La jeune fille à la caisse m'a regardé et m'a demandé si je voulais un paquet-cadeau. « Non, pourquoi, je vous donne cette impression ? »

Je suis sorti du centre commercial, côté place Bismarck. J'aurais volontiers rendu visite au vieux monsieur sur son piédestal. Mais le trafic m'en a empêché. J'ai acheté un paquet de Sweet Afton au coin de la rue ; ensuite, il était l'heure.

16

Comme la course à l'armement

C'était l'heure d'affluence au McDonald's. Mixkey nous a fait gagner des places dans la file d'une main de maître. Sur sa recommandation j'ai pris, pour une petite faim, un fishmac avec de la mayonnaise, une petite portion de frites avec du ketchup et un café.

Mixkey, grand et élancé qu'il était, a commandé un Big avec du fromage, une grande portion de frites, trois sachets de ketchup, un second petit hamburger « pour la petite faim après », un apple pie, et puis deux milkshakes et un café pour arroser le tout.

J'ai payé pour le tout à peine vingt-cinq marks.

« Pas cher, n'est-ce pas, pour un déjeuner à deux ? Merci de votre invitation. »

Nous n'avons pas trouvé tout de suite deux places à une table. J'ai voulu approcher une chaise libre d'une table libre, mais le siège était boulonné au sol. J'étais stupéfait ; ni en tant que procureur ni en tant que détective privé je n'avais rencontré le délit de vol de chaise de restaurant. Nous nous sommes finalement installés à une table où déjeunaient deux élèves qui, envieux, avaient du mal à ne pas lorgner le plateau de Mixkey.

« Monsieur Mixkey, la saisie directe des taux de pollution conduit, après le recensement, au premier grand débat juridique lié à l'informatique, le premier aussi à être arrivé devant le tribunal constitutionnel. La rubrique informatique me demande un article juridique ; d'ailleurs, le journalisme juridique est ma spécialité. Mais je me rends compte que je dois mieux comprendre les aspects techniques. C'est pourquoi j'aimerais avoir quelques renseignements.

— Mhm. » Il était en train de mastiquer avec satisfaction son Big, deux cent cinquante grammes de viande.

« Quel est le lien entre vos données et celles des entreprises dont vous surveillez les émissions ? »

Mixkey a avalé. « Je pourrais vous raconter mille choses là-dessus, vous parler de la technologie de transfert de bits, bytes et bauds, de disque dur et de logiciels, et patati et patata. Que voulez-vous savoir ?

— Il se peut que le journaliste que je suis ne soit pas à même de poser des questions suffisamment précises. Par exemple, j'aimerais savoir comment est déclenchée l'alerte à la pollution atmosphérique. »

Mixkey était en train de déballer le hamburger pour la petite faim, sur lequel il étalait généreusement du ketchup. « En fait, c'est banal. Dans l'usine, aux points d'émission des éléments polluants, il y a des capteurs qui nous communiquent vingt-quatre heures sur vingt-quatre, par des câbles fixes, la quantité d'éléments polluants. Nous relevons les valeurs et, en même temps, nous les entrons dans notre météorogramme. Le météorogramme est le résultat des données météorologiques que nous recevons de la météorologie nationale. Lorsque les taux sont trop élevés ou lorsque le climat n'en vient pas à bout, il y a chez nous, au RRZ, un signal d'alarme et toute la machinerie de l'alerte à la pollution se met en branle, ce qui, la semaine dernière, a si bien fonctionné.

— On m'a dit que les entreprises reçoivent les mêmes données que vous sur les émissions polluantes. Comment est-ce possible techniquement ? Est-ce qu'elles aussi sont branchées sur les capteurs, comme deux lampes à une prise multiple ? »

Mixkey a ri. « On pourrait le dire comme ça. Techniquement c'est un peu différent. Comme dans les entreprises il n'y a pas un seul mais plusieurs capteurs, on réunit dès l'usine les différents canaux de transmission. À partir de ce point de connexion, si vous voulez, les données arrivent chez nous par la ligne fixe. Et chaque entreprise prend les données, comme nous, au point de connexion.

— Est-ce que ce système est sûr ? Je me suis dit que l'industrie pouvait avoir un certain intérêt à falsifier les données ? »

Cette dernière question a réveillé Mixkey ; il a reposé son apple pie sans y avoir touché. « Pour quelqu'un qui ne connaît rien à la technique, vous posez de très bonnes questions. Je vous en parlerai volontiers. Mais je trouve qu'après cet apple pie », il a regardé avec beaucoup de douceur cette pâtisserie à l'air morbide, qui dégageait un parfum de cannelle synthétique, « nous devrions aller ailleurs et terminer ce déjeuner dans le café de la rue de l'Académie. » J'ai pris une cigarette, mais je ne savais pas où j'avais mis mon briquet. Mixkey, qui ne fumait pas, ne pouvait rien pour moi.

Nous avons traversé le grand magasin Horten pour aller au café ; en passant, Mixkey s'est acheté le dernier numéro de *Penthouse*. Pendant un bref moment, nous nous sommes perdus de vue dans la foule, mais nous nous sommes retrouvés à la sortie.

Au café, Mixkey a commandé une forêt-noire, une tarte aux quatre fruits et un feuilleté avec un grand café. Avec de la crème. Manifestement, ce qu'il mangeait ne lui profitait pas. Les gens minces comme lui qui peuvent s'empiffrer comme cela me rendent envieux.

« Que diriez-vous d'une réponse intelligente à ma question intelligente ? ai-je dit pour reprendre le fil.

— En théorie, il y a deux failles. D'une part on peut trifouiller les capteurs, mais ils sont tellement bien plombés qu'on ne manquerait pas de s'en apercevoir. L'autre faille est le point de connexion avec le raccord de la ligne de l'entreprise. Les politiciens ont accepté un compromis que je trouve très douteux. Car, au bout du compte, on ne peut pas exclure que depuis cette jonction, les données d'émissions soient falsifiées ou, pire, que la structure du programme du système d'alerte à la pollution soit manipulée. Nous avons, bien entendu, installé des sécurités que nous ne cessons d'améliorer, mais vous pouvez vous imaginer la situation comme celle de la course à l'armement. Chaque système de défense peut se faire avoir par un nouveau système d'attaque, et réciproquement. C'est une spirale sans fin, tout comme son prix. »

La cigarette à la bouche, j'ai tapoté sur toutes mes poches

à la recherche de mon briquet. En vain, bien entendu. C'est alors que Mixkey a sorti de la poche intérieure droite de son élégante veste de cuir nappa deux briquets jetables dans leur emballage sous plastique thermoformé, l'un rose, l'autre noir. Mixkey a ouvert le paquet.

« Voulez-vous le rose, monsieur Selk ? Une attention de la maison Horten. » Il m'a fait un clin d'œil, a posé le rose devant moi et m'a donné du feu avec le noir.

« Un ancien procureur devenu receleur de briquets. » J'ai vu le gros titre devant moi et j'ai joué encore un peu avec le briquet avant de le mettre dans ma poche et de remercier Mixkey.

« Et est-ce que l'inverse est possible ? Est-ce qu'on pourrait entrer depuis le RRZ dans l'ordinateur de l'entreprise ?

— Si la ligne de l'entreprise arrive dans l'ordinateur et non pas dans une station de données isolée, alors… Mais finalement, après tout ce que je vous ai dit, vous devriez le savoir.

— Vous vous trouvez donc vraiment l'un en face de l'autre comme les deux superpuissances, avec vos armes défensives et offensives. »

Mixkey a tiré sur son lobe d'oreille. « Soyez prudent dans vos comparaisons, monsieur Selk. Les Américains, dans votre image, ça ne peut être que l'industrie capitaliste. À nous, l'État, il ne reste que le rôle des Russes. Appartenant au service public », il s'est redressé, les épaules en arrière, et s'est donné un air de pilier de l'État, « je dois catégoriquement rejeter ce sous-entendu impertinent. » Il a ri, s'est laissé aller et a mangé son feuilleté.

« Encore une chose, a-t-il dit. Parfois je m'amuse en

pensant que l'industrie, qui a obtenu en ferraillant ce compromis si dangereux pour nous, s'est en réalité punie elle-même : en passant par notre réseau, un concurrent peut désormais manipuler le système de l'autre. Est-ce que ce n'est pas mignon, le RRZ comme plaque tournante de l'espionnage industriel ? » Il a fait tourner sa fourchette au-dessus de son assiette. Lorsque le mouvement s'est arrêté, les dents étaient dirigées vers moi.

J'ai retenu avec peine un soupir. Les cas de figure que Mixkey imaginait augmentaient le cercle des suspects de façon exponentielle. « C'est une variante intéressante. Monsieur Mixkey, vous m'avez beaucoup aidé. Est-ce que je peux vous appeler s'il me restait encore une question ? Voici ma carte. » J'ai sorti de mon portefeuille ma carte de visite avec mon adresse privée et mon numéro de téléphone sur laquelle je me présente comme Gerhard Selk, journaliste free-lance.

Notre chemin nous menait tous les deux jusqu'à la place Ebert.

« Que prévoit votre météorogramme pour le week-end prochain ?

— Ça sera bon, pas de pollution et même pas de pluie. Cela pourrait être un week-end à la piscine. »

Nous avons pris congé. En passant par le Römerkreisel je suis allé faire le plein dans la rue Bergheimer. Il m'était impossible d'entendre couler l'essence sans penser aux lignes entre la RCW et le RRZ et je ne sais quelle autre entreprise. Si mon cas est une affaire d'espionnage industriel, me suis-je dit sur l'autoroute, il me manque encore un élément. Les incidents survenus dans le système de la RCW ne collaient pas avec une affaire d'espionnage. À moins que l'espion ait ainsi voulu effacer sa trace ? Mais il n'avait aucune raison de le faire, sauf s'il pensait qu'on était déjà à ses trousses. Et pourquoi l'aurait-il cru ? L'un des premiers incidents permettait peut-être de le démasquer ? Il fallait absolument que je relise les rapports. Et il fallait que je téléphone à Firner pour qu'on me donne une liste des entreprises connectées au système d'alerte à la pollution.

Il était trois heures quand je suis arrivé à Mannheim. Les stores des Assurances de Mannheim annonçaient déjà la fermeture des bureaux. Seules les fenêtres qui restaient allumées la nuit pour dessiner un M étaient encore en service. M comme Mixkey, me suis-je dit.

Cet homme me plaisait. Il me plaisait également comme suspect. J'avais là le joueur, le passionné et l'espiègle que j'avais cherché depuis le début. Il avait suffisamment d'imagination, suffisamment de compétences et il avait la bonne place. Mais ce n'était qu'un sentiment, rien de plus. Et si j'essayais de le coincer avec ces éléments, il m'enverrait paître magistralement.

Je le suivrais pendant le week-end. Pour le moment, je n'avais pas plus que ce sentiment et je ne voyais pas comment je pourrais suivre sa trace autrement. Peut-être ferait-il un mouvement qui me donnerait d'autres idées. Si nous avions été en hiver, j'aurais acheté pour le week-end des piles de livres sur la criminalité informatique. Suivre quelqu'un en hiver, c'est difficile et ça vous glace un homme. Mais l'été c'est possible, et Mixkey avait l'intention d'aller à la piscine.

17

Vous devriez avoir honte !

Dès le vendredi, j'ai appris par mon collègue Hemmelskopf, du Service d'information des crédits, que Mixkey habitait actuellement à Heidelberg au numéro 9 du Burgweg, qu'il avait une Citroën DS cabriolet immatriculée HD-CZ 985, qu'il était célibataire, sans enfants, qu'en tant que haut fonctionnaire il gagnait dans les 55 000 marks et qu'il avait fait auprès de la Bank für Gemeinwirtschaft un emprunt de 30 000 marks qu'il remboursait régulièrement. Le samedi à sept heures, j'étais devant le Burgweg.

C'est un petit bout de rue interdit à la circulation. Sa partie supérieure, piétonnière, mène au château. Les habitants des cinq maisons de la partie basse peuvent garer leur voiture devant chez eux. Ils ont une clé leur permettant d'ouvrir la barrière qui sépare le Burgweg du Unteren-Faulen-Pelz. J'ai été heureux de voir tout de suite la voiture de Mixkey. C'était une splendeur, vert bouteille, aux chromes étincelants et au toit couleur crème. C'est donc à ça qu'avait servi son emprunt. J'ai garé ma voiture dans l'épingle à cheveux de la Neue Schlossstrasse depuis laquelle un escalier droit et raide descend au Burgweg. La voiture de Mixkey était garée le museau vers le haut de la rue ; je devrais donc avoir le temps de me retrouver en bas en même temps que lui au Unteren-Faulen-Pelz. Je me suis installé pour pouvoir observer sans être vu l'entrée de la maison.

À huit heures et demie, une fenêtre s'est ouverte à hauteur de mes yeux dans la maison que j'avais prise pour celle des voisins. Mixkey s'étirait, nu, dans l'air déjà doux du matin. J'ai eu juste le temps de me planquer derrière la colonne d'affichage. J'ai passé un peu la tête, il bâillait et faisait des flexions du buste. Il ne m'a pas remarqué.

À neuf heures, il a quitté la maison pour aller au marché devant l'église du Saint-Esprit où il a mangé deux petits pains au saumon. Au drugstore de la Kettengasse il a bu un café, flirté avec la beauté exotique qui servait au bar, téléphoné, lu le *Frankfurter Rundschau,* fait une partie d'échecs en blitz, quelques courses, puis il est rentré chez lui déposer ses achats avant de ressortir avec un grand sac et de monter dans sa voiture. Il allait se baigner, il portait un T-shirt avec l'inscription « Greatful dead », des jeans coupés au-dessus du genou, et des sandales à la Jésus. Il avait les jambes fines et blanches.

Mixkey devait faire demi-tour, mais la barrière en bas était ouverte, si bien que j'ai eu du mal à me retrouver derrière lui, une voiture entre nous. Je pouvais entendre la musique de sa sono mise à fond. « He's a pretender », chantait Madonna.

Il a pris l'autoroute de Mannheim. À quatre-vingts kilomètres à l'heure, il est passé devant le pavillon de l'Automobile Club et le tribunal administratif pour longer ensuite le haut du parc Luisen. Soudain, il a donné un coup de frein et a tourné à gauche. Lorsque le trafic en face m'a permis de passer, j'avais perdu de vue la voiture de Mixkey. J'ai continué à allure réduite pour essayer d'apercevoir le cabriolet vert. À l'angle de la rue Rathenau, j'ai entendu de la musique ; elle s'est brusquement arrêtée. J'ai avancé mètre après mètre. Mixkey est sorti de sa voiture et entré dans la maison qui faisait l'angle.

Je ne sais pas ce que j'ai enregistré en premier, l'adresse ou la voiture de madame Buchendorff dont la carrosserie argentée étincelait devant l'église du Christ. J'ai baissé la vitre de droite pour jeter un coup d'œil sur la maison. À travers une grille en fer forgé et un jardin en friche, j'ai vu le balcon au premier étage. Madame Buchendorff et Mixkey s'embrassaient.

Et c'est justement ces deux-là qui avaient une liaison ! Ça ne m'allait pas du tout. Suivre quelqu'un qui vous connaît n'est déjà pas facile, mais lorsqu'on est découvert, on peut toujours faire croire à un hasard et se tirer ainsi d'affaire tant bien que mal. Avec deux personnes c'est possible aussi, en principe. Mais pas dans ce cas. Madame Buchendorff me présenterait-elle comme monsieur Selb, détective privé, et Mixkey comme monsieur Selk, journaliste free-lance ? S'ils allaient à la piscine, il me faudrait les attendre dehors. Ils s'embrassaient à bouche que veux-tu. Est-ce qu'il y avait autre chose qui ne me convenait pas ?

J'ai parié qu'ils prendraient la voiture de Mixkey. Elle était déjà décapotée. J'ai remonté un peu la rue Rathenau pour me garer en ayant dans un rétroviseur la porte du jardin, dans l'autre la Citroën. Au bout d'une demi-heure ils sont passés à côté de moi ; j'étais derrière le *Süddeutsche Zeitung*. Puis je les ai suivis par le « canal de Suez », jusqu'au lac de Stollenwörth.

Il se trouve au sud de la ville, et comprend deux piscines associatives. Madame Buchendorff et Mixkey sont allés à celle de la poste. J'ai garé ma voiture devant l'entrée. Combien de temps les jeunes amoureux se baignent-ils aujourd'hui ? À mon époque, au lac de Müggel, cela pouvait durer des heures. Cela n'avait sans doute pas changé beaucoup. Dans la rue Rathenau, déjà, j'avais fait le deuil de mon bain, mais la perspective de rester assis pendant trois heures dans ma voiture m'a conduit à chercher une autre solution. Est-ce que cette piscine était visible depuis l'autre ? Cela valait bien la peine d'essayer.

Je suis allé dans la piscine en face, et j'ai rangé ma paire de jumelles Zeiss dans mes affaires de bain. Elle me vient de mon père, un ancien officier de carrière, il a perdu la Première Guerre mondiale avec elle. J'ai pris mon billet, mis mon bermuda, rentré mon ventre et je me suis installé au soleil.

La place que j'ai trouvée me permettait de voir l'autre piscine. La pelouse était pleine de familles, de groupes, de couples et de gens seuls, et même parmi les mamans, certaines avaient osé le monokini.

Lorsque j'ai sorti la paire de jumelles, j'ai eu droit aux premiers regards réprobateurs. J'ai visé les arbres, les mouettes, un canard en plastique au milieu du lac. Si j'avais pris avec moi mon atlas ornithologique, j'aurais pu faire quelque chose pour inspirer confiance. Très rapidement j'ai eu l'autre piscine dans mon champ de vision ; la distance ne m'aurait pas empêché d'observer les deux tourtereaux. Mais on ne m'a pas laissé faire.

« Vous devriez avoir honte ! » a dit un père de famille dont le ventre débordait sur le maillot, et la poitrine sur le bedon. Lui et sa femme étaient bien la dernière chose que je voulais voir à travers mes jumelles. « Si vous n'arrêtez pas tout de suite, espèce de voyeur, je vous casse votre machin. »

C'était absurde. Les hommes autour de moi ne savaient pas où donner du regard, soit pour tout voir soit pour ne rien voir, et il n'est sans doute pas trop vieux jeu de supposer que les femmes savaient ce qu'ils faisaient. Et puis il y avait moi que tout cela n'intéressait pas – non pas que cela n'aurait pas pu m'intéresser, mais là, je n'en avais vraiment rien à faire, je n'avais que mon job en tête. Et c'est justement moi qu'on soupçonnait de lubricité, qu'on accusait, déclarait coupable et condamnait.

On ne peut combattre de telles personnes qu'avec leurs propres armes. « C'est vous qui devriez avoir honte, ai-je répliqué. Quand on a une silhouette pareille, on porte une chemise ! » J'ai mis la paire de jumelles dans mon sac. En me levant j'ai constaté que je mesurais une tête de plus que lui. Il s'est contenté de quelques borborygmes.

J'ai sauté dans le lac pour rejoindre l'autre piscine à la nage. Inutile de sortir de l'eau ; Madame Buchendorff et Mixkey s'étaient mis en plein soleil près de l'eau. Mixkey s'apprêtait à déboucher une bouteille de vin rouge. Cela me laissait au moins une heure. Je suis reparti à la nage. La partie adverse avait mis une chemise Hawaii, faisait des mots croisés avec sa femme et me laissait en paix. J'ai acheté une saucisse avec beaucoup de moutarde et des frites et j'ai lu mon *Süddeutsche.*

Une heure plus tard, je suis allé me garer de nouveau devant l'autre piscine. Mais les deux ne sont sortis qu'à six heures par la porte-tambour. Les jambes maigres de Mixkey avaient une teinte écrevisse, madame Buchendorff portait ses cheveux détachés sur les épaules et soulignait son bronzage par une robe de soie bleue. Ils sont ensuite allés chez elle, rue Rathenau. Lorsqu'ils sont ressortis, elle portait un pantalon à pinces à carreaux très osé et un pull à motifs de cuir, lui un costume en lin clair. À pied, ils sont allés au bar de l'hôtel de Steigenberg qui se trouve dans le parc Augusta. J'ai essayé de me faire petit dans le hall de l'hôtel, jusqu'au moment où je les ai vus aller au restaurant leur verre à la main. C'était à mon tour donc d'aller au bar pour commander un aviateur. Le barman a écarquillé les yeux. Je lui ai expliqué le mélange, il a hoché la tête. La conversation était engagée.

« Nous avons une sacrée chance, a-t-il dit. Il y a un couple qui est venu au bar et qui voulait dîner au restaurant. Le type a fait tomber une carte de son portefeuille, juste sous mon nez. Bien sûr il l'a reprise tout de suite, mais j'ai eu le temps de voir ce qu'il y avait écrit : *Inspecteur de bonne table,* et à côté, le petit bibendum de Michelin. Vous savez, un de ceux qui font les guides. Nous sommes un bon restaurant, mais j'ai quand même dit au *maître de service* de quoi il retourne ; ces deux-là vont avoir un dîner et un service qu'ils ne sont pas près d'oublier.

— Et vous, vous aurez enfin votre étoile ou au moins vos trois fourchettes ou petites cuillères croisées.

— Espérons. »

Inspecteur de bonne table – diable. Je ne crois pas que ce genre de carte existe pour de vrai, mais l'imagination de Mixkey me fascinait. En même temps cette petite escroquerie me déplaisait. Sans parler de la situation de la gastronomie allemande. Fallait-il recourir à de tels moyens pour s'assurer un service correct ?

Je pouvais tranquillement interrompre ma filature pour aujourd'hui. Ils iraient, après un dernier calvados, chez madame Buchendorff ou peut-être chez lui, à Heidelberg. Une promenade dominicale et matinale du côté de l'église du Christ m'apprendrait bien vite s'il y avait les deux voitures, aucune voiture ou seulement celle de madame Buchendorff devant la maison de la rue Rathenau.

Je suis rentré chez moi, j'ai nourri le chat avec une boîte de pâtée, moi-même avec une boîte de raviolis, et je me suis couché. J'ai encore lu quelques pages de *Henri le Vert* en rêvant, avant de m'endormir, que j'étais au bord du lac de Zurich.

18

L'insalubrité du monde

Le dimanche matin, j'ai déjeuné au lit, avec du thé et des biscuits au beurre, pour réfléchir. J'en étais certain : je tenais mon homme. Mixkey correspondait en tout à l'image que je m'étais faite du malfaiteur, c'était un passionné, un joueur et un espiègle; et son côté aigrefin parachevait cette image de façon fort convaincante. Comme collaborateur du RRZ il avait la possibilité d'accéder aux systèmes des entreprises connectées; comme ami de madame Buchendorff il avait un motif pour le faire précisément dans la RCW. L'augmentation de salaire pour les secrétaires de direction avait été une attention anonyme pour son amie. Ces indices ne suffiraient pas devant un tribunal si l'on s'y retrouvait un jour. Mais, pour moi, ils étaient assez convaincants pour que je passe moins de temps à m'interroger sur sa culpabilité qu'à me demander comment lui mettre le grappin dessus.

Une confrontation devant témoins pour qu'il s'écroule sous le poids de sa culpabilité – ridicule. Lui tendre un piège, avec Oelmüller et Thomas, cette fois-ci mieux préparé et plus ciblé – d'une part je ne savais pas si l'on pouvait escompter un succès, d'autre part je voulais affronter

Mixkey seul et avec mes moyens. Pas de doute, c'était le genre de cas dont je fais des affaires personnelles. Le défi qu'il me lançait était peut-être même trop grand. Je ressentais un mélange assez malsain d'ambition professionnelle, de respect pour l'adversaire, de jalousie naissante, de rivalité classique entre chasseur et chassé, d'envie de la jeunesse de Mixkey. Je sais que c'est cette insalubrité du monde à laquelle échappent seulement les saints, tandis que les fanatiques croient pouvoir y échapper. Mais elle me dérange parfois, tout de même. Comme peu de personnes la reconnaissent, je m'imagine que je suis le seul à en souffrir. À la faculté, à Berlin, Carl Schmitt nous avait exposé une théorie qui établissait une distinction précise entre l'ennemi politique et l'ennemi personnel ; tous les étudiants avaient été convaincus et s'étaient sentis confortés dans leur antisémitisme. À l'époque déjà, je m'étais demandé si les autres ne pouvaient supporter cette insalubrité de leurs sentiments, ou si ma faculté d'établir par les sentiments une frontière nette entre le subjectif et l'objectif était sous-développée.

Je me suis fait un deuxième thé. Pourrais-je obtenir des aveux par l'intermédiaire de madame Buchendorff ? Était-il possible, grâce à elle, d'inciter Mixkey à accéder une nouvelle fois, mais de façon clairement identifiable, au système de la RCW ? Ou pouvais-je me servir de Grinsche et de son indubitable désir de jouer un sale tour à Mixkey ? Je n'ai rien trouvé de convaincant. J'allais devoir compter sur mes talents d'improvisateur.

Je pouvais m'épargner la suite de la filature. Toutefois, pour rejoindre le « Kleiner Rosengarten » où il m'arrivait de retrouver mes amis le dimanche pour un déjeuner commun, je n'ai pas pris le chemin habituel par le château d'eau et le boulevard circulaire, mais par l'église du Christ. La Citroën de Mixkey n'était plus là et madame Buchendorff travaillait dans son jardin. J'ai changé de trottoir pour ne pas avoir à la saluer.

19

Bonjour au ciel comme sur terre

« Bonjour, madame Buchendorff. Avez-vous passé un bon week-end ? » À huit heures et demie encore, elle était en train de lire la page sportive et les dernières nouvelles de notre jeune miracle du tennis de Leimen. La liste de la soixantaine d'entreprises connectées au système d'alerte à la pollution m'attendait dans une chemise en plastique vert. J'ai prié la secrétaire de décommander mon rendez-vous avec Oelmüller et Thomas. Je ne voulais revoir ces deux-là qu'après avoir résolu l'affaire. Je préférais même ne plus jamais les revoir.

« Vous vous passionnez aussi pour notre enfant prodige du tennis, madame Buchendorff ?

— Que voulez-vous dire par "aussi" ? Comme vous-même ou comme des millions d'autres femmes allemandes ?

— Je le trouve assez fascinant.

— Vous jouez ?

— Vous allez rire, mais j'ai du mal à trouver des adversaires que je ne balaie pas du court du premier coup. S'il arrive que des jeunes joueurs me battent, c'est qu'ils ont simplement une meilleure condition physique. Mais en double, avec un partenaire correct, je suis quasiment invincible. Et vous, vous jouez ?

— Pour me vanter autant que vous, monsieur Selb, je dirais que je joue si bien que je donne des complexes aux hommes. » Elle s'est levée. « Permettez que je me présente. Championne junior 1968 de la région Sud-Ouest.

— Une bouteille de champagne contre le complexe d'infériorité, lui ai-je proposé.

— Que voulez-vous dire ?

— Je veux dire que je vais vous battre à plate couture, mais que je vous apporterai, pour vous consoler, une bouteille de champagne. Mais, comme je vous l'ai laissé entendre, je préférerais un double mixte. Avez-vous un partenaire ?

— Oui, j'ai quelqu'un, a-t-elle répondu, tout excitée par la perspective de ce match. Quand voulez-vous ?

— J'aimerais bien tout de suite, cet après-midi après le travail, à cinq heures. Pour que la question soit tranchée. Mais il est peut-être difficile d'avoir une place ?

— Mon ami arrangera ça. Il connaît manifestement quelqu'un aux réservations.

— Où jouons-nous ?

— Sur les courts de la RCW. C'est de l'autre côté, à Oggersheim, je vais vous donner un plan. »

Je me suis dépêché de rejoindre le centre informatique. À monsieur Tausendmilch – « mais il faudra que cela reste entre nous » – j'ai demandé de m'imprimer l'état actuel des réservations des courts. « Vous serez encore là à cinq heures ? » lui ai-je demandé. Il terminait à quatre heures et demie mais il était jeune et s'est déclaré prêt à me faire une autre sortie papier à cinq heures pile. « Je ne manquerai pas de faire part à monsieur le directeur Firner de votre promptitude à collaborer. » Il était rayonnant.

En gagnant la porte principale, j'ai croisé Schmalz. « Le gâteau était-il à votre goût ? » s'est-il enquis. J'espérais que le chauffeur de taxi l'avait mangé. « Dites à votre femme que je la remercie chaleureusement. Il était tout à fait délicieux. Comment va votre petit Richard ?

— Plutôt bien. Bien aimable. »

Pauvre Richard. Tu n'auras jamais le droit d'aller très bien aux yeux de ton père.

Une fois dans ma voiture, j'ai regardé le planning des courts, même si j'étais certain que je n'y trouverais pas la réservation au nom de Mixkey et Buchendorff. Je suis ensuite resté dans la voiture à fumer. Il n'était d'ailleurs pas vraiment indispensable que nous jouions au tennis ; si Mixkey venait cet après-midi et s'il avait réservé une place pour nous, je le tenais. Je suis quand même allé à l'école où travaillait Babs ; elle avait encore une dette à mon égard, et pouvait s'en acquitter avec ce double mixte. C'était l'heure de la grande récréation et Babs avait raison : ça flirtait dans tous les coins. De nombreux élèves avaient un walkman sur la tête, qu'ils se trouvent seuls ou en groupe, qu'ils jouent ou flirtent. Ce qu'ils percevaient du monde extérieur ne leur suffisait-il pas ? Ou bien ne le supportaient-ils plus ?

J'ai trouvé Babs dans la salle des profs où elle discutait de Bergengruen avec deux collègues. « Si, nous devrions le lire de nouveau à l'école, a dit l'un des deux. Le grand tyran et la justice – la manière dont le politique se déploie au-delà de l'actualité quotidienne à court terme : notre jeunesse en a besoin. » L'autre le soutenait : « Aujourd'hui, il y a de nouveau tant de peur dans le monde et le message de Bergengruen est précisément : Ne craignez rien ! »

Babs était un peu déconcertée : « Est-ce que Bergengruen n'est pas irrémédiablement dépassé ?

— Mais madame la directrice », ont-ils dit d'une seule voix, « plus personne ne veut entendre parler de Böll, de Frisch et de Handke – comment voulez-vous que nous ramenions la jeunesse au moderne ? »

Je leur ai coupé la parole : « Bonjour au ciel comme sur terre ! Je te prie de me pardonner, il faut que tu joues au tennis avec moi cet après-midi. J'ai vraiment besoin de toi. »

Elle m'a embrassé, très retenue, comme il se devait pour une salle des professeurs. « Est-ce possible ?! Ne m'avais-tu pas promis de faire une excursion au printemps à Dilsberg ? Et je ne te revois qu'au moment où tu as besoin de moi. C'est bien que tu sois venu, mais je suis quand même un peu amère. »

C'est en effet ainsi qu'elle me dévisageait, à la fois ravie et boudeuse. Babs était une femme vivante et généreuse, petite et trapue, aux gestes vifs. Je ne connais pas beaucoup de femmes dans la cinquantaine qui savent s'habiller et paraître avec une telle légèreté sans sacrifier le charme de leur âge à une jeunesse d'emprunt. Elle avait un visage large, une ride profonde qui partait en biais de la racine du nez, une bouche pleine, décidée et parfois sévère, des yeux marron sous des paupières lourdes et des cheveux gris coupés court. Elle vivait avec ses deux enfants presque adultes, Rose et Georg, qui se sentaient trop bien chez elle pour prendre leur indépendance.

« Aurais-tu vraiment oublié notre excursion pour la fête des pères à Edenkoben ? Si c'est le cas, c'est plutôt à moi d'être amer.

— Oh, mon Dieu – quand et où dois-je jouer au tennis ? Et puis-je savoir pourquoi ?

— Je viens te chercher à quatre heures et quart, chez toi, d'accord ?

— Et à sept heures, tu me conduis à la chorale, nous répétons ce soir.

— Volontiers. Nous jouons de cinq à six, sur le court de la RCW à Oggersheim, un double mixte avec une secrétaire de direction et son ami, le suspect numéro un dans l'affaire sur laquelle je travaille en ce moment.

— Comme c'est excitant », a dit Babs. J'avais parfois l'impression qu'elle ne prenait pas ma profession très au sérieux. « Si tu veux en savoir plus, je te le raconterai en route. Et si tu ne veux pas, cela ne fait rien, de toute façon plus tu seras naturelle et ingénue, mieux cela vaudra. »

La sonnerie a retenti. C'était encore la même que celle de mon enfance. Babs et moi sommes sortis dans le couloir. Les élèves affluaient de partout vers leurs salles de classe. Il n'y avait pas que les vêtements et les cheveux qui avaient changé, même les visages n'étaient plus ceux de l'époque. Ils me semblaient plus tourmentés, plus au fait aussi, mais ils n'étaient pas heureux de leur savoir. Les enfants avaient des gestes provocateurs, violents et en même temps très peu assurés. Leurs cris et leur vacarme faisaient vibrer l'air. Je me sentais presque menacé, et cela me déprimait.

« Comment arrives-tu à tenir ici, Babs ? »

Elle n'a pas compris ma question. Peut-être à cause de tout ce bruit. Elle m'a regardé d'un air interrogateur.

« Eh bien, à cet après-midi. » Je l'ai embrassée. Quelques élèves ont sifflé.

J'ai apprécié le calme de ma voiture, je suis allé au magasin Horten acheter du champagne, des chaussettes de tennis et cent feuilles de papier machine pour le rapport que j'aurais à écrire dans la soirée.

20

Un beau couple

Babs et moi sommes arrivés sur le court juste avant cinq heures. Il n'y avait ni le cabriolet argent ni le cabriolet vert. Cela m'arrangeait d'arriver avant les autres. Je m'étais déjà changé chez moi ; j'ai fait mettre la bouteille de champagne au frais. Babs et moi nous sommes ensuite assis tout en haut des marches qui descendent de la terrasse du restaurant du club vers les courts. De là, nous pouvions voir le parking.

« Tu as le trac ? » m'a-t-elle demandé. Pendant le trajet elle ne m'avait pas posé d'autres questions sur cette affaire. Et maintenant elle ne m'interrogeait que par sympathie.

« Oui. Je devrais peut-être arrêter de travailler. Les affaires m'accaparent plus qu'avant. Ce qui rend les choses particulièrement compliquées ici, c'est que le principal suspect m'est plutôt sympathique. Tu vas bientôt faire sa connaissance. Je crois que Mixkey te plaira.

— Et la secrétaire de direction ? »

Sentait-elle que madame Buchendorff n'était pas seulement une figurante parmi les suspects ?

« Je la trouve sympathique, elle aussi. »

Nous n'étions pas bien sur les marches. Ceux qui avaient joué jusqu'à cinq heures affluaient maintenant vers la terrasse, et leurs successeurs, sortant des vestiaires, se bousculaient pour rejoindre les courts au plus vite.

« Est-ce que ton suspect conduit un cabriolet vert ? »

Lorsque j'ai pu voir quelque chose, moi aussi, j'ai aperçu Mixkey et madame Buchendorff en train de se garer. Il a sauté de la voiture, en a fait le tour et lui a ouvert la portière en faisant une grande révérence. Elle est sortie en riant et lui a donné un baiser. Un beau couple, gai et heureux.

Madame Buchendorff nous a aperçus du bas de l'escalier. Elle nous a fait un signe de la main droite en donnant de la gauche un petit coup à Peter. Lui aussi s'est apprêté à lever le bras – c'est à ce moment-là qu'il m'a reconnu. Son mouvement et son expression se sont figés. Pendant un instant, le monde a cessé de tourner, les balles de tennis sont restées suspendues en l'air, tout était silencieux.

Puis le film s'est remis en route, les deux amants étaient devant nous, nous nous sommes serré la main et j'ai entendu madame Buchendorff dire : « Mon ami, Peter Mixkey, monsieur Selb dont je t'ai déjà parlé. » J'ai prononcé les formules de présentation habituelles.

Mixkey m'a salué comme s'il me voyait pour la première fois. Il jouait bien son rôle, sérieusement, avec les gestes adéquats et le sourire qui convenait. Mais c'était le mauvais rôle et cela me faisait presque de la peine de le voir le jouer si bien ; j'aurais presque préféré l'entendre dire « Monsieur Selb ? Monsieur Selk ? L'homme aux deux visages ? ».

Nous sommes allés trouver le gardien. Le court n° 8 était réservé au nom de Buchendorff ; le gardien nous a indiqué le numéro de mauvaise grâce, car il était pris dans une querelle avec un couple d'un certain âge qui affirmait avec insistance avoir retenu une place. « Regardez donc vous-mêmes, tous les courts sont pris, et votre nom n'est pas sur la liste. » Il a fait pivoter l'écran de telle sorte qu'ils puissent le voir. « Je ne me laisserai pas faire, a dit l'homme, j'ai réservé cette place il y a plus d'une semaine. » La femme s'était déjà fait une raison. « Laisse, Kurt. Tu t'es peut-être trompé, une fois de plus. »

Mixkey et moi avons échangé un bref regard. Il faisait celui qui ne s'intéressait pas à la scène, mais ses yeux me disaient qu'il avait fini sa partie.

Celle que nous avons jouée ensuite est l'une de celles que je n'oublierai jamais. C'était comme si Mixkey et moi voulions compenser un combat qui n'avait pas eu lieu. J'ai joué au-dessus de mes forces, mais Babs et moi avons perdu à plate couture.

Madame Buchendorff était joyeuse. « J'ai un lot de consolation pour vous, monsieur Selb. Que diriez-vous d'une bouteille de champagne sur la terrasse ? »

Elle était la seule à avoir profité de ce jeu sans se douter de rien ; elle ne cachait pas son admiration pour son partenaire et ses adversaires. « Je ne t'ai pas reconnu aujourd'hui, Peter. Tu es en pleine forme, aujourd'hui, non ? »

Mixkey a essayé de se montrer rayonnant. Lui et moi n'avons pas dit grand-chose en buvant le champagne. Ce sont les deux femmes qui ont animé la conversation. Babs a dit : « En fait, ce n'était pas vraiment un double. Si je n'étais pas aussi âgée, j'aurais pu espérer que les deux hommes se battaient pour moi. Cela ne peut donc être que pour vous, madame Buchendorff. » Les deux femmes ont ensuite parlé de l'âge et de la jeunesse, des hommes et des amants, et à chaque fois que madame Buchendorff faisait une remarque un peu légère, elle donnait aussitôt un baiser à Mixkey, qui ne disait rien.

Dans les vestiaires, je me suis retrouvé seul à seul avec Mixkey.

« Et maintenant ? m'a-t-il demandé.

— Je vais faire mon rapport à la RCW. Ce qu'ils vont faire, eux, je n'en sais rien.

— Pouvez-vous laisser Judith en dehors de tout cela ?

— Ce n'est pas si simple. Elle était en quelque sorte l'appât. Comment voulez-vous que je leur explique, autrement, de quelle façon j'ai trouvé votre piste ?

— Êtes-vous obligé de dire comment vous l'avez trouvée ? Est-ce qu'il ne suffirait pas que je dise comment j'ai trouvé la faille dans le système de management ? »

J'ai réfléchi. Je ne croyais pas qu'il voulait m'entourlouper, et surtout je ne voyais pas comment il pourrait le faire. « Je vais essayer. Mais n'essayez pas de ruser. Sinon il faudra que je fasse un second rapport. »

Nous avons retrouvé les deux femmes sur le parking. Était-ce la dernière fois que je voyais madame Buchendorff ? Cette pensée m'a donné un pincement au cœur.

« À bientôt ? a-t-elle demandé au moment de prendre congé. Au fait, comment avancez-vous dans votre affaire ? »

21

Notre bonne âme

Mon rapport pour Korten était court. Il m'a quand même fallu cinq heures et une bouteille de cabernet-sauvignon pour terminer ma dictée, aux alentours de minuit. Toute l'affaire s'est de nouveau déroulée devant moi et il n'était pas simple de laisser madame Buchendorff en dehors.

J'ai décrit la relation RCW / RRZ comme le flanc ouvert du système de management, qui ouvrait l'accès du RCW non seulement aux gens du RRZ, mais aussi à des entreprises connectées au RRZ. J'ai emprunté à Mixkey sa définition du RRZ : une plaque tournante de l'espionnage industriel. J'ai conseillé de déconnecter du système central l'enregistrement des taux d'émissions.

Puis j'ai raconté en version expurgée mes démarches, mes conversations, mes enquêtes dans l'entreprise et la confrontation fictive avec Mixkey lors de laquelle il a reconnu son intervention et s'est déclaré prêt à répéter ses aveux devant la RCW en leur fournissant des détails techniques.

Je me suis couché, la tête vide et lourde. J'ai rêvé d'un match de tennis dans un tramway. Le contrôleur, portant un masque à gaz et de lourdes chaussures de caoutchouc, voulait tout le temps m'enlever le tapis sur lequel je jouais. Quand il a réussi, nous avons continué à jouer sur un sol en verre sous lequel défilaient les traverses. Mon partenaire était une femme sans visage aux seins lourds et tombants. Ses mouvements puissants me faisaient craindre sans cesse qu'elle ne passe à travers le verre. Lorsque cela s'est produit, je me suis réveillé à la fois horrifié et soulagé.

Le matin, je me suis rendu au cabinet de deux jeunes avocats de la rue Tattersall dont la secrétaire partiellement désœuvrée tape quelquefois pour moi. Les avocats étaient en train de jouer sur leur console de jeux. La secrétaire m'a promis le rapport pour onze heures. De retour au bureau j'ai regardé mon courrier, essentiellement des publicités pour des systèmes d'alarme et de surveillance, puis j'ai appelé madame Schlemihl.

Elle a fait beaucoup de manières, mais au bout du compte j'ai pu obtenir mon rendez-vous à déjeuner avec Korten, au mess. Avant d'aller récupérer mon rapport, j'ai réservé une place sur le vol de nuit pour Athènes en passant devant l'agence de voyages sur les Planches. Anna Bredakis, une amie de l'époque de l'université, m'avait certes prié de la prévenir bien à l'avance de mon arrivée. Pour faire notre croisière, elle devait faire réviser le voilier qu'elle avait hérité de ses parents et mettre sur pied un équipage fait de nièces et de neveux. Je préférais traîner dans les bars du Pirée plutôt que d'apprendre dans le *Mannheimer Morgen* l'arrestation de Mixkey et d'attendre que madame Buchendorff me passe Firner, qui me congratulerait froidement de mon succès.

Je suis arrivé avec une demi-heure de retard au déjeuner.

« Vous êtes monsieur Selb ? m'a demandé à l'accueil une souris grise qui avait mis trop de rouge. Je vais appeler monsieur le directeur général. Si vous voulez bien patienter. »

J'ai attendu dans le hall d'accueil. Korten est arrivé et m'a salué brièvement. « Tu n'avances pas, mon cher Selb ? Faut-il que je t'aide ? »

C'était le ton de l'oncle saluant le pénible neveu criblé de dettes qui vient quémander de l'argent. Je lui ai lancé un regard interloqué. Il avait certainement beaucoup à faire, il était stressé et énervé, mais je l'étais autant que lui.

« Il faut seulement que tu paies la note que tu trouveras dans cette enveloppe. Pour le reste, tu es libre d'écouter ou de ne pas écouter la manière dont j'ai résolu ton affaire.

— Ne sois pas si susceptible, mon cher, ne sois pas si susceptible. Pourquoi n'as-tu pas dit tout de suite à madame Schlemihl de quoi il s'agissait ? » Il m'a pris par le bras pour me conduire au salon bleu. J'ai cherché en vain la rouquine à la peau tachetée.

« Tu as donc résolu l'affaire ? »

Je lui ai dit en quelques mots ce qu'il y avait dans mon rapport. Lorsqu'au moment du potage j'ai évoqué les manquements de son équipe, il a hoché la tête d'un air grave. « Tu comprends maintenant pourquoi je ne peux pas encore passer les rênes. Ils ne font pas le poids. » Je n'avais rien à y répondre. « Et ce Mixkey, c'est quel genre de type ? m'a-t-il demandé.

— Comment te représentes-tu quelqu'un qui passe une commande de cent mille macaques et qui efface les numéros de compte commençant par le chiffre 13 ? »

Korten a souri.

« Exactement, ai-je dit, un drôle d'oiseau et de plus un informaticien brillant. Si vous l'aviez eu dans votre centre de calcul il n'y aurait pas eu de pannes.

— Et comment as-tu mis la main sur cet oiseau brillant ?

— Ce que j'ai à en dire est dans mon rapport. Je n'ai pas envie de m'étendre là-dessus maintenant, j'ai trouvé Mixkey sympathique, d'une certaine façon, et il n'a pas été facile pour moi de le démasquer. Je trouverais cela très bien si vous n'étiez pas trop sévère, trop dur – tu comprends ce que je veux dire, n'est-ce pas ?

— Selb, notre bonne âme, a dit Korten en riant. Tu n'as jamais appris à faire les choses entièrement ou pas du tout. » Puis il a dit, d'un ton plus réfléchi : « Mais peut-être est-ce justement cela ta force – c'est avec sensibilité que tu t'approches des choses et des gens, que tu nourris tes scrupules, et au bout du compte tu fonctionnes bien tout de même. »

J'étais interloqué. Pourquoi cette agressivité et ce cynisme ? La remarque de Korten m'avait piqué au vif et il le savait, il m'a regardé d'un air amusé avec de petits yeux.

« Ne crains rien, mon cher Selb, nous n'allons pas casser de porcelaine inutilement. Quant à ce que j'ai dit de toi – c'est ce que j'apprécie chez toi, ne le prends pas de travers. »

Il ne faisait qu'aggraver les choses et me regardait avec douceur. Même s'il y avait du vrai dans ce qu'il disait – est-ce que l'amitié, ce n'est pas manier avec prudence les mensonges que l'autre se fait à lui-même ? Mais il n'y avait rien de vrai. Je commençais à bouillir de rage.

Je n'avais plus envie de dessert. J'ai aussi préféré prendre mon café au Café Gmeiner. Et puis Korten avait une réunion à deux heures.

À huit heures, je suis parti à Francfort prendre l'avion pour Athènes.

DEUXIÈME PARTIE

1

Heureusement, Turbo aime le caviar

Au mois d'août, j'étais de retour à Mannheim.

J'ai toujours aimé partir en vacances et les semaines passées au bord de la mer Égée ont toujours brillé d'un éclat bleu clair dans ma mémoire. Mais depuis que j'ai pris de l'âge, j'apprécie mieux mes retours. J'ai emménagé dans l'appartement dans lequel je vis actuellement après la mort de Klara. Il m'avait été impossible d'imposer mes goûts et j'ai donc attendu cinquante-six ans pour découvrir le plaisir d'arranger son intérieur. J'aime mes deux canapés en cuir qui m'ont coûté une fortune et qui résistent sans problème au chat, le vieux meuble de pharmacie qui me sert pour mes livres et mes disques et, dans mon bureau, le lit-bateau que je me suis installé dans un coin. Quand je rentre de vacances, je me réjouis aussi de retrouver Turbo – j'ai beau savoir que la voisine s'en occupe bien, mon absence le fait souffrir en silence.

Après avoir posé mes valises et ouvert la porte – Turbo s'étant déjà accroché à mon pantalon – j'ai remarqué l'immense panier-cadeau sur le palier.

La porte de l'appartement voisin s'est ouverte et madame

Weiland m'a dit bonjour. « Je suis contente que vous soyez revenu, monsieur Selb. Mon Dieu ce que vous êtes bronzé. Vous avez beaucoup manqué à votre chat, pas vrai, minou minou minou. Avez-vous vu le panier ? Il est arrivé il y a trois semaines, déposé par un chauffeur de la RCW. C'est dommage pour les belles fleurs. Je me suis demandé s'il ne fallait pas les mettre dans un vase, mais de toute façon elles n'auraient pas tenu. Votre courrier est sur votre bureau, comme toujours. »

Je l'ai remerciée et j'ai cherché derrière la porte de mon appartement un abri contre sa logorrhée.

Du foie gras d'oie au caviar Malossol, le panier contenait toutes les délicatesses que j'aimais et celles que je n'aimais pas. Heureusement, Turbo aime le caviar. La carte frappée du logo artistique de l'entreprise était signée par Firner. La RCW me remerciait de mes inestimables services.

Ils avaient aussi payé. J'ai trouvé dans mon courrier mes relevés de compte, des cartes postales de vacances d'Eberhard et de Willy, sans compter les inévitables factures. J'avais oublié d'arrêter l'abonnement du *Mannheimer Morgen* ; madame Weiland avait proprement empilé les journaux sur la table de la cuisine. Je les ai feuilletés avant de les mettre à la poubelle, ressentant le goût fade de l'excitation politique décantée.

J'ai défait mes valises et mis une machine à laver en route. Puis je suis parti faire des courses. La femme du boulanger, le boucher et l'épicier ont admiré ma mine reposée. Moi, j'ai demandé les dernières nouvelles comme si de grandes choses s'étaient forcément passées pendant mon absence.

Les écoles étaient encore en vacances. Les magasins et les rues étaient déserts, mon regard de conducteur découvrait des places vides à des endroits invraisemblables et une paix estivale régnait en ville. J'avais ramené de vacances cette légèreté qui, les premiers jours, permet de percevoir autrement son environnement familier. Tout cela me donnait l'impression de flotter et je voulais en profiter encore un peu. J'ai décidé de n'aller au bureau que dans l'après-midi. Le cœur battant, je me suis rendu au « Kleiner Rosengarten » : serait-il fermé pour congés annuels ? Mais de loin déjà, j'ai vu Giovanni dans l'entrée du jardin, la serviette sur le bras.

« Tou de retourr des Grecs ? Grecs pas bien. Viens, io te farra gorgonzolaspaghetti !

— Si, Ritals extra. » Nous jouions, comme toujours, à l'Allemand-qui-parle-au-travailleur-immigré.

Giovanni m'a apporté une bouteille de frascati et m'a parlé d'un nouveau film. « C'était un rôle pour toi, un tueur qui aurait pu également être un privé. »

Après les spaghettis au gorgonzola, le café, la sambuca, une petite heure avec le *Süddeutsche* dans le parc du château d'eau, une glace et un deuxième café chez Gmeiner, je me suis rendu à mon bureau. Ce n'était pas si dramatique. Mon répondeur téléphonique avait précisé que je serais absent jusqu'à ce jour et n'avait pas de message à me communiquer. Dans mon courrier, outre les informations de la Fédération des Détectives allemands, mon avis d'imposition, des envois publicitaires et une invitation pour la souscription du dictionnaire général protestant, j'ai trouvé deux lettres. Thomas me proposait un poste à l'école supérieure de Mannheim pour le cursus préparant au diplôme de gardien. Les Assurances Réunies de Heidelberg me priaient de les contacter dès mon retour de vacances.

J'ai enlevé un peu la poussière, feuilleté les informations de la Fédération, sorti la bouteille de sambuca, la boîte avec le café en grains, le verre dans le tiroir du bureau et je me suis servi. Je reste réfractaire au cliché de la bouteille de whisky dans le bureau du privé, mais il faut quand même une bouteille. J'ai ensuite changé l'annonce de mon répondeur, pris rendez-vous avec les assurances de Heidelberg, reporté aux calendes grecques la réponse à l'offre de Thomas et je suis rentré chez moi. J'ai passé l'après-midi et la soirée sur le balcon à régler des petites choses. Les relevés bancaires m'ont amené à faire des comptes. J'ai ainsi pu constater que les missions que j'avais réalisées à ce jour équivalaient presque à mon volume annuel. Alors que les vacances venaient juste de s'achever. Très rassurant.

J'ai réussi à rester en apesanteur durant les semaines qui ont suivi. J'ai traité sans beaucoup d'énergie l'affaire d'escroquerie à l'assurance qu'on m'avait confiée. Sergeï Mencke, danseur médiocre du Théâtre national de Mannheim, avait bien assuré ses jambes avant de se fracturer l'une des deux de façon fort compliquée. L'idée que quelqu'un se casse volontairement une jambe m'a empli d'horreur. Quand j'étais petit, ma mère me parlait de la force de caractère de l'homme. Ignace de Loyola, dont la jambe fracturée s'était mal ressoudée, l'avait lui-même recassée à coups de marteau. J'ai toujours exécré les automutilateurs, le petit Spartiate qui se faisait déchiqueter le ventre par un renard, Mucius Scaevola et Ignace de Loyola. Moi, j'aurais donné un million à chacun de ces grands hommes pour ne plus les voir dans les livres scolaires. Mon danseur disait que la fracture s'était produite en refermant la lourde portière de sa Volvo ; ce soir-là, il avait eu beaucoup de fièvre, il était quand même allé se produire et, ensuite, il n'avait plus eu toute sa tête. C'est pour cela qu'il avait fermé la portière avant d'avoir rentré sa jambe. Je suis resté longtemps dans ma voiture pour essayer d'imaginer si c'était possible. Je ne pouvais guère faire plus : le théâtre faisait relâche, et les collègues et amis du danseur étaient disséminés aux quatre coins du monde.

Je pensais parfois à madame Buchendorff et à Mixkey. Je n'avais rien lu sur lui dans les journaux. Un jour, en passant par hasard dans la rue Rathenau, j'ai vu que les volets au premier étage étaient fermés.

2

La voiture marchait parfaitement

C'est tout à fait par hasard que j'ai trouvé son message, un après-midi au milieu du mois de septembre. Normalement je n'écoute les messages de l'après-midi que le soir ou le lendemain matin. Madame Buchendorff avait appelé dans l'après-midi et demandait si elle pouvait me parler après le travail. J'avais oublié mon parapluie, j'ai dû retourner au bureau, c'est là que j'ai vu le signal sur le répondeur. Je l'ai rappelée. Nous avons pris rendez-vous pour cinq heures. Elle avait une petite voix.

J'étais de retour à mon bureau juste avant cinq heures. J'ai fait du café, lavé les tasses, classé des papiers sur mon bureau, défait ma cravate, ouvert le bouton du haut, resserré la cravate et déplacé plusieurs fois les chaises devant le bureau. À la fin, je les ai remises à leur place habituelle. Madame Buchendorff était à l'heure.

« Je ne sais pas si j'ai bien fait de venir. Il se peut que je me fasse des idées. »

Elle se tenait à côté du petit palmier, hors d'haleine. Elle souriait, mal assurée, elle était pâle et avait des cernes sous les yeux. Je lui ai pris son manteau, ses gestes étaient nerveux.

« Asseyez-vous. Voulez-vous un café ?

— Cela fait plusieurs jours que je n'arrête pas d'en boire. Mais bon, je veux bien une tasse.

— Avec du lait et du sucre ? »

Elle était ailleurs et n'a pas répondu. Elle m'a ensuite fixé avec une détermination qui réprimait violemment tous ses doutes et ses incertitudes.

« Vous vous y connaissez, en meurtres ? »

J'ai prudemment déposé les tasses de café et me suis assis à mon bureau.

« J'ai travaillé sur des affaires de meurtre. Pourquoi cette question ?

— Peter est mort, Peter Mixkey. C'était un accident, disent-ils, mais je n'arrive pas à y croire.

— Mon Dieu ! » Je me suis levé pour faire les cent pas derrière mon bureau. J'avais les jambes flasques. L'été, sur le court de tennis, j'avais détruit une partie de la vivacité de Mixkey, et maintenant il était mort.

N'avais-je pas, chez elle aussi, détruit quelque chose ? Pourquoi venait-elle quand même me trouver aujourd'hui ?

« Vous ne l'avez vu qu'une seule fois, je sais, quand nous avons joué au tennis, il a joué comme un fou ce jour-là ; c'est vrai, il conduisait aussi comme un fou, mais il n'a jamais eu d'accident, il était toujours très sûr et très concentré au volant – ça ne colle pas avec l'histoire qu'on raconte maintenant. »

Elle n'était donc pas au courant de ma rencontre avec lui à Heidelberg. Et elle n'aurait pas évoqué notre match si elle savait que j'avais pu établir sa culpabilité à ce moment-là. Manifestement, il ne lui avait rien dit et elle n'avait rien appris non plus en tant que secrétaire de Firner. Je ne savais pas quoi en penser.

« Mixkey me plaisait bien, cela me peine beaucoup, madame Buchendorff, d'apprendre sa mort. Mais nous savons tous les deux que même le meilleur conducteur n'est pas à l'abri d'un accident. Pourquoi pensez-vous que ce n'était pas un accident ?

— Connaissez-vous le pont de chemin de fer entre Eppelheim et Wieblingen ? C'est là que cela s'est passé, il y a deux semaines. D'après le rapport de la police, Peter aurait perdu le contrôle de son véhicule, serait passé à travers la rambarde et tombé sur la voie, pas sur les voies utilisées, sur celle entre les deux. Il était attaché, mais la voiture s'est écrasée sur lui. Cela lui a brisé les vertèbres cervicales, il est mort sur le coup. » Elle a eu un sanglot, a sorti un mouchoir et s'est mouchée. « Pardonnez-moi. Il faisait ce trajet tous les jeudis ; après un sauna dans la piscine d'Eppelheim, il répétait avec son groupe à Wieblingen. Il était doué pour la musique, vous savez, et jouait vraiment bien du piano. Le pont est presque droit, la chaussée était sèche et la visibilité était bonne. Parfois il y a du brouillard à cet endroit, mais pas ce jour-là.

— Y a-t-il des témoins ?

— La police n'en a pas trouvé. Il faut dire qu'il était tard, à peu près vingt-trois heures.

— La voiture a été vérifiée ?

— La police dit que la voiture marchait parfaitement. »

Inutile que je pose des questions sur Mixkey. On l'avait transporté à l'institut médico-légal. Si l'on avait constaté la présence d'alcool, un arrêt cardiaque ou quelque chose de ce genre, la police en aurait informé madame Buchendorff. Pendant une fraction de seconde, j'ai vu Mixkey sur la table de dissection en marbre. Jeune procureur, j'ai souvent dû assister à des autopsies. Je n'ai pas pu m'empêcher de penser à cette image : à la fin, ils remplissent le ventre de fibre de bois et le recousent grossièrement.

« L'enterrement était hier. »

Je réfléchissais. « Dites-moi, madame Buchendorff, hormis la façon dont cela s'est passé, y a-t-il d'autres raisons qui vous font douter de la version de l'accident ?

— Ces dernières semaines, je me suis souvent dit qu'il n'était plus le même. Il était bourru, revêche, introverti, restait beaucoup chez lui, n'avait presque plus envie de faire des choses avec moi. Un jour, il m'a carrément mise dehors. Et il refusait de répondre aux questions que je lui posais. J'ai parfois pensé qu'il y avait une autre femme, mais en même temps il était attaché à moi comme jamais. J'étais complètement désemparée. Un jour où j'étais très jalouse, je suis… peut-être pensez-vous que je ne viens pas à bout de mon chagrin et que je suis hystérique. Mais ce qui s'est passé cet après-midi-là… »

Je lui ai versé une autre tasse de café et l'ai regardée d'un air encourageant.

« C'était un mercredi, nous avions pris une journée tous les deux pour avoir un peu de temps l'un pour l'autre. La journée a mal commencé ; il est vrai que je ne cherchais pas tellement à ce que nous ayons du temps l'un pour l'autre, mais plutôt qu'il ait du temps pour moi. Tout d'un coup, après le déjeuner, il a dit qu'il devait me laisser pendant deux heures, pour aller au centre informatique. J'ai très bien senti que ce n'était pas vrai, j'étais déçue, furieuse, je le sentais distant, je l'imaginais chez une autre et j'ai fait quelque chose que je trouve très moche. » Elle s'est mordillé la lèvre. « Je l'ai suivi. Il n'est pas allé au centre informatique, mais rue Rohrbach, jusqu'en haut, en passant par la rue Steiger. Il était facile de le suivre. Il est allé au cimetière Ehren. J'ai toujours pris garde à laisser suffisamment de distance entre nous. Lorsque je suis arrivée au cimetière, il était déjà descendu de voiture et remontait l'allée principale. Vous connaissez ce cimetière avec ce chemin qui semble monter au ciel ? Au bout du chemin il y a un bloc de pierre de la taille d'un homme, à peine sculpté, ressemblant à un sarcophage. C'est vers ce bloc qu'il s'est dirigé. Je ne comprenais rien et je suis restée cachée derrière les arbres. Juste avant qu'il atteigne le bloc de pierre, deux hommes ont surgi de derrière, vite, silencieux, comme du néant. Peter a regardé l'un puis l'autre, comme s'il ne savait pas auquel des deux s'adresser.

« Puis tout est allé très vite. Peter est allé à droite, l'homme sur sa gauche a fait deux pas, l'a attrapé par-derrière pour l'empêcher de bouger. Le type de droite l'a frappé au ventre, il tapait, tapait encore. C'était totalement irréel. Les hommes donnaient l'impression de ne pas être concernés et Peter n'a pas cherché à se défendre. Peut-être était-il tout aussi paralysé que moi. Ça n'a d'ailleurs pas duré longtemps. Lorsque j'ai couru vers eux, l'un des cogneurs a retiré les lunettes de Peter, d'un mouvement presque délicat, les a fait tomber par terre et les a écrasées. Ils ont disparu derrière la sculpture, aussi silencieusement et brusquement qu'ils étaient venus.

Pendant un moment encore je les ai entendus courir dans le bois.

« Quand je suis arrivée auprès de Peter il était couché par terre, sur le côté, recroquevillé. Ensuite, j'ai… mais à présent, ça n'a plus d'importance. Il ne m'a jamais dit pourquoi il est allé au cimetière, ni pourquoi on lui a cassé la figure. Il ne m'a jamais demandé non plus pourquoi je l'avais suivi. »

Nous nous sommes tus tous les deux. Ce qu'elle avait raconté ressemblait à un travail de professionnels. Je comprenais pourquoi elle mettait en doute la thèse de l'accident.

« Non, je ne crois pas que vous soyez hystérique. Y a-t-il autre chose qui vous ait paru bizarre ?

— Des détails. Par exemple, il s'est remis à fumer. Ou il a laissé crever ses fleurs. Il a aussi dû avoir un comportement bizarre avec son ami Pablo. Je suis allé le voir à ce moment-là parce que je ne savais plus quoi faire ; lui aussi se faisait du souci. Je suis heureuse que vous me croyiez. Quand j'ai raconté à la police ce qui s'est passé au cimetière, elle m'a à peine écoutée.

— Et maintenant, vous attendez que je mène l'enquête que la police n'a pas faite ?

— Oui. Je suppose que vous n'êtes pas bon marché. Je peux vous donner dix mille marks. À ce prix-là, j'aimerais avoir une certitude sur la mort de Peter. Avez-vous besoin d'une avance ?

— Non, madame Buchendorff. Je n'ai pas besoin d'avance et je ne vous dis pas pour le moment que j'accepte cette affaire. Ce que je peux faire, c'est une sorte d'enquête préliminaire : il faut que je pose les questions les plus évidentes, que je vérifie les pistes ; à ce moment-là seulement, je pourrai décider si je me charge de l'affaire. Cela ne sera pas très onéreux. Êtes-vous d'accord ?

— D'accord, faisons comme ça, monsieur Selb. »

J'ai noté quelques noms, adresses et dates en lui promettant de la tenir au courant. Je l'ai raccompagnée jusqu'à la porte. Dehors, il pleuvait toujours.

3

Un saint Christophe en argent

Le commissaire principal Nägelsbach de la police de Heidelberg est un vieil ami. Il attend sa retraite; depuis qu'il a commencé, à l'âge de quinze ans, à travailler comme coursier au ministère public de Heidelberg, il a déjà construit la cathédrale de Cologne, la tour Eiffel, l'Empire State Building, l'université Lomonossov et le château de Neuschwanstein en allumettes; mais il voulait attendre l'âge de la retraite pour bâtir la reproduction du Vatican, son rêve le plus cher, hélas incompatible avec son service dans la police. Je suis curieux. J'ai suivi avec intérêt l'évolution artistique de mon ami. Dans ses premiers travaux, les allumettes sont un peu plus courtes. À l'époque, sa femme et lui ont coupé les têtes soufrées au rasoir; il ne savait pas encore que les fabricants d'allumettes fournissaient également des allumettes sans tête. Ces allumettes plus longues ont conféré à ses autres constructions quelque chose de gothique. Comme sa femme n'avait plus à l'aider, elle s'est mise à lui faire la lecture pendant qu'il travaillait. Elle a commencé par le premier livre de Moïse; actuellement elle lit la revue de

Karl Kraus, *Die Fackel.* Le commissaire principal Nägelsbach est un homme cultivé.

Je l'avais appelé le matin. Lorsque je suis arrivé à dix heures à la direction, il m'a fait une copie du rapport de police.

« Depuis que les données sont protégées, plus personne chez nous ne sait ce qu'il a encore le droit de faire. J'ai décidé de ne plus savoir non plus ce qui m'est interdit », a-t-il dit en me donnant le rapport. Il n'y avait que quelques pages.

« Savez-vous qui s'est occupé de l'accident ?

— C'était Hesseler. Je me doutais bien que vous alliez vouloir lui parler. Vous avez de la chance, il est là ce matin et je vous ai annoncé. »

Hesseler était assis derrière sa machine à écrire et tapait laborieusement. Je ne comprendrai jamais pourquoi on n'apprend pas aux policiers à écrire correctement à la machine. À moins que le tableau du policier derrière sa machine soit conçu comme une torture pour les suspects et les témoins. D'ailleurs, c'est une vraie torture ; le policier maltraite sa machine, désemparé, il a l'air malheureux et agressif à la fois, il est impuissant et prêt à tout – c'est un mélange détonnant et angoissant. Et même si ça ne vous incite pas forcément à passer aux aveux, ça ne vous donne guère envie de modifier la déposition telle qu'elle a été rédigée par le policier, même s'il a complètement déformé vos propos.

« Nous avons reçu un appel de quelqu'un qui a traversé le pont après l'accident. Son nom est dans le rapport. Lorsque nous sommes arrivés sur les lieux, le médecin venait juste d'arriver ; il était en train de descendre sur la voie. Il a vu tout de suite qu'il n'y avait plus rien à faire. Nous avons barré la route et relevé les traces. Il n'y avait pas grand-chose à relever. Il y avait la trace de freinage qui montre que le conducteur a pilé en braquant le volant à gauche. Nous n'avons pas d'indices qui permettent d'expliquer pourquoi il a fait ça. Rien n'indique qu'un autre véhicule soit impliqué, pas de débris de verre, pas de traces de peinture, pas d'autre trace de freinage, rien. C'est en effet un étrange accident, mais le conducteur a dû perdre le contrôle de son véhicule.

— Où est le véhicule ?

— À l'entreprise de dépannage Beisel, derrière la maison close. L'expert l'a examiné, j'imagine que Beisel va le donner au casseur. Les frais de garage sont déjà supérieurs à ce que la voiture vaut à la casse. »

Je l'ai remercié. Je suis allé trouver Nägelsbach pour lui dire au revoir.

« Connaissez-vous *Hedda Gabler* ? m'a-t-il demandé.

— Pourquoi ?

— J'ai entendu ce nom hier, on me lisait du Karl Kraus ; je n'ai pas compris si elle s'est noyée ou si elle s'est mis une balle dans la tête, ou tout autre chose, ni si elle l'a fait au bord de la mer ou sous une tonnelle. Parfois Karl Kraus écrit d'une manière assez compliquée.

— Je me souviens seulement que c'est une héroïne d'Ibsen. Faites-vous donc lire la pièce prochainement. Cela ne pose pas de problème d'interrompre la lecture de Karl Kraus. »

Je suis ensuite allé chez Beisel. Il n'était pas là. Un de ses ouvriers m'a montré la carcasse.

« Savez-vous ce que va devenir la voiture ? Êtes-vous de la famille ?

— Je pense qu'elle va être envoyée à la casse. » Vue de l'arrière droit, la voiture semblait presque intacte. La capote était sans doute baissée au moment de l'accident ; l'entreprise de dépannage ou l'expert avait dû la remonter en raison de la pluie ; elle était intacte. À gauche, la voiture était complètement enfoncée, la tôle était arrachée sur le côté, le capot en V, le pare-brise et les appuis-tête sur le siège arrière.

« Ah, à la casse. Vous voyez bien qu'il n'y a plus rien à en tirer. » Mais, tout en disant cela, il lorgnait l'autoradio haute-fidélité, auquel je n'avais pas fait attention. Lui était intact.

« Je ne vais pas vous le démonter. Mais permettez-vous que je regarde la voiture tout seul, au calme ? » Je lui ai donné dix marks. Il m'a laissé.

J'ai fait encore une fois le tour de la voiture. C'était étrange, Mixkey avait collé une croix sur le phare droit avec un ruban adhésif. J'étais de nouveau comme fasciné par ce côté droit presque intact. C'est en regardant de plus près que j'ai découvert les taches. Il n'était pas facile de les voir sur la peinture vert bouteille. Et puis il n'y en avait pas beaucoup. On aurait dit du sang ; je me suis demandé comment elles étaient arrivées là. Est-ce qu'on avait sorti Mixkey de ce côté-ci de la voiture ? D'ailleurs, Mixkey avait-il saigné ? Ou bien quelqu'un s'était-il blessé en le sortant de là ? Cela n'avait peut-être aucune importance, mais j'étais suffisamment intrigué pour sortir mon canif de l'armée suisse afin de gratter à l'endroit des taches un peu de peinture, que j'ai fait tomber dans un petit boîtier de pellicule photo. Philipp me ferait analyser ces échantillons.

J'ai rabattu la capote pour regarder l'intérieur. Il n'y avait pas de sang sur le siège du conducteur. Rien dans les vide-poches. Un saint Christophe en argent était collé au tableau de bord. Je l'ai arraché, peut-être que madame Buchendorff aimerait l'avoir, même si, dans le cas de Mixkey, il n'avait pas rempli son office. L'autoradio m'a rappelé ce samedi où j'avais suivi Mixkey de Heidelberg à Mannheim. Il y avait encore une cassette à l'intérieur, je l'ai éjectée et mise dans ma poche.

Je ne comprends pas grand-chose à la mécanique. C'est pour cela que j'ai renoncé à regarder bêtement le moteur ou à me glisser sous la carcasse. Ce que j'avais vu me suffisait pour imaginer la collision de la voiture contre la rambarde et la chute sur les voies. J'ai sorti mon petit Rollei de la poche de ma veste et j'ai pris quelques photos. Le rapport que Nägelsbach m'avait donné contenait des photographies, mais sur la copie, on n'y distinguait pas grand-chose.

4

J'étais tout seul à suer

De retour à Mannheim je suis d'abord allé au centre hospitalier. J'ai frappé à la porte du bureau de Philipp et je suis entré. Il s'apprêtait à cacher dans le tiroir de son bureau le cendrier contenant une cigarette mal éteinte. « Ah, c'est toi ? » Il était soulagé. « J'ai promis à l'infirmière en chef de ne plus fumer. Qu'est-ce qui t'amène ?

— J'ai un service à te demander.

— Tu me le demanderas en buvant un café, viens, on va à la cantine. » Il passa devant moi ; à le voir avec sa blouse blanche ouverte, une remarque légère pour chaque jolie infirmière que nous croisions, on aurait dit Peter Alexander dans le rôle du comte Danilo. À la cantine, il m'a chuchoté quelque chose sur l'infirmière blonde assise trois tables plus loin. Elle nous a lancé un regard de requin aux yeux bleus. J'aime bien Philipp, mais si un squale de ce genre l'avale un jour, il l'aura bien mérité.

J'ai sorti ma petite boîte de pellicule et l'ai posée devant lui.

« Bien sûr que je peux te faire développer un film dans notre service de radiologie. Mais te voir t'amuser à prendre des clichés que tu n'oses plus porter dans un magasin de photos – je dois dire que ça me scie. »

Philipp ne pensait vraiment qu'à ça. Est-ce que j'avais été pareil en approchant de la soixantaine ? J'ai essayé de me souvenir. Après les années fades avec Klara, j'avais vécu le début de mon veuvage comme un second printemps. Mais un second printemps plein de romantisme – je restais étranger au côté noceur de Philipp.

« Tu te trompes, Philipp. Dans la petite boîte, il y a un peu de poussière de peinture avec quelque chose dessus ; je dois savoir si c'est du sang, et si possible de quel groupe. Ce sang ne provient pas d'une défloration sur le capot de ma voiture, comme tu le penses sans doute, mais d'une affaire sur laquelle je travaille.

— L'un n'exclut pas forcément l'autre. Mais quoi qu'il en soit, je vais faire le nécessaire. Est-ce que c'est urgent ? Veux-tu attendre le résultat ici ?

— Non, je te rappelle demain. Et pour le reste, quand est-ce qu'on retourne se boire une bonne bouteille ? »

Nous nous sommes donné rendez-vous le dimanche dans les Caves à vin badoises. À peine avions-nous quitté la cantine qu'il a filé. Une aide-soignante asiatique venait d'entrer dans l'ascenseur. Il a réussi à la suivre avant que la porte ne se referme.

Au bureau, j'ai fait ce que je voulais faire depuis longtemps. J'ai appelé le poste de Firner. J'ai d'abord échangé quelques mots avec madame Buchendorff. Puis elle m'a passé Firner.

« Bonjour, monsieur Selb. Que puis-je pour vous ?

— J'aimerais vous remercier pour le panier que j'ai trouvé à mon retour de vacances.

— Ah, vous étiez en vacances. Où êtes-vous allé ? » Je lui ai parlé de la mer Égée, du yacht, je lui ai raconté que j'avais vu au Pirée un bateau chargé de containers de la RCW. Étudiant, Firner avait fait le tour de la Grèce avec un sac à dos. Maintenant il y retournait quelquefois pour affaires. « Nous scellons l'Acropole pour la protéger de l'érosion, un projet de l'Unesco.

— Dites-moi, monsieur Firner, comment mon affaire s'est-elle terminée ?

— Nous avons suivi votre conseil et avons supprimé la liaison entre la saisie des taux de pollution et notre système. Nous l'avons fait dès que nous avons eu votre rapport et n'avons plus eu le moindre problème depuis.

— Et qu'avez-vous fait de Mixkey ?

— Il y a quelques semaines, il a passé toute une journée avec nous, il avait un tas de choses à nous dire sur les connexions entre systèmes, les points d'accès possibles et les moyens de protection. Un homme compétent.

— Vous n'avez pas demandé à la police d'intervenir ?

— Au bout du compte, cela ne nous a pas semblé opportun. Une fois à la police, les dossiers passent à la presse – et nous ne tenons pas à ce genre de publicité.

— Et le préjudice ?

— Nous y avons réfléchi aussi. Si cela vous intéresse : quelques-uns de nos messieurs ont d'abord trouvé insupportable de laisser Mixkey courir comme ça alors qu'il avait causé pour près de cinq millions de dégâts. Mais à la fin, heureusement, la raison économique l'a emporté sur le point de vue juridique d'Oelmüller et d'Ostenteich qui voulaient présenter le cas de Mixkey au procès devant le tribunal constitutionnel. Ce n'était pas idiot de leur part ; le cas Mixkey permettait de démontrer que la nouvelle réglementation sur les taux de pollution faisait courir des risques aux entreprises. Mais cela aussi nous aurait valu une publicité indésirable. Par ailleurs, nous avons appris par le ministère de l'Économie que certains signes à Karlsruhe indiquent qu'il ne nous sera sans doute plus nécessaire d'intervenir.

— Tout est bien qui finit bien.

— Ça me paraît un peu cynique, maintenant qu'on sait que Mixkey a trouvé la mort dans un accident de voiture. Mais pour l'entreprise, vous avez raison, toute cette affaire s'est bien terminée. Vous reverrons-nous ici ? Je ne savais pas que le général et vous étiez de si vieux amis, il m'en a parlé récemment lors d'un dîner chez lui. Connaissez-vous sa maison dans la rue Ludolf-Krehl ? »

Je connaissais la maison de Korten, une des premières à avoir été construites, à la fin des années cinquante, en intégrant les problèmes de protection des personnes et des biens. Je me rappelle encore, un soir, Korten me montrant le fonctionnement du petit téléphérique qui relie sa maison, construite bien plus haut que la rue, au portail d'entrée, en bas. « S'il y a une panne de courant, c'est le bloc électrogène qui prend le relais. »

Firner et moi avons pris congé en échangeant quelques politesses. Il était quatre heures, trop tard pour rattraper le déjeuner manqué, trop tôt pour dîner. Je suis allé à la piscine Herschel.

Le sauna était vide. J'étais tout seul à suer, tout seul à nager sous la haute coupole aux motifs byzantins, tout seul dans le bain de vapeur irlando-romain et sur la terrasse, au-dessus du toit. Enveloppé dans le grand drap blanc, je me suis endormi sur ma chaise longue dans la salle de repos. Philipp faisait du patin à roulettes dans les couloirs de l'hôpital. Il slalomait entre des piliers en forme de belles jambes de femmes. Parfois, elles bougeaient. Philipp les évitait, hilare. J'ai ri en le voyant arriver. Soudain j'ai vu que son rire était un cri qui déchirait son visage. Je me suis réveillé et j'ai pensé à Mixkey.

5

Mon Dieu, que veut dire bon ?

Le propriétaire du Café O a exprimé toute sa personnalité dans un aménagement qui réunit tout ce qui était à la mode à la fin des années soixante-dix : imitations de lampes fin-de-siècle, presse-orange manuel et petites tables de bistro avec leurs plateaux de marbre. Je n'aimerais pas faire sa connaissance.

J'ai reconnu madame Mügler, la danseuse, à ses cheveux tirés en arrière et se terminant par une petite queue-de-cheval, sa féminité osseuse et son regard authentique. Elle avait réussi à ressembler à Pina Bausch, dans la mesure de ses moyens. Elle était assise près de la fenêtre et buvait un jus d'orange pressé à la main.

« Selb. Nous nous sommes parlé hier au téléphone. » Elle m'a regardé en fronçant les sourcils et en hochant la tête presque imperceptiblement. Je me suis assis à sa table. « Je vous remercie d'avoir pris le temps de venir. Ma compagnie aimerait encore poser sur l'accident de monsieur Mencke quelques questions auxquelles ses collègues peuvent peut-être répondre.

— Pourquoi justement moi ? Je ne connais pas très bien Sergeï, cela ne fait pas longtemps que je suis à Mannheim.

— Vous êtes tout simplement la première à être rentrée de vacances. Dites-moi, est-ce que monsieur Mencke vous a semblé nerveux ou épuisé dans les semaines qui ont précédé l'accident ? Nous cherchons une explication aux circonstances un peu étranges de cet accident. » J'ai commandé un café, elle a pris un autre jus d'orange.

« Je vous ai déjà dit que je ne le connaissais pas très bien.

— Avez-vous remarqué quelque chose ?

— Il était très silencieux, parfois il semblait déprimé, mais de là à dire que j'ai remarqué quelque chose… Il est peut-être toujours comme ça, je ne suis là que depuis six mois, vous savez.

— Savez-vous qui, du ballet de Mannheim, le connaissait particulièrement bien ?

— Hanne a été plus proche de lui, d'après ce que je sais. Et il est souvent avec Joschka, je crois. Ils pourront peut-être vous aider.

— Est-ce que monsieur Mencke était un bon danseur ?

— Mon Dieu, bon, qu'est-ce que ça veut dire ? Il n'était pas Noureïev, et moi je ne suis pas Bausch. Et vous, vous êtes bon ? »

Je ne suis pas Pinkerton, aurais-je pu lui répondre. Je ne suis pas Gerling aurait mieux convenu à mon rôle. Mais qu'est-ce que cela change ?

« Vous ne trouverez pas un autre agent d'assurance comme moi. Pouvez-vous me donner les noms de famille de Hanne et de Joschka ? »

J'aurais pu faire l'économie de cette question. Cela ne

faisait pas longtemps qu'elle était ici et puis « au théâtre, on se tutoie tous ». « Quel est votre prénom à vous ?

— Hieronymus. Mes amis m'appellent Ronnie.

— Je ne voulais pas savoir comment vos amis vous appellent. Je crois que les prénoms ont quelque chose à voir avec la personnalité. »

Je serais volontiers parti en hurlant. Au lieu de cela, je l'ai remerciée, j'ai payé la note au comptoir et je suis sorti sur la pointe des pieds.

6

Esthétique et morale

Le lendemain matin, j'ai appelé madame Buchendorff. « J'aimerais jeter un coup d'œil sur l'appartement et les affaires de Mixkey. Pouvez-vous faire en sorte que je puisse entrer ?

— Allons-y ensemble à la sortie du bureau. Voulez-vous que je passe vous chercher à trois heures et demie ? »

Madame Buchendorff et moi sommes allés à Heidelberg en prenant les petites routes de campagne. Nous étions vendredi, les gens rentraient tôt du travail et préparaient la maison, la cour, le jardin, la voiture et même le trottoir pour le week-end. L'automne approchait. Je sentais que mes rhumatismes revenaient et j'aurais préféré que la capote soit fermée, mais je ne voulais pas donner l'impression d'être un vieux, alors je me suis abstenu. À Wieblingen, j'ai pensé au pont traversant les voies. J'irais voir cet endroit un de ces prochains jours. Maintenant, en compagnie de madame Buchendorff, le détour me semblait inconvenant. « C'est ici qu'on tourne pour Eppelheim, a-t-elle annoncé en m'indiquant une route à droite derrière la petite église. Je crois qu'il faudra que j'aille voir cet endroit un jour, mais je n'ai pas encore la force. »

Elle a garé la voiture dans le parking du Marché aux Grains. « Je nous ai fait annoncer. Peter partageait l'appartement avec un ami qui travaille à l'université des sciences et de technologie de Darmstadt. J'ai évidemment une clé mais je ne voulais pas faire irruption comme ça. »

Elle ne s'est pas rendu compte que je connaissais le chemin pour aller chez Mixkey. Je n'ai pas essayé de jouer celui qui ne savait pas. Personne n'a ouvert quand nous avons sonné ; madame Buchendorff a donc ouvert avec sa clé. L'air frais de la cave montait dans l'escalier. « La cave de la maison descend sur deux niveaux dans le rocher de la colline. » Le sol était fait de lourdes plaques de grès. Le long du mur carrelé en faïence de Delft étaient rangées des bicyclettes. Toutes les boîtes aux lettres avaient déjà été forcées au moins une fois. Des fenêtres aux verres teintés éclairaient à peine les marches usées.

« De quand date cette maison ? lui ai-je demandé pendant que nous montions.

— Quelques siècles. Peter l'aimait beaucoup. Il vivait déjà ici quand il était étudiant. »

La partie de l'appartement qu'avait occupée Mixkey était faite de deux grandes pièces qui communiquaient. « Vous pouvez ne pas rester là pendant que je regarde. Nous pouvons très bien nous retrouver ensuite au café.

— C'est gentil, mais je tiendrai le coup. Savez-vous ce que vous cherchez ?

— Mhm. » J'essayais de me repérer. La première pièce, avec sa grande table près de la fenêtre, le piano et les étagères le long des murs, servait de bureau. Sur les étagères, des classeurs et des piles de listing imprimé. Par les fenêtres on voyait les toits de la vieille ville et le Heiligenberg. Dans la deuxième pièce, il y avait le lit avec une couverture en patchwork, trois fauteuils des années soixante, une table de la même époque, une armoire, un téléviseur et une chaîne hi-fi. De la fenêtre, on voyait le château, en haut sur ma gauche, et à ma droite la colonne d'affichage derrière laquelle je m'étais trouvé trois semaines auparavant.

« Il n'avait pas d'ordinateur ? lui ai-je demandé, étonné.

— Non. Il avait toutes sortes de fichiers personnels dans l'ordinateur du RRZ. »

Je me suis tourné vers les étagères. Des livres de mathématiques, d'informatique, d'électronique et d'intelligence artificielle, des livres sur des films et sur la musique. On y trouvait aussi une splendide édition des œuvres de Gottfried Keller et des piles de livres de science-fiction. Le dos des classeurs indiquait qu'il s'agissait de factures et d'impôts, de bons de garantie et de modes d'emploi, de certificats et de diplômes, de voyages, du recensement et de trucs informatiques auxquels je ne comprenais pas grand-chose. J'ai ouvert le classeur des factures pour le feuilleter. Le classeur contenant les diplômes m'a appris que Mixkey avait obtenu un prix en quatrième. Sur le bureau était rangée une pile de papiers ; j'y ai jeté un coup d'œil. Outre le courrier personnel, les factures en souffrance, les notes sur des programmes et autres, j'ai trouvé une coupure de journal.

« RCW rend hommage au plus vieux pêcheur du Rhin. Lors de sa sortie d'hier, le pêcheur Rudi Balser, 95 ans, a

été surpris par une délégation de la RCW, présidée par le Dr. H. c. Korten, directeur général. "Je ne voulais pas manquer l'occasion de congratuler personnellement ce grand vieil homme de la pêcherie sur le Rhin. 95 ans et toujours aussi frais qu'un poisson du Rhin." Notre photo montre monsieur le Dr. H. c. Korten, directeur général, qui lui offre un panier-cadeau… »

On distinguait très bien au premier plan le panier-cadeau; c'était le même que celui qu'on m'avait offert. Sur la table, j'ai aussi trouvé la copie d'un petit article daté du mois de mai 1970.

« *Des scientifiques condamnés aux travaux forcés à la RCW? L'Institut pour l'histoire contemporaine a mis le doigt sur un sujet encore brûlant. Le dernier numéro de la* Revue trimestrielle d'histoire contemporaine *est consacré aux travaux forcés de scientifiques juifs dans l'industrie allemande entre 1940 et 1945. Des chimistes juifs de renom auraient travaillé dans des conditions humiliantes à la mise au point d'armes chimiques. Le porte-parole de la RCW a fait référence à la plaquette prévue pour le centenaire de l'entreprise en 1972, où doit figurer un article sur l'histoire de l'entreprise sous le national-socialisme – lequel "abordera également ces événements tragiques".* »

Pourquoi Mixkey s'était-il intéressé à cela? « Pourriez-vous venir un moment », ai-je demandé à madame Buchendorff qui s'était assise dans un fauteuil dans la pièce à côté et regardait par la fenêtre. Je lui ai montré la coupure de presse en lui demandant si ça lui disait quelque chose.

« Oui, Peter m'a souvent questionnée ces derniers temps sur la RCW. Il ne l'avait jamais fait avant. J'ai d'ailleurs dû lui faire une copie de l'article paru sur les scientifiques juifs dans notre plaquette.

— Et il n'a pas dit sur quoi reposait cet intérêt ?

— Non, je n'ai d'ailleurs pas insisté pour qu'il m'en parle ; à la fin, il était souvent devenu si difficile de se parler. »

J'ai trouvé l'article de la plaquette dans le classeur « Reference Chart Webs ». Il se trouvait à côté des piles de listing imprimé. Le R, le C et le W m'avaient sauté aux yeux au moment où je jetais un dernier regard résigné sur les étagères. Le classeur était plein d'articles divers, de correspondances, de quelques brochures et de tirages papier. Pour ce que j'en savais, tout cela avait un rapport avec la RCW. « Je peux emporter le classeur, n'est-ce pas ? » Madame Buchendorff a hoché la tête. Nous avons quitté l'appartement.

Quand nous sommes revenus par l'autoroute, la capote était fermée. Avec mon classeur sur les genoux, je me faisais l'effet d'un potache. Madame Buchendorff m'a demandé à brûle-pourpoint : « Vous avez été procureur, monsieur Selb. Pourquoi avez-vous arrêté ? »

J'ai allumé une cigarette. Quand le silence a trop duré, j'ai dit : « Je vais répondre à votre question. Laissez-moi juste un moment. »

Nous avons doublé un camion aux bâches jaunes sur lesquelles était écrit en lettres rouges le nom « Wohlfahrt », « prospérité ». Tout un programme. Une moto nous a dépassés.

« À la fin de la guerre, on n'a plus voulu de moi. J'avais

été un national-socialiste convaincu, membre actif du parti, un procureur impitoyable qui avait aussi demandé et obtenu la peine de mort à plusieurs reprises. Certains de ces procès avaient été spectaculaires. J'ai cru en tout cela et en mon rôle de soldat du front juridique : blessé dès le début de la guerre, je ne pouvais plus être envoyé au front tout court. » Le pire était passé. Pourquoi n'avais-je pas raconté tout simplement à madame Buchendorff la version expurgée ? « Après 1945, je suis d'abord allé vivre dans la ferme de mes beaux-parents, puis j'ai travaillé dans le commerce du charbon, un peu plus tard comme détective privé. Je n'avais plus d'avenir comme procureur. Je ne voyais en moi que le procureur national-socialiste que j'avais été et que je ne pouvais plus être. Ma foi avait disparu. Vous ne pouvez pas vous imaginer à quel point on pouvait croire au national-socialisme. Vous, vous avez grandi avec des connaissances que nous n'avons reçues qu'au compte-gouttes, après 1945. C'est avec ma femme que cela a été particulièrement terrible, elle avait été et était restée une belle blonde nazie. Jusqu'à ce qu'elle se mue en une Allemande élancée du miracle économique. » Je n'avais pas envie d'en dire plus sur mon mariage. « À l'époque de la réforme monétaire, on a commencé à réembaucher des collègues compromis. J'aurais sans doute pu revenir dans le système judiciaire. Mais j'ai vu l'effet que produisaient sur mes collègues l'effort de cette réinsertion et la réinsertion elle-même. Loin de se sentir coupables, ils n'éprouvaient plus que le sentiment d'une injustice – celle de leur renvoi – et considéraient leur réinsertion comme une sorte de réparation. Cela m'a dégoûté.

— Cela ressemble plus à de l'esthétique qu'à de la morale.

— Je vois de moins en moins la différence.

— Ne pouvez-vous pas imaginer quelque chose de beau qui soit immoral ?

— Je comprends ce que vous voulez dire, Riefenstahl. "Triomphe de la volonté", et cetera. Mais, depuis que je suis vieux, je ne trouve plus aucune beauté dans la chorégraphie de la masse, l'architecture mastoc de Speer et de ses plagiaires, ou dans les mille soleils de l'éclair atomique. »

Nous étions arrivés devant chez moi. Il était presque sept heures. J'aurais volontiers invité madame Buchendorff à dîner au « Kleiner Rosengarten ». Mais je n'ai pas osé.

« Madame Buchendorff, voulez-vous dîner avec moi au "Kleiner Rosengarten" ?

— C'est gentil, merci beaucoup, mais je n'en ai pas envie. »

7

Une mère indigne

Contrairement à mes habitudes, j'ai emporté le classeur pour aller dîner.

« Trravailler et manneger pas bien. Mauvaiis pour ventrrre. » Giovanni a fait semblant de vouloir me prendre le classeur. Je l'en ai empêché. « Nous toujours travailler, nous Allemands. Pas de dolce vita. »

J'ai commandé des calamars au riz, renonçant aux spaghettis pour ne pas tacher les documents de Mixkey. En revanche le barbera m'a éclaboussé une lettre de Mixkey adressée au *Mannheimer Morgen* demandant de publier l'annonce suivante.

« Historiens de l'Université de Hambourg recherchent pour leurs travaux d'histoire économique et sociale des témoignages d'ouvriers et d'employés de la RCW sur l'époque avant 1948. Discrétion et remboursement des frais garantis. Envois sous la référence 379628. »

J'ai trouvé onze réponses, certaines d'une écriture maladroite, d'autres laborieusement tapées à la machine, qui ne contenaient guère plus que le nom, l'adresse et le numéro de téléphone. Un envoi avait été fait depuis San Francisco.

Le classeur ne me permettait pas de savoir si ces contacts avaient donné quelque chose. Le classeur ne contenait pas la moindre note de Mixkey, aucune indication sur la raison et le but de cette collecte. J'ai trouvé la copie, faite par madame Buchendorff, de l'article pour la plaquette anniversaire, et la petite brochure d'un groupe de chercheurs chimistes, « 100 ans de RCW – 100 ans, ça suffit », avec des articles sur les accidents de travail, les grèves réprimées, les profits de guerre, les liens occultes entre capital et politique, les travaux forcés, la persécution des syndiqués et les dons au parti. Il y avait même un article sur la RCW et l'Église avec une photo de l'évêque du Reich Müller devant une grande cornue d'Erlenmeyer. Je me suis souvenu que j'avais fait la connaissance durant mes études à Berlin d'une mademoiselle Erlenmeyer. Elle était très riche et Korten disait qu'elle était de la famille de l'inventeur de cette cornue. Je l'ai cru, la ressemblance était indéniable. Qu'était devenu l'évêque Müller ?

Les coupures de presse, dans le classeur, remontaient jusqu'en 1947. Elles concernaient toutes la RCW, mais ne faisaient pas apparaître de fil conducteur. Les photos, dont les copies n'étaient pas très bonnes, montraient Korten d'abord humble directeur, puis directeur général, ses prédécesseurs, le directeur général Weismüller qui avait pris sa retraite tout de suite après 1945 et le directeur général Tyberg auquel Korten avait succédé en 1967. Pour le centenaire, le photographe avait fait une photo montrant Korten en train de recevoir les congratulations de Kohl, à côté duquel il semblait petit, frêle et distingué. Dans les différents articles, il était question de bilans, de carrières et de produits ainsi que, de nouveau, d'accidents et de pannes.

Giovanni est venu m'enlever mon assiette et a posé devant moi, sans rien dire, une sambuca. J'ai commandé un café en même temps. À la table voisine, une femme dans la quarantaine lisait *Brigitte.* Sur la page de titre j'ai lu qu'il s'agissait d'un article sur la question – « Stérilisée – et ensuite ? ». J'ai pris mon courage à quatre mains.

« Oui, et ensuite ?

— Pardon ? » Elle m'a regardé, un peu décontenancée, et a commandé un amaretto. Je lui ai demandé si elle venait souvent ici.

« Oui, a-t-elle dit, après le travail, je viens toujours dîner ici.

— Êtes-vous stérilisée ?

— Figurez-vous que oui, j'ai été stérilisée. Et ensuite, j'ai eu un enfant, un garçon adorable. » Elle a posé la revue.

« Fantastique, ai-je dit. Et "Brigitte" le tolère ?

— Le cas n'y est pas mentionné. Il s'agit plutôt de ces femmes et hommes malheureux qui découvrent après la stérilisation leur désir d'avoir un enfant. » Elle a trempé les lèvres dans son amaretto.

J'ai croqué un grain de café. « Votre fils n'aime pas la cuisine italienne ? Que fait-il le soir ?

— Est-ce que cela vous dérangerait que je m'assoie à votre table avant de hurler la réponse à travers la salle ? »

Je me suis levé, je lui ai tiré la chaise en guise d'invitation et je lui ai dit que cela me plairait si elle – enfin, ce qu'on dit dans ces moments-là. Elle a pris son verre et s'est allumé une cigarette. Je l'ai regardée d'un peu plus près, ses yeux un peu fatigués, le trait obstiné autour de sa bouche, ses nombreuses petites rides, ses cheveux blond cendré sans éclat, une boucle d'oreille à une oreille, un sparadrap sur l'autre. Si je ne faisais pas attention, je serais au lit avec cette femme trois heures plus tard. Est-ce que je voulais faire attention ?

« Pour répondre à votre question – mon fils est à Rio, chez son père.

— Qu'est-ce qu'il y fait ?

— Manuel a huit ans et il va à l'école à Rio. Son père a fait ses études à Mannheim. J'ai failli l'épouser, à cause du permis de séjour. Lorsque l'enfant a été là, il a dû rentrer au Brésil et nous sommes convenus qu'il le prendrait avec lui. » Je l'ai regardée d'un air interloqué. « Sans doute pensez-vous que je suis une mère indigne. Mais je ne me suis pas fait stériliser pour rien. »

Elle avait raison. J'ai trouvé que c'était une mère indigne, ou en tout cas une mère étrange, et je n'avais pas vraiment envie de continuer à flirter. Comme je me suis tu un certain temps, elle m'a demandé :

« Pourquoi vous êtes-vous intéressé à cette histoire de stérilisation ?

— D'abord, une association d'idées sur la couverture de *Brigitte.* Puis je me suis intéressé à vous parce que vous avez répondu à ma question avec tellement de maîtrise. Maintenant, vous avez trop de maîtrise à mon goût lorsque vous parlez de votre fils. Peut-être suis-je trop vieux jeu pour cette forme de souveraineté-là.

— La souveraineté ne se partage pas. Dommage que les

préjugés se confirment toujours. » Elle a pris son verre et a fait mine de s'en aller.

« Dites-moi juste encore ce qui vous vient à l'esprit si je vous dis RCW ? » Elle m'a regardé d'un air hostile. « Je sais, la question a l'air idiote. Mais la RCW m'occupe en ce moment toute la sainte journée et les arbres me cachent la forêt. »

Elle a répondu avec sérieux. « Un tas de choses. Et je vais vous les dire, parce que quelque chose chez vous m'a plu. RCW veut dire pour moi entreprise rhénane de chimie, pilules contraceptives, air pollué, eau polluée, pouvoir, Korten…

— Pourquoi Korten ?

— Je l'ai massé. Je suis masseur.

— Masseur ? Je croyais qu'on disait masseuse ?

— Les masseuses sont nos sœurs impudiques. Korten est venu chez moi pendant six mois pour un problème de dos et pendant que je le massais il m'a un peu parlé de lui et de son travail. Parfois nous avons eu de vraies discussions. Un jour, il a dit : "Il n'y a rien de répréhensible à exploiter les gens, mais on manque de tact si on le leur fait sentir." Cela m'a fait réfléchir longtemps.

— Korten était mon ami.

— Pourquoi "était" ? Il vit toujours. »

Oui, pourquoi « était ». Avais-je enterré notre amitié ? « Selb, notre bonne âme » – cette phrase n'avait cessé de me revenir à l'esprit, sur la mer Égée, et cela m'avait fait froid dans le dos à chaque fois. Des souvenirs ensevelis avaient refait surface et s'étaient immiscés dans mes rêves, mêlés à des fantasmes. J'étais sorti d'un de ces rêves en criant et en transpirant : Korten et moi faisions une excursion à travers la Forêt-Noire, je sais très bien que c'était la Forêt-Noire, malgré les grands rochers et les profondes gorges. Nous étions à trois, il y avait avec nous un camarade de classe, Kimski ou Podel. Le ciel était d'un bleu profond, l'air à la fois lourd et d'une transparence irréelle. Soudain, des pierres se sont détachées et ont dévalé la pente, sans bruit, nous étions suspendus dans le vide à une corde qui s'apprêtait à lâcher. Au-dessus de nous, il y avait Korten qui me regardait, et je savais ce qu'il attendait de moi. D'autres bouts de roche sont tombés dans la vallée sans faire de bruit ; j'ai essayé de m'agripper à la montagne, de rattacher la corde et de hisser le troisième. Je n'ai pas réussi, je pleurais d'impuissance et de désespoir. J'ai sorti mon couteau de poche et je me suis mis à trancher la corde en dessous de moi. Je me répétais : « Il faut que je le fasse, il le faut », et je coupais. Kimski ou Podel est tombé dans le précipice. Je voyais tout en même temps, des bras qui faisaient des moulinets, de plus en plus petits, de plus en plus loin, l'expression de clémence et d'ironie dans les yeux de Korten, comme si tout cela n'était qu'une blague. Maintenant il pouvait me hisser, et lorsqu'il m'eut presque ramené à sa hauteur, en sanglots, écorché de partout, j'ai entendu de nouveau ce « Selb, notre bonne âme » et la corde a lâché, et…

« Qu'est-ce qui vous arrive ? Comment vous appelez-vous au fait ? Moi, je m'appelle Brigitte Lauterbach.

— Gerhard Selb. Si vous n'êtes pas en voiture – puis-je vous raccompagner après cette soirée chaotique dans mon Opel cahotante ?

— Oui, volontiers. Autrement, j'aurais pris un taxi. »

Brigitte habitait rue Max-Joseph. Les bises sur les deux joues pour se dire au revoir se sont transformées en une longue étreinte.

« Tu as envie de monter, espèce d'idiot ? Avec une mère indigne stérilisée ? »

8

Un sang pour tous les jours

Pendant qu'elle était partie chercher le vin dans le réfrigérateur je suis resté planté dans le salon, avec la gaucherie de la première fois. Dans ce cas-là, on est sensible à ce qui ne va pas : les canaris en cage, le poster des Peanuts sur le mur, Fromm et Simmel sur les étagères, Roger Whittaker sur la platine. Brigitte n'avait commis aucune faute de ce genre. Mais la sensibilité était là tout de même – n'était-elle pas présente au fond de chacun de nous, quoi qu'il arrive, au bout du compte ?

« Je peux passer un coup de fil ? ai-je crié en direction de la cuisine.

— Vas-y. Le téléphone est dans le tiroir du haut de la commode. »

J'ai ouvert le tiroir et j'ai composé le numéro de Philipp. Il a fallu huit sonneries avant qu'il décroche.

« Allô ? » Sa voix était onctueuse.

« Philipp, c'est Gerd. J'espère que je te dérange.

— Exactement, espèce de fouineur bizarre. Oui, c'était du sang, groupe O, négatif, un sang pour tous les jours, si j'ose dire, l'échantillon avait entre deux et trois semaines.

Autre chose ? Excuse-moi, je suis très sollicité ici. Tu l'as vue hier, cette petite Indonésienne dans l'ascenseur. Elle est venue avec son amie. Il y a du mouvement ici. »

Brigitte était revenue avec la bouteille et deux verres, nous avait servis et m'avait apporté un verre. J'ai placé l'écouteur contre son oreille. Brigitte m'a regardé d'un air amusé en écoutant les dernières remarques de Philipp.

« Connais-tu quelqu'un à l'institut médico-légal de Heidelberg, Philipp ?

— Non, elle ne travaille pas à l'institut médico-légal. Elle travaille au McDonald's sur les Planches. Pourquoi ?

— Je ne veux pas connaître le groupe sanguin de Big Mac, mais celui de Peter Mixkey, qui a été examiné à l'institut médico-légal de Heidelberg. Et je voudrais savoir si tu peux te renseigner. Voilà pourquoi.

— Cela doit bien pouvoir attendre. Viens donc plutôt ici, nous en parlerons demain au petit déjeuner. Mais viens avec quelqu'un. Je ne vais pas m'éreinter pour que toi, tu viennes tranquillement encaisser.

— Il faut que ce soit une Asiatique ? »

Brigitte a ri. J'ai mis le bras autour de ses épaules. Elle s'est blottie timidement contre moi.

« Non, chez moi c'est comme au bordel de Mombasa, toutes les races, toutes les classes, toutes les couleurs, toutes les spécialités. Et si tu viens vraiment, apporte quelque chose à boire. »

Il a raccroché. J'ai mis l'autre bras aussi autour de ses épaules. Elle s'est laissée un peu tomber en arrière pour me regarder.

« Et maintenant ?

— Maintenant on emporte la bouteille, les verres, les cigarettes et la musique dans la chambre et on se met au lit. »

Elle m'a fait un petit baiser avant de dire d'une voix faussement honteuse : « Vas-y, je te rejoins tout de suite. »

Elle est allée dans la salle de bains. Parmi ses disques, j'en ai trouvé un de George Winston, je l'ai mis, j'ai laissé la porte de la chambre ouverte, allumé la petite lampe sur la table de chevet, me suis déshabillé et couché dans son lit. J'étais un peu gêné. Le lit était large et sentait le propre. Si nous ne dormions pas bien cette nuit, ce serait de notre faute.

Brigitte est entrée dans la chambre, nue, hormis la boucle d'oreille d'un côté et le sparadrap de l'autre. Elle a sifflé au rythme de la musique de George Winston. Elle avait les hanches un peu larges, des seins qui ne pouvaient s'empêcher, compte tenu de leur taille, de se pencher doucement, des épaules larges et des clavicules saillantes qui lui conféraient quelque chose de fragile. Elle s'est glissée sous la couverture, la tête sous mon aisselle.

« Qu'est-ce que tu t'es fait à l'oreille ? lui ai-je demandé.

— Oh, elle a ri, un peu gênée, je me suis arraché la boucle d'oreille en me coiffant. Cela n'a pas fait mal, mais j'ai saigné comme une truie. Après-demain, j'ai rendez-vous chez le chirurgien. Il va aplatir la plaie et la recoller correctement.

— Permets-tu que j'enlève l'autre boucle ? Sans ça, j'aurai peur de te l'arracher.

— Tu es si passionné ? » Elle l'a retirée elle-même. « Viens, Gerhard, que je t'enlève ta montre. » C'était agréable de la voir se pencher sur moi pour m'attraper le bras. Je l'ai attirée contre moi. Sa peau était lisse et sentait bon. « Je suis fatiguée, a-t-elle dit d'une voix endormie. Tu ne voudrais pas me raconter une histoire pour dormir ? »

Je me sentais bien. « Il était une fois un petit corbeau. Comme tous les corbeaux il avait une mère. » Elle m'a donné un coup dans le flanc. « La mère était noire et belle. Elle était si noire que tous les autres corbeaux paraissaient gris à côté d'elle, et elle était si belle que tous les autres semblaient laids. Elle-même ne le savait pas. Son fils, le petit corbeau, lui le voyait et le savait bien. Il savait bien plus encore : que noir et beau était mieux que gris et laid, que les pères corbeaux sont aussi bons et aussi méchants que les mères corbeaux, qu'on peut être mal à la bonne place et bien à la mauvaise. Un jour, après l'école, le petit corbeau s'est envolé vers l'inconnu. Il se disait qu'il ne lui arriverait rien : que, dans cette direction, il allait tomber un jour ou l'autre sur son père, dans l'autre, sur sa mère. Mais il avait peur tout de même. En dessous de lui s'étendait un vaste, vaste territoire, avec de petits villages et de grands lacs brillants. C'était mignon à voir, mais pour lui c'était inquiétant car inconnu. Il a volé, volé, volé… » La respiration de Brigitte était devenue régulière, elle s'est bien installée dans le creux de mon bras et s'est mise à ronfler doucement, la bouche entrouverte. J'ai retiré prudemment mon bras de sous sa tête pour éteindre la lumière. Elle s'est tournée sur le côté, moi aussi, nous étions allongés comme les petites cuillères dans leur coffret.

Lorsque je me suis réveillé il était un peu plus de sept heures. Elle dormait toujours. J'ai quitté la chambre sur la pointe des pieds, j'ai fermé la porte, cherché et trouvé la cafetière, l'ai mise en marche, passé pantalon et chemise, pris son trousseau de clés dans la commode et suis parti acheter des croissants dans la rue Langen Rötter. J'étais de retour dans la chambre avec plateau, café et croissants avant qu'elle se réveille.

Ce fut un beau petit déjeuner. Et ce fut beau aussi par la suite, une fois revenus ensemble sous la couverture. Après, elle a dû se préparer pour recevoir ses patients du samedi matin. Je voulais la déposer dans son cabinet au Collini-Center, mais elle a préféré y aller à pied. Nous ne nous sommes pas donné d'autre rendez-vous. Mais quand nous nous sommes embrassés devant la porte de la maison, nous avons eu du mal à nous séparer.

9

Longtemps désemparé

Cela faisait longtemps que je n'avais pas passé une nuit chez une femme. Le retour dans son propre appartement est alors comme le retour dans sa propre ville après les vacances. On se sent un bref moment en état d'apesanteur, avant que la normalité ne vous reprenne.

Je me suis préparé une infusion contre les rhumatismes, purement préventive, et je me suis replongé dans le classeur de Mixkey. Sur le dessus, la coupure de presse photocopiée que j'avais trouvée sur son bureau et rangée dans ce classeur. J'ai lu l'article de la plaquette, celui qui allait avec la coupure et qui était intitulé « Les douze années obscures ». On n'y parlait pas beaucoup des travaux forcés imposés aux chimistes juifs. Oui, ils avaient existé, mais la RCW avait pâti tout autant que les chimistes juifs de cette situation imposée. Contrairement à ce qui s'était passé dans les autres grandes entreprises allemandes, les travailleurs du STO avaient été généreusement dédommagés après la guerre. L'auteur, en se référant à l'Afrique du Sud, indiquait que l'entreprise industrielle moderne était hostile à toute sorte de travail forcé. Par ailleurs, on avait réussi, grâce à ces embauches au sein de l'entreprise, à diminuer les souffrances dans les camps ; il était prouvé que l'espérance de survie d'un travailleur forcé de la RCW était bien supérieure à celle de la population moyenne d'un camp de concentration. L'auteur insistait lourdement sur la participation de la RCW à la Résistance, rappelait les ouvriers communistes condamnés et décrivait dans le détail le procès intenté à celui qui était devenu ultérieurement directeur général, Tyberg, et à son ancien collaborateur, Dohmke.

Je me souvenais de ce procès. C'est moi qui avais mené l'enquête à l'époque ; mon patron, le procureur général Södelknecht, avait représenté l'accusation. Les deux chimistes de la RCW avaient été condamnés à mort pour sabotage et pour je ne sais plus quelle entorse aux lois raciales. Tyberg a réussi à prendre la fuite, Dohmke a été exécuté. Le tout a dû se passer fin 43, début 44. Au début des années cinquante, Tyberg est revenu des États-Unis où il avait fait très vite fortune avec sa propre entreprise chimique, il est retourné à la RCW, dont il est devenu peu de temps après directeur général.

Une grande partie des articles de presse portait sur l'incendie de mars 1978. La presse estimait les dommages à quarante millions de marks, ne mentionnait pas de morts ou de blessés et reproduisait les déclarations de la RCW, selon lesquelles le gaz émis par les pesticides brûlés était totalement inoffensif pour l'organisme humain. Ces certitudes de l'industrie chimique me fascinent : vous prenez un aérosol qui détruit les cafards (lesquels, d'après toutes les prévisions, survivront à l'holocauste atomique), eh bien, ce produit-là n'est pas plus nocif pour l'homme que la fumée d'un barbecue ! Dans le *Stadtstreicher* j'ai trouvé une documentation du groupe des « Verts chlore » suivant laquelle plusieurs produits toxiques incriminés à Seveso, le TCDD, l'hexachlorophène et le trichloréthylène, avaient été libérés lors de cet incendie. De nombreux ouvriers blessés auraient été amenés en cachette dans le Luberon, pour être soignés dans une clinique appartenant à l'entreprise. Suivait une série de copies et de coupures sur les participations de la RCW dans d'autres entreprises et finalement une plainte de l'office fédéral des cartels à propos du rôle de l'entreprise sur le marché pharmaceutique.

Je suis resté longtemps désemparé devant les listings d'ordinateur. J'ai trouvé des dates, des noms, des chiffres, des courbes et des abréviations pour moi incompréhensibles comme BAS, BOE et HST. S'agissait-il des sorties papier des fichiers privés de Mixkey ? J'ai décidé d'en parler à Gremlich.

À onze heures, j'ai commencé à appeler les personnes qui avaient réagi à l'annonce de Mixkey. J'étais le professeur Selb, de l'université de Hambourg, qui voulait reprendre contact avec les personnes que son collègue avait appelées dans le cadre du projet de recherche socio-économique. Mes interlocuteurs étaient ahuris ; mon collègue leur avait pourtant dit que leurs témoignages oraux n'avaient pas de valeur pour le projet. J'étais déconcerté ; je passai un appel après l'autre, toujours avec le même résultat. Certains d'entre eux m'ont au moins appris que Mixkey n'avait pas retenu leur témoignage parce qu'ils avaient commencé à travailler à la RCW après 1945. Ils étaient fâchés : mon collègue aurait pu leur épargner la peine d'écrire s'il avait précisé dans son annonce que c'étaient les témoignages d'avant la fin de la guerre qui l'intéressaient. « Il a été question de remboursement des frais, c'est vous qui allez nous rembourser ? »

À peine avais-je reposé l'appareil que le téléphone a sonné.

« Impossible de t'avoir au bout du fil. Avec quelle femme as-tu téléphoné si longtemps ? » Babs voulait s'assurer que je n'avais pas oublié notre soirée au concert. « Je viens avec Rose et Georg. Ils ont tellement aimé *Diva* qu'ils ne veulent pas rater Wilhelmenia Fernandez. »

Évidemment, j'avais oublié. Pendant que je feuilletais le contenu du classeur, l'un des méandres de mon cerveau avait déconnecté et égaré le souvenir de ma soirée avec Brigitte. Y avait-il encore des places ?

« À huit heures moins le quart au "Rosengarten" ? Il se peut que je vienne avec quelqu'un.

— C'était donc bien une femme au téléphone. Est-elle jolie ?

— Elle me plaît. »

Par acquit de conscience, j'ai aussi écrit à Vera Müller à San Francisco. Je n'avais pas de question précise à lui poser. Mais Mixkey, lui, avait posé des questions précises, et c'est précisément ce que ma lettre cherchait à lui faire écrire. J'ai porté la lettre à la poste principale de la place des Parades. Sur le chemin du retour, j'ai acheté cinq douzaines d'escargots pour après le concert. Pour Turbo j'ai acheté du foie frais ; j'avais mauvaise conscience parce que je l'avais laissé seul la veille.

De retour à la maison, j'ai voulu me faire un sandwich aux sardines, avec oignons et olives, mais madame Buchendorff ne m'en a pas laissé le temps. Elle avait dû taper quelque chose pour Firner, le matin, à l'entreprise. En rentrant chez elle, elle était passée devant la Taverne Traber où elle avait reconnu avec certitude l'un des cogneurs du cimetière.

« Je suis dans la cabine devant le restaurant. Il n'en est pas encore ressorti, je crois. Pouvez-vous venir tout de suite ? S'il s'en va, je le suis. Retournez chez vous si je n'y suis plus, je vous rappellerai dès que je pourrai. » Sa voix s'est cassée.

« Mon Dieu, ma petite, ne fais pas de bêtise. Note le numéro d'immatriculation, ça suffira. J'arrive tout de suite. »

10

C'est l'anniversaire de Fred

Dans l'escalier j'ai failli renverser madame Weiland ; en sortant la voiture, j'ai failli prendre monsieur Weiland sur le capot. Je suis passé par la gare pour emprunter le pont Konrad-Adenauer, laissant derrière moi des passants blêmes et des feux rougissants. Lorsque, cinq minutes après, je suis arrivé dans la rue Zollhof devant la Taverne Traber, la voiture de madame Buchendorff était toujours là, en stationnement interdit Mais elle avait disparu. Je suis descendu de voiture et entré dans le bar. Un zinc, deux trois tables, juke-box et flipper, environ dix clients et la patronne. Madame Buchendorff buvait une bière et mangeait une boulette. Je me suis installé à côté d'elle au bar. « Salut, Judith. Tu es revenue dans le coin ?

— Salut Gerhard. Tu bois une bière avec moi ? »

J'ai commandé deux boulettes avec la bière. Le type à côté d'elle a dit : « Les boulettes de viande, c'est la mère de la patronne qui les fait. » Judith me l'a présenté. « Je te présente Fred. C'est un authentique Viennois. Il a quelque chose à fêter, dit-il. Fred, je te présente Gerhard. »

Il avait déjà bien fêté ça. Avec cette légèreté défraîchie

de l'homme ivre, il est allé au juke-box ; il s'est accoudé pour choisir les disques, comme si de rien n'était. Puis il est revenu et s'est placé entre Judith et moi. « La patronne, notre Silvia, elle est autrichienne, elle aussi. C'est pour ça que je préfère fêter mon anniversaire dans son bar. Et voilà mon cadeau d'anniversaire. » Il s'est mis à peloter généreusement le derrière de Judith.

« Qu'est-ce que tu fais comme travail, Fred ?

— Marbre et vin rouge, import et export. Et toi-même ?

— Sécurité, protection des personnes et des biens, garde du corps, maître-chien, et cetera. Je pourrais avoir besoin d'un type comme toi. Il faudrait seulement que tu freines un peu avec l'alcool.

— Ah, d'accord, sécurité. » Il a posé son verre. « Il n'y a rien de plus sûr qu'un cul ferme. Pas vrai, mon trésor ? » Il a posé son verre et s'est mis à caresser des deux mains le derrière de Judith.

Elle s'est retournée pour frapper de toutes ses forces sur les doigts de Fred en le regardant d'un air espiègle. Ça lui a fait mal, il a retiré ses mains, mais il n'était pas fâché.

« Et qu'est-ce que tu fais ici en matière de sécurité ?

— Je cherche des hommes pour une mission. Il y a un bon paquet à gagner, pour moi, pour les gens que je trouve et pour le commanditaire qui m'a demandé de recruter. »

Le visage de Fred a exprimé de l'intérêt. C'est peut-être parce que ses mains n'étaient plus autorisées, pour l'instant, à s'occuper des fesses de Judith qu'il s'est mis à me tapoter sur la poitrine avec son index boudiné. « Est-ce que ce n'est pas quelques pointures de trop pour toi, papi ? »

J'ai attrapé sa main pour la rabaisser, tout en lui tordant

l'index et en le regardant droit dans les yeux avec un air de bon chien. « Tu as quel âge aujourd'hui, Fred ? Tu n'es peut-être pas celui qu'il me faut ? Ça ne fait rien, viens, j'offre une tournée. »

Le visage de Fred était crispé de douleur. Lorsque je l'ai lâché, il est resté quelques instants à se demander quoi faire : me sauter dessus ou boire une bière avec moi ? Puis son regard s'est porté sur Judith, et j'ai su ce qui allait se passer.

Son « D'accord, buvons-en une autre » a annoncé le coup qui m'a atteint en pleine poitrine, du côté gauche. Mais j'avais déjà envoyé mon genou entre ses jambes. Il s'est recroquevillé en se tenant les parties. Lorsqu'il s'est redressé, mon poing droit, mon poing lui est arrivé sur le nez, et j'y avais mis toutes mes forces. Il a levé les bras pour se protéger le visage, et les a baissés aussitôt en regardant, l'air incrédule, le sang sur ses mains. J'ai pris son verre et je l'ai vidé sur sa tête. « À la tienne, Fred. »

Judith s'était un peu écartée, les autres clients étaient restés de côté. Seule la patronne se battait sur la ligne de front. « Sortez, si vous voulez faire du grabuge, sortez d'ici », a-t-elle dit ; elle me poussait déjà vers la sortie.

« Mais ma chère, n'avez-vous pas remarqué que nous ne faisions que blaguer ? On s'entend déjà bien, hein, Fred ? » Fred a essuyé le sang sur ses lèvres. Il a hoché la tête et a cherché Judith du regard.

La patronne s'est rapidement assurée que l'ordre et la paix étaient revenus dans son bar. « Si c'est ça, je vous offre une petite eau-de-vie », a-t-elle dit sur un ton conciliant. Elle avait son bistro en main.

Tandis qu'elle s'affairait derrière le zinc et que Fred se réfugiait aux toilettes, Judith s'est approchée de moi. Elle m'a regardé d'un air inquiet. « C'est lui qui était au cimetière. Tout va bien ? » Elle parlait à voix basse.

« Bien sûr, il m'a cassé toutes les côtes, mais j'y survivrai si, à l'avenir, vous m'appelez tout simplement Gerd, lui ai-je répondu. Dans ce cas-là, je t'appellerai tout simplement Judith. »

Elle a souri. « Je trouve que tu profites de la situation, mais je vais me montrer généreuse. Je viens de t'imaginer en trench-coat.

— Et ?

— Tu n'en as pas besoin », a-t-elle dit.

Fred est revenu des toilettes. Il s'y était redonné un air contrit ; il s'est même excusé en revenant.

« Pour ton âge, tu te portes pas mal. Je suis désolé d'être devenu grossier. Tu sais, dans le fond, c'est pas simple de vieillir sans famille, et le jour de ton anniversaire on s'en rend encore plus compte. »

L'amabilité de Fred cachait mal la sournoiserie et le charme retors du maquereau viennois.

« Parfois, je m'emballe, Fred. L'histoire avec la bière était en trop. Je suis désolé, ce qui est fait est fait. » Il avait toujours les cheveux trempés et collés, « mais il ne faut pas m'en vouloir. Je ne deviens vulgaire que lorsqu'une femme est en jeu ».

« Et maintenant, que faisons-nous ? a demandé Judith avec un regard innocent.

— Nous rentrons à la maison. D'abord Fred, ensuite toi », ai-je décidé.

La patronne est venue à mon secours. « Une bonne idée, Fred, que quelqu'un te raccompagne. Tu peux venir chercher ta voiture demain matin. Tu prendras un taxi. »

Nous avons chargé Fred dans ma voiture. Judith nous a suivis. Fred m'a indiqué qu'il habitait au Jungbusch, « dans la rue Werft, juste à côté de l'ancien commissariat, tu sais », et qu'il voulait que je le laisse à l'angle. Savoir où il n'habitait pas m'était bien égal. Nous avons traversé le pont. « Il y a une place pour moi dans ta grande histoire ? J'ai déjà fait des trucs de sécurité, même pour une grande entreprise d'ici », a-t-il dit. « Nous en reparlerons. Si t'es un gars sûr, tu peux être de la partie. Appelle-moi un de ces jours. » J'ai sorti une carte de visite de ma poche, une vraie, et je la lui ai donnée. Je l'ai déposé à l'angle. Il s'est dirigé en titubant sur le prochain bar. La voiture de Judith était dans mon rétroviseur.

J'ai pris le boulevard circulaire pour aller au parc Augusta en passant derrière le château d'eau. J'avais pensé que, derrière le théâtre national, elle me ferait un appel de phares en guise d'adieu et disparaîtrait. Elle m'a suivi jusqu'à la rue Richard-Wagner et a attendu, sans couper le moteur, que je me gare.

Je suis descendu de voiture, j'ai fermé les portes, puis j'ai rejoint Judith. Il n'y avait que sept pas à faire ; j'y ai mis toute la virilité souveraine que j'avais pu cultiver lors de mon second printemps. Je me suis penché à l'intérieur de la voiture, sans égard pour les rhumatismes, et lui ai indiqué une place de parking libre.

« Puisque tu es là, tu monteras bien boire un thé ? »

11

Merci pour le thé

Pendant que je préparais le thé, Judith a fait les cent pas dans la cuisine. Elle était encore très énervée. « Quel minus, a-t-elle dit, quel minus. Si je pense à la peur que j'ai eue quand je l'ai vu au cimetière.

— Il n'était pas tout seul au cimetière. Et tu sais, si je l'avais laissé s'emballer, j'aurais eu peur moi aussi. Il a dû casser la figure à plus d'un type dans sa vie. » Nous avons transporté tasses et thé dans le salon. J'ai pensé au petit déjeuner avec Brigitte et je me suis réjoui de ne pas avoir laissé la vaisselle sale en plan dans la cuisine.

« Je ne sais toujours pas si je peux m'occuper de ton affaire. Mais réfléchis bien : veux-tu vraiment que je m'en occupe ? J'ai déjà enquêté sur Peter Mixkey, contre lui. J'ai pu établir qu'il était, en quelque sorte, entré par effraction dans le système d'information de la RCW. »

Je lui ai tout raconté. Elle ne m'a pas interrompu. Son regard était empli de peine et de reproche. « Je n'accepte pas le reproche dans ton regard. J'ai fait mon travail. Et pour le faire, il faut utiliser les autres, les démasquer, établir leur culpabilité, même si on les trouve sympathiques.

— Et alors ? Alors pourquoi cette grande confession ? J'ai l'impression que tu cherches mon absolution. »

Je lui ai parlé droit dans les yeux ; son visage était celui d'une femme blessée et hostile. « Tu es mon commanditaire et j'aime bien que les choses soient claires entre moi et mes commanditaires. Tu te demandes pourquoi je ne t'ai pas raconté cette histoire tout de suite. J'ai…

— Je me le demande en effet. Mais, à vrai dire, je n'ai pas envie d'entendre les explications lisses, fausses et lâches que tu pourrais donner. Merci pour le thé. » Elle a pris son sac à main et s'est levée. « Combien vous dois-je pour vos investigations ? Envoyez-moi votre facture. »

Je me suis levé, moi aussi. Lorsqu'elle a voulu ouvrir la porte, j'ai retiré sa main de la poignée. « Je tiens beaucoup à toi. Et tu n'as pas renoncé à comprendre ce qui s'est passé avec Mixkey. Ne pars pas comme ça. »

Pendant que je lui parlais, elle avait laissé sa main dans la mienne. Ensuite, elle me l'a retirée et est partie sans un mot.

J'ai fermé la porte de l'appartement. J'ai pris le bocal d'olives dans le réfrigérateur et je me suis mis sur le balcon. Le soleil brillait. Turbo, qui avait traîné sur les toits, est venu s'enrouler sur mes genoux en ronronnant. C'était juste pour les olives, je lui en ai donné quelques-unes. J'ai entendu Judith démarrer son Alfa. Le moteur a hurlé, puis il s'est arrêté. Allait-elle revenir ? Au bout de quelques secondes, elle a redémarré et elle est partie.

Je ne parvenais pas à réfléchir pour savoir si mon comportement avait été juste et j'ai savouré chaque olive. C'étaient des grecques, les noires, qui ont le goût du musc, de la fumée et de la terre lourde.

Après être resté une heure sur le balcon, je suis allé dans la cuisine préparer le beurre persillé pour les escargots prévus après le concert. Il était cinq heures, j'ai appelé Brigitte en laissant sonner dix fois. En repassant ma chemise, j'ai écouté *La Wally,* me réjouissant d'avance d'entendre Wilhelmenia Fernandez. Dans la cave, j'ai pris quelques bouteilles de riesling d'Alsace que j'ai mises au réfrigérateur.

12

Le jeu de l'oie

Le concert avait lieu salle Mozart. Nos places étaient au sixième rang, un peu à gauche, si bien que le chef d'orchestre ne nous empêchait pas de voir la cantatrice. Avant de m'asseoir, j'ai regardé les gens dans la salle. C'était un public agréablement mélangé, de vieilles dames et de vieux messieurs jusqu'aux enfants que l'on se serait davantage attendu à voir dans un concert rock. Babs, Rose et Georg étaient d'humeur à rigoler ; mère et fille ne cessaient de se chuchoter des choses à l'oreille et de pouffer, Georg bombait le torse et gloussait. Je me suis assis entre Babs et Rose en cajolant alternativement le genou de l'une et de l'autre.

« J'ai pensé que tu viendrais avec une femme à qui tu pourrais peloter le genou, oncle Gerd. » Rose a pris ma main du bout des doigts pour la laisser tomber à côté de son genou. Elle portait un gant noir brodé aux doigts coupés. Son geste était anéantissant.

« Ah, Rose, ma Rosette, jadis, quand je t'ai sauvée des Indiens, te portant sur mon bras gauche, le colt dans la main droite, tu ne m'as pas parlé sur ce ton.

— Il n'y a plus d'Indiens, oncle Gerd. »

Qu'était devenue la gentille petite fille ? Je l'ai regardée de côté, la coiffure crêpée post-moderne, le poing serré aux bagues d'argent contre l'oreille, le pouce éloquent entre index et majeur, le visage large qu'elle avait hérité de sa mère et la bouche un peu trop petite et toujours enfantine.

Le chef d'orchestre était un mafioso graisseux, de petite taille et très rond. La tête ondulée penchée vers l'avant, il a engagé l'orchestre dans un pot-pourri de *Gianni Schicchi*. Il connaissait son métier, cet homme-là. Les mouvements parcimonieux de sa charmante baguette lui permettaient d'arracher à ce puissant orchestre l'harmonie la plus délicate. Je l'ai remercié également d'avoir placé derrière les timbales une adorable petite musicienne en pantalon et queue-de-pie. Pourrais-je l'attendre à la sortie du concert pour lui proposer de l'aider à porter ses timbales jusque chez elle ?

Puis la Wilhelmenia est entrée en scène. Elle avait un peu grossi depuis *Diva,* mais elle était troublante dans sa robe de soirée en strass. Le plus beau, ce fut « La Wally ». C'est avec cet air qu'elle a terminé le concert, c'est avec lui qu'elle a conquis son public. C'était beau de voir applaudir vieux et jeunes ensemble. Après deux bis durement conquis durant lesquels la petite joueuse de timbales a de nouveau fait tournoyer mon cœur en virtuose, nous sommes sortis, légers, dans la nuit. « On va encore quelque part ? a demandé Georg.

— Chez moi, si vous voulez. J'ai préparé des escargots et mis du riesling au frais. »

Babs a rayonné, Rose maugréé : « Il faut vraiment aller là-bas à pied ? » et Georg a dit : « Moi, je vais à pied avec oncle Gerd, vous pouvez y aller en voiture. »

Georg est un jeune homme sérieux. En chemin il m'a parlé de ses études de droit qu'il faisait depuis presque trois ans, des petits et des grands certifs et du cas de droit pénal sur lequel il planchait – ça paraissait intéressant, mais n'était finalement qu'un habillage arbitraire pour des problèmes de délits, d'incitation et de complicité qu'on aurait pu me poser de la même façon quarante ans plus tôt. Pourquoi les juristes manquent-ils tant de fantaisie ? À moins que ce ne soit la réalité ?

Babs et Rose nous attendaient devant la porte de la maison. En entrant, nous avons dû constater que la minuterie ne fonctionnait plus. Nous sommes montés à tâtons, en trébuchant et en riant beaucoup ; Rose avait un peu peur dans le noir et elle était agréablement moins grande gueule.

Ce fut une gentille soirée. Les escargots étaient bons, le vin aussi. J'avais bien organisé les choses. Lorsque j'ai sorti de la poche intérieure de ma veste le petit magnéto qui me permet de faire d'assez bons enregistrements grâce à un petit micro caché au revers de la veste et que j'ai mis la cassette dans le lecteur de la chaîne, Rose a tout de suite reconnu la citation et a applaudi. Georg a compris en entendant « La Wally ». Babs nous a regardés d'un air interrogateur. « Maman, il faudra que tu ailles voir *Diva* quand ils repasseront le film. »

Nous avons joué au jeu de l'oie ; à minuit et demi, le jeu était dans sa phase critique et le riesling bu. J'ai pris ma lampe de poche pour descendre à la cave. Je ne me souviens pas d'avoir jamais descendu la large cage d'escalier sans lumière. Mais mes jambes connaissaient si bien le chemin depuis toutes ces années que je me sentais à mon aise.

Jusqu'à ce que je sois arrivé au dernier palier. À cet endroit, peut-être pour que le « bel étage » soit rehaussé et paraisse plus majestueux, on avait fait construire quatorze marches au lieu des douze habituelles. Je n'y avais jamais fait attention, mes jambes non plus n'avaient jamais enregistré ce détail de l'escalier ; aussi, au bout de douze marches, j'ai fait un grand pas en avant au lieu d'un petit vers le bas. Je me suis plié et j'ai tout juste eu le temps de me rattraper à la rampe, mais la douleur a jailli dans ma colonne vertébrale. Je me suis redressé, j'ai fait un deuxième pas en tâtonnant et j'ai allumé la lampe. J'ai sursauté. Sur le dernier palier, le mur du fond est pourvu d'un miroir entouré d'un cadre de stuc. J'y voyais un homme qui pointait sur moi le faisceau aveuglant d'une lampe. Il ne m'a fallu qu'une fraction de seconde pour me reconnaître. Mais la douleur et la frayeur ont suffi pour que je descende les dernières marches jusqu'à la cave le cœur battant et le pas mal assuré.

Nous avons joué jusqu'à deux heures et demie. Après que le taxi est venu les chercher, après avoir dompté une nouvelle fois la cage d'escalier noire et fait la vaisselle, je suis resté le temps d'une cigarette devant le téléphone. J'avais envie d'appeler Brigitte. Mais la vieille école l'a emporté.

13

C'est bon ?

J'ai passé la matinée à ne rien faire. Au lit j'ai feuilleté le classeur de Mixkey en me demandant une fois de plus pourquoi il avait recueilli tout cela ; de temps en temps je prenais une gorgée de café ou mordais dans une part de kouglof que je m'étais achetée en prévision du dimanche. Puis j'ai lu dans le *Zeit* la dissertation éclairée de Theo Sommer, la pièce lacrymale de Marion comtesse de Dönhoff, des choses à propos de notre ex-chancelier à renommée mondiale et celles, inévitables, de Gerd Bucerius. Je savais de nouveau où se trouve le bon chemin et je n'avais donc plus à plonger mon âme dans la critique rédigée par Reich-Ranicki sur le livre consacré par Wolfram Siebeck à la cuisine aérienne des pilotes de montgolfière. Puis j'ai fait des câlins à Turbo. Brigitte ne répondait toujours pas au téléphone. À dix heures et demie, Rose a sonné : elle venait chercher la voiture. J'ai passé mon peignoir sur ma chemise de nuit et je lui ai offert un sherry. Sa coiffure stylée de la veille était dévastée.

Finalement, j'en ai eu assez de ne rien faire et je suis allé voir le pont entre Eppelheim et Wieblingen, là où Mixkey avait trouvé la mort. C'était une journée ensoleillée du début de l'automne ; j'ai traversé les villages, la brume s'élevait au-dessus du Neckar, sur les champs, même un dimanche, on glanait les pommes de terre, les premières feuilles avaient changé de couleur et la fumée sortait des cheminées des fermes.

Le pont lui-même ne m'a rien appris de plus que ce que j'avais lu dans le rapport de police. J'ai regardé les voies qui se trouvaient à peu près cinq mètres plus bas en pensant à la Citroën. Un omnibus est passé en direction d'Edingen. En traversant la chaussée pour regarder de l'autre côté j'ai vu l'ancienne gare. C'était une belle bâtisse de pierre à trois étages du début du siècle, des fenêtres en arcature au premier et une tourelle. Le restaurant de la gare semblait toujours ouvert. J'y suis allé. La salle était sombre, trois des dix tables étaient occupées, sur la droite il y avait le juke-box, le flipper et deux jeux vidéo, sur le comptoir, XIXe allemand restauré, s'étiolait un petit palmier ; dans son ombre se tenait la patronne. Je me suis installé à la table libre près de la fenêtre donnant sur le quai et les rails, on m'a apporté la carte, un choix d'escalopes viennoises, du chasseur et du gitan, accompagnées à chaque fois de frites ; j'ai demandé à la patronne quel était le *plat du jour** pour parler comme Ostenteich. Elle me proposa une viande marinée, des boulettes, du chou rouge, sauce à l'os à moelle. « Tope là », ai-je dit en ajoutant à ma commande un vin de Wiesloch.

Une jeune fille m'a apporté le vin. Elle avait environ seize ans et était d'une opulence lascive qui ne tenait pas seulement à la combinaison de ses jeans et de son chemisier trop serrés et de ses lèvres rouges. Elle devait certainement essayer de séduire tout homme de moins de cinquante ans. Pas moi. « Bon appétit », m'a-t-elle dit, l'air ennuyé.

Lorsque sa mère m'a apporté le potage, je l'ai questionnée sur l'accident qui s'était produit début septembre. « Vous avez vu quelque chose ?

— Il faut que je demande à mon mari.

— Que dirait-il, lui ?

— On était déjà couchés, et tout d'un coup, il y a eu ce fracas. Et puis, juste après, un autre. J'ai dit à mon mari : "Ne me dis pas qu'il ne s'est rien passé." Il s'est levé tout de suite et a pris le pistolet à gaz parce qu'on nous cambriole toujours les distributeurs. Mais il n'y avait rien aux distributeurs, c'était en haut sur le pont. Vous êtes de la presse ?

— Je travaille pour la compagnie d'assurances. Ensuite, votre mari a appelé la police ?

— C'est que mon mari ne savait rien, au début. Lorsqu'il a vu qu'il n'y avait rien dans la salle, il est monté et a passé quelque chose. Puis il est allé voir sur la voie, mais, à ce moment-là, il a entendu la sirène du Samu. Pourquoi encore appeler quelqu'un ? »

La jeune fille blonde et rebondie a apporté le rôti de porc en nous écoutant attentivement. Sa mère l'a renvoyée dans la cuisine. « Votre fille n'a rien entendu ? » De toute évidence, la mère avait un problème avec sa fille. « Elle n'entend jamais rien. Elle ne regarde que les pantalons, si vous voyez ce que je veux dire. J'étais pas comme elle quand j'étais jeune. » Maintenant, c'était trop tard. Son regard exprimait une frustration affamée. « C'est bon ?

— Comme chez maman », ai-je dit. Comme on sonnait

dans la cuisine, elle a dégagé son corps langoureux de ma table. Je me suis dépêché de finir mon rôti et mon vin.

En regagnant ma voiture, j'ai entendu des pas rapides derrière moi. « Hé, vous ! » La petite du restaurant de la gare me courait après. « Vous voulez savoir quelque chose sur l'accident. Il y a un billet de cent balles pour moi ?

— Ça dépend de ce que tu vas me dire. » C'était déjà une sacrée dévergondée. « Cinquante tout de suite, sinon je commence même pas. » J'avais envie de savoir et j'ai sorti deux billets de cinquante de mon portefeuille. Je lui en ai donné un ; l'autre, j'en ai fait une boulette.

« Voilà ce qui s'est passé. Ce jeudi, Struppi m'a raccompagnée chez moi, dans sa Manta. Lorsque nous avons traversé le pont, il y avait une camionnette de garée. Je me suis demandé ce qu'elle faisait là, sur le pont. Ensuite, le Struppi et moi nous avons encore… enfin bref, nous l'avons encore fait. Et quand j'ai entendu le bruit, j'ai dit à Struppi de partir parce que je me suis bien doutée que mon père allait sortir. Mes parents n'aiment pas trop Struppi, parce qu'il est déjà à moitié marié. Mais moi, je l'aime. Enfin, peu importe, ce qui est sûr, c'est que j'ai vu la camionnette qui s'en allait. »

Je lui ai donné la boulette. « À quoi ressemblait-elle ?

— Une drôle d'allure. On n'en voit pas des comme ça par chez nous. Mais je ne peux rien vous dire de plus. Elle n'avait pas non plus allumé ses phares. »

La mère nous regardait par la porte du buffet de la gare. « Tu vas venir Dina, oui ? Laisse ce monsieur tranquille !

— J'arrive. » Dina est repartie avec une lenteur provocante. La compassion et la curiosité m'ont donné envie de faire la connaissance de l'homme qui devait porter cette double croix, la mère et la fille réunies. Dans la cuisine, je suis tombé sur un petit homme frêle et en sueur qui jonglait avec les casseroles, les plats et les poêles. Il avait sans doute déjà essayé à plusieurs reprises de se suicider avec son pistolet à gaz.

« Ne faites pas cela. Elles ne le méritent ni l'une, ni l'autre. »

En rentrant chez moi, j'ai cherché des camionnettes de livraison comme on n'en voit pas par chez nous. Mais je n'ai rien vu. Il faut dire que nous étions dimanche. Si ce que Dina disait était vrai, il y avait bien plus de choses à apprendre sur la mort de Mixkey que ce qui était consigné dans le rapport de police.

Le soir, aux Caves à vin badoises, j'ai appris par Philipp que le groupe sanguin de Mixkey était AB. Ce n'était donc pas son sang que j'avais gratté sur la voiture. Quelles conclusions pouvait-on en tirer ?

Philipp a mangé son boudin noir de bon appétit. Il m'a parlé de pain d'épice en forme de cœur, de transplantations de cœur et de sa nouvelle petite amie qui se rasait le pubis en forme de cœur.

14

Faisons quelques pas

J'avais passé mon dimanche sur une affaire dont je n'étais plus chargé officiellement… Ce qu'un détective ne doit jamais faire, en principe.

J'ai regardé par la vitre teintée le parc Augusta. Je me suis proposé de décider de ce que j'allais faire à l'instant où je verrais passer la dixième voiture. La dixième voiture était une Coccinelle. Je me suis traîné jusqu'à mon bureau pour écrire un rapport de conclusion pour Judith Buchendorff. Toute fin doit avoir une forme.

Sur un bloc-notes, j'ai marqué au crayon noir les points essentiels. Qu'est-ce qui s'opposait à l'hypothèse d'un accident ? Il y avait ce que Judith m'avait raconté, il y avait les deux bruits qu'avait entendus la mère de Dina, et il y avait surtout l'observation de Dina. Celle-ci était suffisamment frappante pour que je me mette à rechercher sérieusement le camion et le conducteur si je continuais à m'occuper de cette affaire. Est-ce que la RCW avait quelque chose à voir avec cette affaire ? Mixkey avait fait beaucoup de recherches à son sujet, quelles qu'aient été ses intentions, et elle était sans doute la grande entreprise pour laquelle Fred avait travaillé un jour. Est-ce pour le compte de la RCW qu'il était allé cogner au cimetière ? Et puis il y avait les traces de sang sur le côté droit du cabriolet de Mixkey. Et, pour finir, le sentiment que quelque chose n'allait pas et mes nombreuses réflexions éparses de ces derniers jours. Judith, Mixkey et un rival jaloux éconduit ? Une autre incursion de Mixkey dans le système informatique, et cette fois, une réaction mortelle ? Un accident dans lequel est impliquée une camionnette de livraison dont le conducteur commet un délit de fuite ? J'ai pensé aux deux bruits – un accident dans lequel est impliquée une troisième voiture ? Le suicide de Mixkey, dépassé par les événements ?

J'ai mis longtemps avant de pouvoir faire un rapport de conclusion avec toutes ces bribes. J'ai mis presque aussi longtemps pour savoir si j'allais adresser une facture à Judith et ce que j'allais y faire figurer. J'ai arrondi à mille marks et j'ai ajouté la TVA. J'avais déjà tapé la lettre, affranchi l'enveloppe, mis lettre et facture dans l'enveloppe, enfilé mon manteau et ouvert la porte pour aller à la boîte, quand je suis revenu à ma table pour me verser une sambuca avec trois glaçons.

Tout avait merdé. Cette affaire me manquerait, elle me tenaillait plus qu'aucun travail l'avait jamais fait. Judith me manquerait. Pourquoi ne pas me l'avouer ?

Une fois la lettre postée, je me suis penché sur le cas de Sergeï Mencke. J'ai appelé le théâtre national pour prendre rendez-vous avec le directeur du ballet. J'ai écrit aux Assurances Réunies de Heidelberg pour leur demander si elles étaient prêtes à prendre en charge les frais d'un voyage aux États-Unis. Les deux meilleurs amis et collègues de mon danseur mutilé, Joschka et Hanne, avaient été engagés pour la saison à Pittsburgh en Pennsylvanie. Ils y étaient partis et moi, je n'avais jamais encore été aux USA. J'ai découvert que les parents de Sergeï Mencke habitaient à Tauberbischofsheim. Son père y était capitaine. La mère m'a dit au téléphone que je pouvais passer à midi. Le capitaine Mencke rentrait déjeuner. J'ai appelé Philipp pour savoir si, dans les annales des fractures de la jambe, on pouvait trouver un cas d'autocasseur et celui d'une fracture par une portière refermée. Il a proposé de donner le problème comme sujet de dissertation à son élève favorite. « Dans trois semaines, ça te va ? » Ça allait.

Je suis parti ensuite à Tauberbischofsheim. J'ai eu largement le temps de remonter la vallée du Neckar et de boire un café à Amorbach. Devant le château, un groupe d'élèves bruyants attendait la visite guidée. Peut-on vraiment apprendre aux enfants le sens du beau ?

Monsieur Mencke était un homme téméraire. Il s'était fait construire une maison à lui, alors qu'il était certain d'être muté un jour ou l'autre. Il m'a ouvert en uniforme. « Entrez donc, monsieur Selb. Même si je n'ai pas beaucoup de temps, il faut que je reparte tout de suite. » Nous nous sommes installés au salon. On avait ouvert une bouteille de jägermeister, mais personne n'en a bu.

Sergeï s'appelait en réalité Siegfried et avait quitté la maison dès seize ans, au grand regret de sa mère. Le père et le fils avaient coupé les ponts. On n'avait pas pardonné au fils sportif d'avoir évité le service en feignant une malformation de la colonne vertébrale. La voie du ballet n'avait pas non plus rencontré l'approbation. « Peut-être que ce n'est pas plus mal qu'il ne puisse plus danser, a fait la mère. Quand je lui ai rendu visite à l'hôpital, j'ai retrouvé mon Sigi d'avant. »

Je lui ai demandé comment Siegfried s'était débrouillé financièrement depuis l'accident. Apparemment, il y avait toujours des amis ou amies pour le soutenir. Monsieur Mencke s'est finalement versé un jägermeister.

« Je lui aurais bien donné quelque chose de l'héritage de mammy. Mais tu n'as pas voulu. » Le reproche était destiné à son mari. « C'est toi qui l'as enfoncé, de plus en plus profond.

— Arrête, Ella. Ça n'intéresse pas le monsieur de l'assurance. Et puis, il faut que je reprenne mon service. Venez, monsieur Selb, je vous raccompagne. » Il est resté au seuil de la porte jusqu'à ce que je sois reparti avec ma voiture.

Sur le chemin du retour je me suis arrêté à Adelsheim. Le restaurant était plein ; quelques représentants, des enseignants de l'internat et, à une table, trois messieurs qui me faisaient l'impression d'être le juge, le procureur et l'avocat du tribunal local en train de poursuivre le procès dans une ambiance détendue, sans la présence gênante des accusés. Ça se passait déjà comme ça de mon temps, dans la justice.

À Mannheim, j'ai été pris dans les sorties de bureaux et j'ai mis vingt minutes pour traverser les cinq cents mètres du parc Augusta. J'ai ouvert la porte de mon bureau. J'ai entendu crier « Gerd ». Je me suis retourné et j'ai vu Judith passer entre les voitures en stationnement de l'autre côté de la rue. « Tu as un moment ? Il faut que je te parle. »

J'ai refermé la porte. « Faisons quelques pas. »

Nous avons remonté la rue Moll et la rue Richard-Wagner.

Elle n'a pas parlé tout de suite. « Ma réaction de samedi était excessive. Je ne trouve toujours pas bien que tu ne m'aies pas dit dès mercredi ce qu'il y a eu entre Peter et toi. Mais je comprends aussi ce que tu as pu ressentir et je regrette de t'avoir traité comme quelqu'un à qui on ne peut pas faire confiance. Depuis que Peter est mort, il m'arrive d'être sacrément hystérique. »

Moi aussi, j'ai mis un certain temps avant de pouvoir lui parler. « Ce matin, je t'ai envoyé un rapport de conclusion. Tu le trouveras aujourd'hui ou demain dans ton courrier avec la facture. C'était triste. J'ai eu l'impression que je m'arrachais une part de moi-même, toi, Peter Mixkey et la clarté sur moi-même que cette affaire m'a permis de commencer à obtenir.

— Tu es donc d'accord pour continuer ? Dis-moi déjà ce qu'il y a dans ton rapport. »

Nous étions arrivés devant le musée d'Art régional ; les premières gouttes tombaient. Nous sommes entrés et je lui ai raconté ce que j'avais découvert en passant devant les tableaux du XIXe siècle. Elle s'est arrêtée devant le portrait d'Iphigénie à Aulis, de Feuerbach. « C'est un beau tableau. Tu connais l'histoire ?

— Je crois qu'Agamemnon, son père, vient d'accepter de la sacrifier à la déesse Artémis pour que le vent se lève et que la flotte grecque puisse partir pour Troie. J'aime bien ce tableau.

— J'aimerais savoir qui a été la femme.

— Tu veux dire le modèle ? Feuerbach l'a beaucoup aimée, Nanna, la femme d'un cordonnier romain. Il a arrêté de fumer pour elle. Puis elle les a quittés, lui et son mari, pour un Anglais. »

Nous nous sommes dirigés vers la sortie où nous avons constaté qu'il pleuvait toujours. « Que veux-tu faire maintenant ? a demandé Judith.

— Demain, je veux parler avec Grinsche, le collègue de Mixkey au centre informatique, et puis encore avec certaines personnes de la RCW.

— Est-ce qu'il y a quelque chose que je puisse faire ?

— Si je pense à quelque chose, je te le dirai. Est-ce que Firner est au courant pour toi et Mixkey, et du fait que tu m'as engagé ?

— Je ne lui ai rien dit. Mais pourquoi ne m'a-t-il pas parlé de l'implication de Peter dans notre histoire d'ordinateur ? Au début, il m'a tenue informée en permanence.

— Tu ne t'es pas rendu compte que j'avais résolu l'affaire ?

— Si, j'ai vu ton rapport un jour sur mon bureau. Tout était très technique.

— On ne t'a donné que la première partie. J'aimerais bien savoir pourquoi. Penses-tu pouvoir me trouver l'explication ? »

Elle m'a promis d'essayer. La pluie avait cessé, le jour tombait, les premières lumières s'allumaient. La pluie avait apporté la puanteur de la RCW. Nous ne nous sommes rien dit en allant à la voiture. Judith avait la démarche lasse. En lui disant au revoir, j'ai vu dans ses yeux une profonde fatigue. Elle a senti mon regard. « Je n'ai pas bonne mine, n'est-ce pas ? »

— Non, tu devrais partir.

— Ces dernières années, je partais toujours en vacances avec Peter. Nous nous sommes rencontrés au Club Med, tu sais. En ce moment, nous devrions être en Sicile, à la fin de l'automne, nous allions toujours quelque part dans le Sud. » Elle s'est mise à pleurer.

J'ai mis mon bras autour de son épaule. Je n'ai rien trouvé à lui dire. Elle a pleuré tout son saoul.

15

Le portier se souvenait encore de moi

Grinsche était méconnaissable. Il avait troqué son costume safari contre un pantalon de flanelle et une veste de cuir, ses cheveux étaient coupés court, au-dessus de sa bouche s'exposait une petite moustache bien taillée et, avec tout ce nouveau look, il affichait une assurance fraîchement acquise.

« Bonjour, monsieur Selb. Ou dois-je dire Selk ? Qu'est-ce qui vous amène ? »

Que pouvais-je en penser ? Mixkey ne lui avait certainement pas parlé de moi. Mais qui d'autre ? Quelqu'un de la RCW ? Un hasard ? « Une bonne chose que vous soyez au courant. Cela facilite ma tâche. Il faut que je regarde les fichiers que Mixkey a créés ici. Voulez-vous avoir l'amabilité de me les montrer ?

— Comment ? Je ne comprends pas. Il n'y a plus aucun fichier de Peter ici. » Il avait l'air irrité et méfiant. « Pour le compte de qui venez-vous ici, au juste ?

— Je vous laisse deviner. Vous avez donc effacé les fichiers ? Peut-être cela vaut-il mieux. Mais dites-moi ce que vous pensez de cela. » J'ai sorti de ma serviette les listings que j'avais trouvés dans le classeur de Mixkey.

Il les a posés devant lui pour les feuilleter pendant un bon bout de temps. « D'où tenez-vous ça ? Ces pages ont cinq semaines, elles ont été imprimées chez nous, mais n'ont rien à voir avec nos données. » Il a secoué la tête d'un air pensif. « J'aimerais bien les garder. » Il a regardé sa montre. « Il faut que j'aille en réunion.

— Je vous les apporterai volontiers une autre fois. Aujourd'hui, j'en ai encore besoin. »

Il m'a tendu la pile, mais c'était comme si je la lui arrachais. J'ai remis dans ma serviette ce produit de contrebande manifestement explosif. « Qui a repris le travail de Mixkey ? »

Grinsche m'a regardé d'un air littéralement alarmé. Il s'est levé. « Je ne comprends pas, monsieur Selb… Nous parlerons de tout cela une autre fois. Il faut vraiment que je parte maintenant. » Il m'a raccompagné jusqu'à la porte.

En sortant du bâtiment, j'ai vu la cabine téléphonique sur la place Ebert et j'ai aussitôt appelé Hemmelskopf. « Est-ce que vous avez quelque chose sur un certain Jörg Grinsche au service d'informations sur les crédits ?

— Grinsche… Grinsche… Si nous avons quelque chose sur lui, l'écran va me le dire tout de suite. Un instant encore… Le voilà, Grinsche Jörg, 19/11/1948, marié, deux enfants, résidant à Heidelberg, rue Furtwängler, conduit une Escort rouge, HD-S 735. Il a eu des dettes, mais, apparemment, il s'en est sorti. Il y a tout juste deux semaines, il a remboursé le crédit qu'il avait pris auprès de sa banque. À peu près 40 000 marks. »

Je l'ai remercié. Mais Hemmelskopf n'était pas satisfait. « Ma femme attend toujours le yucca que tu lui as promis au printemps. Quand est-ce que tu passes nous voir ? »

J'ai mis Grinsche sur la liste des suspects. Deux hommes ont affaire l'un avec l'autre, l'un trouve la mort, l'autre de l'argent et celui qui trouve de l'argent en sait trop – je n'avais pas de théorie, mais ça sentait le soufre.

La RCW ne m'avait jamais redemandé ma carte. Grâce à celle-ci, j'ai trouvé sans problème une place de parking. Le portier se souvenait encore de moi et m'a salué, la main à la casquette. Je suis allé au centre informatique et j'ai déniché Tausendmilch sans tomber sur Oelmüller. Il m'aurait été désagréable de devoir lui expliquer ce que je faisais ici. Tausendmilch était réveillé, zélé, et comprenait vite, comme toujours. Il a sifflé entre ses dents.

« Ce sont des fichiers à nous. Bizarrement mélangés. Et l'impression n'a pas été faite chez nous. Je croyais qu'on était de nouveau tranquilles. Voulez-vous que je fasse des recherches pour savoir d'où ça vient ?

— Laissez tomber. Mais pouvez-vous me dire de quels fichiers il s'agit ? »

Tausendmilch s'est mis devant son écran. « Il faut que je feuillette un peu. » J'ai attendu patiemment.

« Il y a l'état du personnel en arrêt maladie entre le printemps et l'été 1978, puis nos listes des inventions et droits d'exploitation, qui remontent très loin en arrière, jusqu'en 1945 et là… impossible d'ouvrir, mais les abréviations pourraient désigner d'autres entreprises chimiques. » Il a éteint l'appareil. « J'aimerais vous remercier encore. Firner m'a fait venir pour me dire que vous m'aviez félicité dans votre rapport et qu'il avait des projets pour moi. »

J'ai quitté un homme heureux. Pendant quelques secondes, je me suis imaginé Tausendmilch (j'avais vu une alliance à son doigt) rentrant chez lui le soir et racontant son succès du jour à sa femme proprette qui l'attendait avec un Martini et, à sa façon à elle, contribuait aussi à son ascension dans l'entreprise.

J'ai cherché Thomas dans son service. Sur le mur de son bureau était punaisé un plan à moitié achevé du cursus du futur gardien diplômé. « J'avais à faire dans l'entreprise et je voulais vous parler de votre aimable proposition de donner des cours. Êtes-vous sûr que je suis digne de cet honneur ?

— J'ai été impressionné par votre façon de résoudre le problème de la protection des données. C'est vous qui nous avez donné une leçon, surtout à Oelmüller. Sans parler du fait qu'il est indispensable, dans ce cursus, de disposer d'une personne indépendante issue des métiers de la sécurité.

— Et quel est le programme des études ?

— De la pratique à l'éthique de la profession de détective. Avec des exercices et un examen final, si ce n'est pas trop vous demander. Le tout doit commencer au second semestre.

— Je vois un problème, monsieur Thomas. Vous imaginez sans doute, et je suis d'accord avec vous, cela n'a de sens que de cette façon-là, que pour former de jeunes étudiants, il faut que je parle de cas concrets. Mais pensez, par exemple, à celui dans cette entreprise dont nous venons de parler à l'instant. Même si je ne nomme personne et si je cherche à déguiser un peu les choses, au bout de cinq minutes, ça sera clair comme de l'eau de roche. »

Thomas n'avait pas compris. « Vous voulez parler de Hoderosch, de l'export ? Mais il n'aura rien à voir là-dedans. Et puis…

— Firner m'a dit que mon affaire vous avait encore causé du souci.

— Oui, ça a été assez pénible avec Mixkey.

— Est-ce que j'aurais dû être plus ferme avec lui ?

— Il était assez récalcitrant, lorsque vous nous l'avez laissé.

— D'après ce que je sais par Firner, il faut dire que l'entreprise l'a manipulé comme un objet fragile. Il n'a pas été question de police, de justice, de prison, ça n'aide pas à calmer les rebelles.

— Mais monsieur Selb, nous ne le lui avons jamais dit comme ça. Le problème était ailleurs. Il a carrément cherché à nous faire chanter. Nous n'avons jamais pu savoir s'il avait vraiment quelque chose entre les mains, mais il a provoqué pas mal de remous.

— Avec les vieilles histoires ?

— Oui, avec les vieilles histoires. En menaçant d'aller voir la presse, la concurrence, les syndicats, l'inspection du travail, l'office fédéral des cartels. Vous savez, c'est dur de dire ce genre de choses, je suis, moi aussi, désolé pour Mixkey, mais en même temps, je suis content de ne plus avoir ce problème. »

Danckelmann est entré sans frapper. « Ah, monsieur Selb. J'ai déjà parlé de vous aujourd'hui. Que faites-vous encore dans cette affaire Mixkey ? Elle est terminée depuis longtemps. N'allez pas semer la panique. »

Tout comme avec Thomas, je marchais sur des œufs. Des questions trop directes pouvaient provoquer une omelette. Mais celui qui n'affronte pas le danger y succombe. « Est-ce que Grinsche vous a appelé ? »

Danckelmann n'a pas voulu répondre à ma question. « Je suis sérieux, monsieur Selb, ne vous mêlez pas de cette histoire. Nous ne l'apprécions pas.

— Pour moi, une affaire est terminée quand je sais tout. Saviez-vous, par exemple, que Mixkey s'est encore une fois promené dans votre système ? »

Thomas m'a écouté attentivement en me regardant d'un air interloqué. Il commençait à regretter de m'avoir proposé un poste d'enseignant. Danckelmann s'est contenu et m'a répondu d'une voix nerveuse. « Vous avez une drôle de manière de concevoir les missions. Une mission est terminée quand son commanditaire veut qu'on y mette un terme. Et monsieur Mixkey ne se promène plus nulle part. Je vous prierais donc… »

J'avais entendu plus de choses que je n'aurais pu l'espérer, et je n'avais pas envie de provoquer un second esclandre. Un autre mot de travers et Danckelmann se souviendrait qu'il m'avait remis un laissez-passer spécial. « Vous avez tout à fait raison, monsieur Danckelmann. Mais, d'un autre côté, je suis certain que vous aussi, dans les affaires de sécurité, vous ne pouvez pas toujours respecter le cadre restreint d'une mission. Et soyez rassuré, l'indépendant que je suis ne peut se permettre d'enquêter beaucoup sans avoir une commande. »

Danckelmann a quitté la pièce, il n'était qu'à moitié calmé. Thomas attendait impatiemment que je m'en aille. Mais j'avais encore une surprise pour lui. « Pour revenir à ce que nous disions, monsieur Thomas, j'accepte bien volontiers votre proposition. Je vais vous préparer un CV.

— Je vous remercie de votre intérêt, monsieur Selb. Nous nous reverrons donc bientôt. »

J'ai quitté le terrain de la sécurité de l'entreprise pour me retrouver dans la cour avec Aristote, Schwarz, Mendeleïev et Kekulé. La face nord de la cour était éclairée par un soleil d'automne un peu las. Je me suis assis sur la plus haute marche d'un petit escalier menant à une porte murée. J'avais de quoi nourrir ma réflexion.

16

C'est ce qu'il a souhaité de tout cœur

Les éléments du puzzle s'imbriquaient de plus en plus. Mais ils ne donnaient pas encore d'image cohérente.

Je savais maintenant ce qu'était le classeur de Mixkey : le recueil de toutes les armes qu'il détenait contre la RCW. Et ce n'était vraiment pas grand-chose. Il avait dû jouer très serré pour impressionner Danckelmann et Thomas à ce point. Mais que cherchait-il à obtenir, ou à empêcher ? La RCW ne lui avait pas dit qu'elle ne lancerait à son encontre aucune procédure engageant la police, la justice ou la prison. Mais pourquoi avaient-ils voulu faire pression sur lui ? Que comptaient-ils faire de Mixkey, et contre quoi s'était-il défendu avec ses faibles allusions et menaces ?

J'ai pensé à Grinsche. Il avait reçu de l'argent ; au cours de l'entretien de la matinée, il avait eu d'étranges réactions. J'étais presque certain qu'il avait prévenu Danckelmann. Grinsche était-il l'homme de la RCW dans le RRZ, le Centre informatique régional ? Est-ce que la RCW avait d'abord confié ce rôle à Mixkey ? Nous, nous ne portons pas plainte. Vous, vous faites en sorte que nos taux de pollution restent constamment en dessous des normes. Un tel homme valait de l'or. Le système de surveillance aurait perdu toute signification et rien n'aurait plus perturbé le rythme de production.

Mais tout cela n'expliquait pas de façon plausible qu'on assassine Mixkey. Grinsche comme assassin qui voulait faire le deal avec la RCW et devait donc se débarrasser de Mixkey ? Ou bien le matériel réuni par Mixkey était plus explosif que je ne l'aurais cru et la RCW aurait réagi par une mise à mort ? Mais, dans ce cas, Danckelmann et Thomas, qu'il était difficile d'exclure d'une telle action, n'auraient pas parlé aussi ouvertement du conflit avec Mixkey. Bien sûr, Grinsche faisait une meilleure impression en veste de cuir qu'en costume de safari, mais même avec un borsalino sur la tête j'avais du mal à l'imaginer en assassin. Ne cherchais-je pas tout simplement dans la mauvaise direction ? Dans quels draps Mixkey s'était-il mis avec ses manières d'aigrefin ? Il allait falloir parler de nouveau avec Fred.

J'ai pris congé d'Aristote. Le charme des cours de l'ancienne usine agissait de nouveau. Je suis passé sous l'arcade pour entrer dans la cour suivante que la vigne rouge faisait flamboyer. Pas de Richard en train de jouer au ballon. J'ai sonné à l'appartement de service des Schmalz. La vieille dame que j'avais déjà vue m'a ouvert la porte. Elle était en noir.

« Madame Schmalz ? Bonjour, mon nom est Selb.

— Bonjour, monsieur Selb. Vous venez avec nous à l'enterrement ? Les enfants ne vont pas tarder. »

Une demi-heure plus tard, je me suis retrouvé au crématorium du cimetière principal de Ludwigshafen. La famille

Schmalz m'avait tout naturellement intégré dans ses rangs pour assister aux funérailles de Schmalz senior. Quant à moi, je n'avais pas envie de dire que je n'étais passé que par hasard. C'est donc avec madame Schmalz, le jeune couple Schmalz et le fils Richard que je suis allé au cimetière, me réjouissant de porter aujourd'hui un imperméable bleu et un costume assez foncé. Pendant le trajet, j'ai appris que Schmalz senior avait eu un infarctus.

« Il avait l'air si vaillant encore quand je l'ai vu la dernière fois, il y a quelques semaines. »

La veuve a sangloté. Mon ami zozotant a raconté les circonstances de la mort. « Papa bricolait encore beaucoup après la retraite. Il avait un hangar à lui pour bricoler, près du Rhin. Il y a quelques jours, il n'a pas été vigilant. La plaie à la main n'était pas profonde, mais le docteur a dit qu'il y avait également une hémorragie au niveau de la tête. Papa avait comme des fourmillements du côté gauche après, il n'était pas bien, il a dû garder le lit. Et puis il y a quatre jours, il a eu l'arrêt cardiaque. »

La RCW était venue en force au cimetière. Danckelmann a tenu un discours. « Sa vie était la sécurité de l'entreprise et la sécurité de l'entreprise était sa vie. » Au cours de son allocution, il a lu les condoléances personnelles de Korten. Le président du club d'échecs de la RCW, dans l'équipe duquel Schmalz senior occupait le troisième échiquier, a demandé la bénédiction de Caissa pour le défunt. L'orchestre de la RCW a joué *J'avais un camarade.* Schmalz s'est oublié et m'a zozoté : « C'est ce qu'il a souhaité de tout cœur. » Puis le cercueil couvert de fleurs a glissé dans l'incinérateur.

Impossible de me dérober au café et gâteau servi après la cérémonie. En revanche, j'ai réussi à ne pas me trouver assis à côté de Danckelmann et de Thomas, bien que Schmalz junior m'ait attribué cette place d'honneur. J'ai pris place à côté du président du club d'échecs de la RCW et nous avons parlé du championnat entre Karpov et Kasparov. Au cognac, nous avons commencé une partie aveugle. Au trente-troisième coup, je ne voyais plus l'échiquier. Nous nous sommes mis à parler du défunt.

« C'était un bon joueur, le Schmalz. Et pourtant il s'y est mis tard. Et on pouvait compter sur lui au club. Il n'a jamais manqué aucun entraînement, aucun tournoi.

— Vous vous entraînez souvent ?

— Tous les jeudis. Il y a trois semaines, il a manqué pour la première fois. La famille a dit qu'il a trop forcé dans son atelier. Mais, vous savez, moi, je crois qu'il avait eu son attaque cérébrale avant. Sinon il n'aurait pas été dans son atelier, il serait venu à l'entraînement. Quelque chose ne devait pas tourner rond. »

C'était comme à chaque repas d'enterrement. Au début les voix étouffées, l'expression de deuil et la raideur digne, beaucoup de timidité, parfois de la gêne et chez chacun le désir d'en finir rapidement. Et, au bout d'une heure, seuls les vêtements distinguent encore cette société endeuillée d'une autre : ce ne sont plus l'appétit, ni le bruit, ni, à quelques détails près, la mimique et les gestes. Mais cela m'a tout de même laissé un peu songeur. Comment cela se passera-t-il à mon propre enterrement ? Au premier rang de la chapelle du cimetière, cinq ou six personnes, dont Eberhard, Philipp et Willy, Babs, peut-être Rose et Georg.

Mais il est aussi possible que personne n'apprenne ma mort : alors, à part le curé et les quatre croque-morts, il n'y aurait pas une âme pour m'accompagner jusqu'à la tombe. Je voyais Turbo suivre le cercueil en roulant les épaules, une souris dans la gueule. Celle-ci portait un ruban : « À mon cher Gerd, son Turbo. »

17

À contre-jour

À cinq heures, j'étais au bureau, j'avais trop bu et j'étais de mauvaise humeur. Fred a téléphoné. « Bonjour, Gerhard, tu te souviens de moi ? Je voulais te demander si ça tient toujours pour ton job. Tu as déjà quelqu'un ?

— J'ai quelques candidats. Mais rien de sûr. Je veux bien jeter encore un coup d'œil sur ta personne. Mais il faudrait que ce soit tout de suite.

— Ça me va. »

Je lui ai demandé de venir au bureau. Le jour tombait, j'ai baissé les stores et allumé la lumière.

Fred est arrivé, gai et confiant. Il était vicieux, mais je l'ai frappé tout de suite. À mon âge, on ne peut pas s'offrir le luxe du fair-play. Je l'ai atteint en plein estomac et je n'ai pas pris la peine de retirer ses lunettes de soleil avant de lui décocher un coup dans la figure. Il a levé les mains et j'en ai profité pour lui envoyer un autre coup de toutes mes forces dans le bas-ventre. Lorsqu'il a essayé de m'envoyer une droite timide, je lui ai attrapé le bras pour le tordre dans son dos et je lui ai donné un coup dans le creux du genou si bien qu'il a plié. Je le tenais.

« Sur ordre de qui as-tu cassé la figure à un type, en août, au cimetière ?

— Arrête, arrête, tu me fais mal, qu'est-ce que c'est que cette histoire ? Je ne sais pas exactement, le chef ne me dit rien. Je… aïe, arrête… »

Bribe après bribe, tout est sorti. Fred travaillait pour Hans, c'est ce dernier qui recevait les missions et les organisait, il ne donnait aucun nom à Fred mais lui décrivait seulement la personne, le lieu et l'heure. Parfois, Fred avait pu apprendre des détails, « j'ai mis la main à la pâte pour le roi du vin et, une fois, pour le syndicat, une fois pour la chimie… arrête, oui peut-être celui au cimetière… arrête !

— Et c'est pour la chimie que tu as tué ce type, quelques semaines plus tard.

— Tu es fou. Je n'ai tué personne. Nous l'avons un peu bousculé, rien d'autre. Arrête, tu vas me déboîter le bras. Je te le jure. »

Je n'ai pas réussi à lui faire mal au point qu'il préfère avouer un meurtre plutôt que d'avoir encore à supporter la douleur. Et puis il me paraissait crédible. Je l'ai lâché.

« Je suis désolé, Fred, si je t'ai interrogé un peu brutalement. Je ne peux pas me permettre d'engager quelqu'un qui a un meurtre sur le dos. Il est mort, ce type que vous avez bousculé en août. »

Fred s'est remis debout. Je lui ai montré où se trouvait le lavabo et lui ai versé une sambuca. Il l'a avalée d'un trait et a filé en vitesse.

« Ça ira, a-t-il murmuré. Mais, moi, j'en ai assez, j'm'en vais. » Peut-être trouvait-il mon attitude acceptable d'un point de vue professionnel. Mais je n'avais plus sa sympathie.

Un nouvel élément du puzzle et toujours pas d'image cohérente. La confrontation entre la RCW et Mixkey était donc allée jusqu'à l'engagement de professionnels. Mais il y avait un grand pas entre l'intimidation de Mixkey au cimetière et le meurtre.

J'étais assis à mon bureau. La Sweet Afton s'était fumée toute seule et n'avait laissé que son corps de cendres. Le ronronnement des voitures venait du parc Augusta jusqu'à moi. De la cour me parvenaient des cris d'enfants qui jouaient. Il y a des jours en automne où l'on pense à Noël. Je me suis demandé avec quoi je pourrais décorer mon arbre cette année. Klara aimait la décoration classique ; tous les ans, elle accrochait des boules de cristal et des cheveux d'ange. J'ai essayé pas mal de choses, à commencer par les voitures Majorette jusqu'aux paquets de cigarettes. J'ai ainsi acquis une réputation certaine auprès de mes amis, mais j'ai aussi établi un niveau que je me dois de respecter. L'univers des petits objets pouvant décorer un arbre de Noël n'est pas illimité. Des boîtes de sardines à l'huile, par exemple, seraient très décoratives, mais beaucoup trop lourdes.

Philipp a téléphoné pour m'inviter à venir voir son nouveau bateau. Brigitte m'a demandé si j'avais prévu quelque chose pour ce soir. Je l'ai invitée à dîner, suis vite sorti acheter des côtelettes de porc, du jambon cuit et des endives.

J'ai fait des côtelettes à l'italienne. Puis j'ai mis dans le magnétoscope *L'homme qui aimait les femmes.* Je connaissais le film et j'étais curieux de voir comment Brigitte réagirait. Lorsque le coureur de jupons s'est fait renverser par la voiture en poursuivant de belles jambes de femmes, elle a estimé que c'était bien fait pour lui. Elle n'aimait pas beaucoup ce film. Mais une fois qu'il a été fini, elle ne s'est pas privée de se camper, comme par hasard, devant le lampadaire et de faire admirer ses jambes à contre-jour.

18

Une petite histoire

J'ai déposé Brigitte à son travail au Collini-Center avant de boire chez Gmeiner mon deuxième café. Je ne possédais aucune piste sûre dans l'affaire Mixkey. Bien sûr je pouvais continuer à chercher mes petits bouts de puzzle stupides, à les déplacer au petit bonheur et à les combiner pour obtenir une image ou une autre. J'en avais assez. Je me sentais jeune et dynamique après la nuit avec Brigitte.

Dans la pâtisserie du café, la patronne était en train de se disputer avec son fils. « Quand je vois comment tu t'y prends, je me demande si tu as vraiment envie de devenir pâtissier. » Est-ce que j'avais vraiment l'intention de suivre les pistes que je tenais ? Je reculais devant celles qui conduisaient à la RCW. Pourquoi ? Craignais-je qu'on découvre que c'était moi qui avais conduit Mixkey à la mort ? Est-ce que j'avais moi-même brouillé les pistes par égard pour moi, pour Korten et pour notre amitié ?

Je suis allé à Heidelberg, au RRZ. Grinsche est resté debout, bien décidé à se débarrasser de moi au plus vite. Je me suis assis et j'ai ressorti le dossier de Mixkey de ma serviette.

« Vous vouliez le revoir, monsieur Grinsche. Je peux vous le laisser. Mixkey était sacrément culotté, il a de nouveau accédé au système de la RCW, alors qu'on avait déjà déconnecté la ligne. Je suppose qu'il a utilisé le téléphone. Qu'en pensez-vous ?

— Je ne sais pas de quoi vous parlez, a-t-il répondu.

— Vous mentez mal, monsieur Grinsche. Mais cela ne fait rien. Pour ce que j'ai à vous dire, il n'est pas important de savoir si vous mentez mal ou bien.

— Quoi ? »

Il était toujours debout et me regardait d'un air totalement désemparé. J'ai fait un geste de la main. « Ne voulez-vous pas vous asseoir ? »

Il a secoué la tête.

« Il n'est pas utile que je vous dise à qui appartient la Ford Escort rouge immatriculée HD-S 735 en bas sur le parking. Il y a trois semaines, jour pour jour, Mixkey est tombé avec sa voiture du pont de chemin de fer entre Eppelheim et Wieblingen après qu'une Escort rouge lui a coupé la route. Le témoin que j'ai pu trouver a même vu que le numéro de cette Escort commençait par HD et se terminait par 735.

— Pourquoi me racontez-vous cela ? Vous devriez aller à la police.

— C'est exact, monsieur Grinsche. Le témoin, déjà, aurait dû aller à la police. J'ai d'abord dû lui expliquer qu'une épouse jalouse n'est pas une raison suffisante pour cacher un meurtre. Aujourd'hui, il est prêt à aller à la police avec moi.

— Et alors ? » Il a croisé les bras.

« Les chances qu'une autre Escort rouge de Heidelberg qui corresponde à cette description sont… Bah, calculez donc vous-même. Les dégâts sur l'Escort rouge n'étaient pas importants et ont dû être faciles à réparer. Dites-moi, monsieur Grinsche, vous a-t-on volé votre voiture il y a trois semaines ou l'aviez-vous prêtée ?

— Non, bien sûr que non, qu'est-ce que vous racontez ?

— Cela m'aurait surpris. Vous savez sûrement que lorsqu'un meurtre a été commis, on se demande toujours à qui il a profité. À votre avis, monsieur Grinsche, à qui profite la mort de Mixkey ? »

Il a soupiré, l'air méprisant.

« Alors, permettez-moi de vous raconter une petite histoire. Non, non, ne vous impatientez pas, c'est une petite histoire très intéressante. Vous ne voulez toujours pas vous asseoir ? Bon. Il était une fois une grande entreprise chimique et un Centre informatique régional qui était chargé de surveiller la grande entreprise. L'entreprise avait tout intérêt à ce qu'on ne la surveille pas de trop près. Dans le Centre informatique régional, deux personnes étaient responsables de la surveillance de l'entreprise chimique. Pour l'entreprise beaucoup, beaucoup d'argent était en jeu. Si seulement elle pouvait s'acheter un des contrôleurs ! Qu'est-ce qu'elle ne donnerait pas pour cela ! Mais elle n'en achèterait qu'un seul, parce qu'un seul lui suffisait. Elle fait des propositions aux deux. Peu de temps après, l'un des deux est mort et l'autre rembourse un crédit. Voulez-vous savoir à combien s'élevait le crédit ? »

Pour le coup, il s'est assis. Pour réparer cette erreur, il a joué l'indignation. « C'est monstrueux, ce que vous inventez, non seulement à mon propos, mais également à propos d'une de nos entreprises chimiques les plus renommées et les plus anciennes. C'est à eux que je devrais raconter tout ça; ils peuvent mieux se défendre qu'un petit employé.

— Je veux bien croire que vous ayez très envie d'aller courir à la RCW. Mais, pour le moment, l'histoire se passe entre vous, la police, moi et mon témoin. La police sera intéressée de savoir où vous étiez au moment des faits et, comme la plupart des gens, vous aurez du mal à produire un alibi. »

Si ce jour-là il avait rendu visite à ses beaux-parents avec sa pauvre femme et ses enfants que j'imaginais pénibles, Grinsche l'aurait certainement dit à cet instant précis. Mais il a répondu : « Il ne peut pas y avoir de témoin qui m'ait vu là-bas, parce que je n'y étais pas. »

Je l'avais amené là où je voulais l'avoir. Je ne me suis pas senti plus fair-play qu'hier avec Fred, mais en tout aussi bonne forme. « C'est exact, monsieur Grinsche, aucun témoin ne vous y a vu. Mais moi, j'ai quelqu'un qui dira qu'il vous y a vu. Et que pensez-vous qu'il se passera alors : la police a un mort, un meurtre, un coupable, un témoin et un mobile. Le témoin aura beau s'effondrer à la fin du procès, vous serez fichu depuis longtemps. Je ne sais pas quelle peine est appliquée aujourd'hui dans les cas de corruption, mais vous pouvez y ajouter la détention préventive pour meurtre, la mise à pied, la honte pour votre femme et vos enfants, le mépris de la société. »

Grinsche était devenu livide. « Que voulez-vous ? Pourquoi me faites-vous cela ? Qu'est-ce que je vous ai fait ?

— La manière dont vous vous êtes laissé acheter me

déplaît. Vous m'êtes profondément déplaisant. Et je veux que vous me donniez une information. Si vous ne voulez pas que je provoque votre ruine, vous avez intérêt à jouer le jeu.

— Que voulez-vous de moi ?

— Quand la RCW vous a-t-elle contacté pour la première fois ? Qui vous a engagé et qui est, en quelque sorte, votre agent traitant ? Combien la RCW vous a-t-elle versé ? »

Il a tout raconté, depuis le premier contact établi par Thomas après la mort de Mixkey, jusqu'aux négociations sur la prestation et le salaire des programmes qu'il n'avait alors que concoctés et ceux qu'il devait réaliser. Et il m'a parlé aussi de la valise avec les billets neufs.

« Là où j'ai été stupide, c'est d'avoir tout de suite couru à la banque au lieu de rembourser lentement mon crédit pour ne pas éveiller de soupçon. Je ne voulais pas payer davantage d'intérêts. » Il a sorti un mouchoir pour s'essuyer le front. Je lui ai demandé ce qu'il savait de la mort de Mixkey.

« D'après ce que je sais, lorsque vous l'avez démasqué, ils ont essayé de faire pression sur lui. Ils voulaient avoir gratuitement sa coopération, pour laquelle ils me paient maintenant, en échange de leur silence sur ses incursions dans le système. La mort de Mixkey ne les a pas tellement arrangés, elle les a obligés à payer. À me payer, justement. »

Il aurait pu raconter encore pendant une éternité, sans doute aurait-il même aimé se justifier. Mais, moi, j'en avais assez entendu.

« Merci, cela me suffit pour le moment, monsieur Grinsche. À votre place je resterais discret sur notre conversation. Si la RCW apprend que je suis au courant, vous perdrez de votre intérêt à leurs yeux. S'il vous vient quelque chose à propos de l'accident de Mixkey, appelez-moi tout simplement. » Je lui ai laissé ma carte.

« Oui, mais – ce qui se passe pour le contrôle des émissions polluantes, cela vous est égal ? Ou bien allez-vous quand même à la police ? »

J'ai pensé à cette puanteur qui me conduisait régulièrement à fermer ma fenêtre. Et à tout ce qui était sans odeur et qu'on respirait tout de même. Mais cela m'était égal pour le moment. J'ai repris les papiers de Mixkey que j'avais posés sur le bureau de Grinsche. Lorsque j'ai voulu me retourner pour partir, Grinsche m'a tendu la main. Je ne l'ai pas serrée.

19

Énergie et Endurance

Dans l'après-midi j'avais prévu d'aller voir le directeur du ballet. Mais je n'en avais pas envie et me suis décommandé. Une fois chez moi, je me suis allongé et ne me suis réveillé que vers cinq heures. Je ne fais presque jamais de sieste. En raison de ma faible tension, j'ai du mal à émerger ensuite. J'ai pris une douche chaude et me suis préparé un café bien fort.

Lorsque j'ai voulu appeler Philipp dans son service, l'infirmière m'a répondu : « Monsieur le docteur est déjà parti voir son nouveau bateau. » Je suis allé jusqu'à Luzenberg en voiture et me suis garé rue Gerwig. Dans le port j'ai cherché le bateau de Philipp. Je l'ai reconnu au nom. Il s'appelait Faune 69.

Je ne comprends rien à la navigation. Philipp m'a expliqué que ce bateau lui permettait d'aller jusqu'à Londres ou de faire le tour de la France jusqu'à Rome, et qu'il ne pouvait pas s'éloigner trop des côtes, c'est tout. Il y avait assez d'eau pour dix douches, un réfrigérateur pour quarante bouteilles et un lit pour un Philipp et deux femmes. Après m'avoir fait faire le tour du propriétaire, il a allumé la chaîne hi-fi, a mis Hans Albers et débouché une bouteille de bordeaux.

« J'ai droit à un baptême de mer ?

— Du calme, Gerd. D'abord on va vider la petite bouteille, ensuite on lèvera l'ancre. Je suis équipé d'un radar et je peux donc naviguer de jour comme de nuit. »

La petite bouteille s'est dédoublée. D'abord Philipp m'a parlé de ses femmes. « Et toi, Gerd, comment vont tes amours ?

— Oh, que veux-tu que je te dise ?

— Pas d'histoire avec des policières chics ou des secrétaires qui ont du peps ? Quels autres genres de femmes fréquentes-tu ?

— Récemment, j'ai fait la connaissance d'une femme qui me plairait bien en enquêtant dans une affaire. Mais c'est difficile, parce que son ami est mort.

— Qu'est-ce qu'il y a de difficile là-dedans, je te prie ?

— Eh bien, je ne peux pas faire des avances à une veuve en deuil ; surtout que c'est à moi de trouver si son ami a été assassiné.

— Mais qu'est-ce qui t'en empêche ? C'est ta déontologie de procureur qui te l'interdit, ou est-ce que tu as tout simplement peur qu'elle t'éconduise ? » Il se moquait de moi.

« Non, non, tu ne peux pas présenter les choses comme ça. Et puis il y en a une autre, Brigitte. Elle me plaît aussi. Je ne sais pas du tout quoi faire avec deux femmes. »

Philipp a éclaté de rire. « Tu es un vrai tombeur. Et avec Brigitte, où est le problème ?

— Je l'ai mieux… j'ai déjà…

— Et maintenant elle attend un enfant de toi ? » Philipp avait du mal à s'arrêter de rire. Puis il a compris que je n'avais absolument pas du tout l'humeur à ça et m'a interrogé sur la situation. Je lui ai raconté.

« Ce n'est pas une raison pour faire une tête pareille. Il suffit de savoir ce que tu veux. Si tu cherches une femme que tu veux épouser, reste avec Brigitte. Elles ne sont pas mal, les femmes de quarante ans, elles ont tout vu, tout vécu, elles sont très sensuelles quand on sait les réveiller. Et en plus une femme masseur, toi avec tes rhumatismes ! L'autre, ça sent le stress. Tu en veux ? Ça sent *l'amour fou*, puis la déprime.

— Comment veux-tu que je sache ce que je veux ? Sans doute je veux les deux choses, la sécurité et le suspense. En tout cas, parfois, j'ai envie de l'un, parfois de l'autre. »

Ça, il comprenait. Sur ce point, nous étions pareils. Je savais maintenant où il planquait le bordeaux. Je suis allé chercher une troisième bouteille. La fumée flottait dans la cabine.

« Hé, cuistot, va à la cuisine mettre le poisson sur le gril ! » Dans le réfrigérateur, j'ai trouvé une salade de pommes de terre au saucisson achetée au supermarché et les filets de poisson congelés. Il n'y avait plus qu'à les passer au micro-ondes. Deux minutes plus tard, je revenais dans la cabine avec le dîner. Philipp avait mis la table et un disque de Zarah Leander.

Après le repas, nous sommes allés sur le pont, comme l'appelait Philipp. « Et comment on met les voiles ici ? » Philipp connaissait mes blagues idiotes et ne s'est pas énervé. Il a aussi pris comme une mauvaise plaisanterie le fait que je lui demande si lui-même était encore capable de naviguer. Nous tanguions déjà bien, tous les deux.

Nous sommes passés en dessous du pont du Vieux-Rhin pour tourner ensuite, une fois sur le Rhin, à droite. Le fleuve s'étendait devant nous, noir, silencieux. Sur le terrain de la RCW, de nombreux bâtiments étaient illuminés, de gros tuyaux crachaient des flammes de toutes les couleurs, des lampes sur des télescopes éclairaient les objets d'une lumière aveuglante. Le moteur ronronnait doucement, l'eau clapotait contre la coque, l'entreprise émettait un énorme feulement. Nous sommes passés devant le quai de chargement de la RCW, devant les grues, le quai de déchargement et les containers, les voies ferrées et les entrepôts. Le brouillard s'est levé. Il faisait frais, maintenant. Devant nous, je distinguais déjà le pont Kurt-Schumacher qui enjambait l'eau. Le terrain de la RCW était de moins en moins éclairé, derrière les voies se dressaient de vieux bâtiments.

J'ai eu une inspiration. « Range-toi à droite, ai-je demandé à Philipp.

— Tu veux que j'accoste ? Là, maintenant, devant la RCW ? Pourquoi donc ?

— Je voudrais jeter un coup d'œil. Est-ce que tu peux te garer une demi-heure ici et m'attendre ?

— On ne dit pas garer, mais mouiller, nous sommes sur un bateau. Tu es conscient qu'il est dix heures et demie ? Moi, je croyais qu'on allait faire demi-tour devant le château, rentrer tranquillement et boire la quatrième bouteille dans le port de Waldhof.

— Je t'expliquerai tout à l'heure, devant la quatrième

bouteille. Mais il faut que j'entre là-dedans. Ça a à voir avec l'affaire dont je t'ai parlé. Et puis je ne suis plus saoul. »

Philipp m'a lancé un bref regard dubitatif. « Tu dois savoir ce que tu fais. » Il a tourné à droite puis a longé le quai avec une concentration dont je ne l'aurais plus cru capable, jusqu'à trouver une échelle fixée dans le mur. « Sors les défenses. » Il m'a indiqué trois objets en plastique blanc qui ressemblaient à des saucisses. Je les ai jetées par-dessus bord, heureusement qu'elles étaient attachées. Philipp a amarré le bateau à l'échelle.

« J'aurais aimé t'emmener. Mais je préfère te savoir ici, prêt à partir. Est-ce que tu as une lampe de poche à me prêter ?

— Aye, aye, Sir. »

Je suis monté à l'échelle. J'avais un peu froid. La chemise-pull-over qu'on m'avait vendue sous un nom américain quelconque et que je portais sous ma veste de cuir pour aller avec mes nouveaux jeans n'était pas chaude du tout. J'ai passé la tête au-dessus du bord du quai.

Je vis, parallèle à la rive, une rue étroite et derrière elle une voie avec des wagons. Les bâtiments étaient en briques, comme ceux de la sécurité et de l'appartement de Schmalz. J'étais devant l'ancienne usine. Le hangar du vieux Schmalz devait être par ici.

Je me suis dirigé vers la droite, où les anciens bâtiments en briques étaient moins hauts. J'ai essayé d'avancer à la fois avec beaucoup de prudence et en même temps avec la nonchalance d'un homme qui était chez lui ici. Je suis resté dans l'ombre des wagons.

Ils sont venus sans que le chien de berger n'aboie. L'un m'a mis la lampe de poche dans la figure, l'autre m'a demandé mon laissez-passer. Je l'ai sorti de mon portefeuille. « Monsieur Selb ? Que faites-vous ici avec votre mission spéciale ?

— Je n'aurais pas besoin d'un laissez-passer si j'avais à vous le dire. »

Mais ça n'a pas suffi à les calmer ou à les intimider. C'étaient deux jeunes types comme on en trouve aussi maintenant chez les gardes mobiles. Dans le passé, on les trouvait à la Waffen-SS. C'est bien sûr une comparaison inadmissible parce qu'il s'agit aujourd'hui de défendre l'ordre libéral et démocratique, mais leurs visages expriment toujours le même mélange de zèle, de sérieux, de manque d'assurance et de servilité. Ils étaient vêtus d'une sorte d'uniforme paramilitaire avec l'insigne de l'entreprise au revers.

« Hé, les collègues, ai-je dit, laissez-moi finir mon job et faites le vôtre. Quel est votre nom ? Je dirai volontiers à Danckelmann demain qu'on peut compter sur vous. Continuez comme ça ! »

Je ne me souviens pas de leurs noms ; cela ressemblait à Énergie et Endurance. Je n'ai pas réussi à les faire mettre au garde-à-vous. Mais le premier m'a rendu mes papiers et l'autre a éteint la lampe. Le chien de berger n'avait pas bougé pendant tout ce temps, comme s'il n'était pas concerné.

J'ai attendu qu'ils aient disparu complètement avant de continuer. Les bâtiments bas que j'avais vus avaient l'air délabrés. Certaines fenêtres étaient cassées, des portes étaient sorties de leurs gonds, ici et là le toit s'était effondré. L'ensemble attendait manifestement d'être démoli. Mais la suite s'était arrêtée devant un bâtiment. Il s'agissait, là aussi, d'un édifice en briques à un étage aux fenêtres romanes avec une voûte en tôle ondulée. Si l'une de ces bâtisses était le hangar de Schmalz, c'était certainement celle-là. Grâce à ma lampe de poche, j'ai pu trouver au milieu du grand portail coulissant la petite porte de service. Les deux étaient fermées à clé ; de toute façon, la grande ne s'ouvrait que de l'intérieur. Dans un premier temps, j'ai préféré ne pas essayer le truc de la carte magnétique, mais j'ai pensé ensuite que Schmalz, ce soir-là, trois semaines plus tôt, n'avait sans doute même plus eu la force ni la tête pour s'embarrasser de détails comme un verrou. Et ma carte laissez-passer m'a effectivement ouvert le hangar. J'ai dû aussitôt refermer la porte derrière moi. Énergie et Endurance ont surgi à l'angle du bâtiment.

Je me suis adossé à la porte de fer froide pour reprendre mon souffle. Maintenant, j'étais vraiment dessaoulé. Et j'ai continué à trouver que c'était une bonne idée d'être venu regarder d'un peu plus près le terrain de la RCW. Ce n'était pas grand-chose de savoir que le vieux Schmalz s'était blessé à la main, avait fait une commotion cérébrale et oublié l'entraînement d'échecs le jour de l'accident de Mixkey. Le fait qu'il bricolait des camions de livraison et que la jeune fille de la gare avait vu un drôle de camion sur le pont n'était pas forcément non plus un indice suffisant. Mais je voulais en avoir le cœur net.

Les fenêtres ne laissaient passer que peu de lumière. J'ai vu les silhouettes de trois fourgonnettes. Dans la lumière de ma lampe de poche j'ai reconnu un vieux Hanomag, un Unimog et un Citroën. Effectivement, ce n'est pas le genre de véhicules qu'on voit rouler par ici. Au fond du hangar, il y avait un grand établi. Je m'en suis approché à tâtons. Entre les outils j'ai trouvé un trousseau de clés, une casquette et un paquet de cigarettes. J'ai mis le trousseau dans ma poche.

Seule la Citroën était en état de rouler. Le Hanomag n'avait plus de glaces, l'Unimog était sur crics. Je me suis installé dans la Citroën pour essayer les clés. L'une d'entre elles était la bonne et les petits voyants se sont allumés. Sur le volant il y avait du sang séché, le chiffon sur le siège du passager était plein de sang lui aussi. Je l'ai fourré dans ma poche. Lorsque j'ai voulu retirer la clé de contact j'ai touché par mégarde à un interrupteur du tableau de bord. Derrière moi un moteur électrique s'est mis à susurrer, par le rétroviseur j'ai vu les portes de derrière s'ouvrir. Je suis descendu pour y jeter un œil.

20

Pas seulement un stupide coureur de jupons

Cette fois-ci j'ai eu moins peur. Mais l'effet était toujours aussi impressionnant. Je savais maintenant ce qui s'était passé sur le pont. Toute la partie arrière du camion, de la portière gauche à la portière droite ouvertes, était recouverte d'une feuille de métal réfléchissante. Un triptyque mortel. La feuille était bien tendue, sans plis ni creux, si bien que je m'y voyais comme samedi dans la glace de mon immeuble. Lorsque Mixkey était arrivé sur le pont, le camion était déjà là, portières arrière ouvertes. Devant les faisceaux de phares qui venaient apparemment d'en face sur sa propre file, Mixkey avait tourné le volant à gauche et avait ensuite perdu le contrôle du véhicule. Je me suis souvenu de la croix sur l'optique de droite de la voiture de Mixkey. Ce n'était pas lui qui l'y avait collée, mais le vieux Schmalz qui pouvait ainsi reconnaître sa victime et savoir à quel moment il devait ouvrir les deux portières.

J'ai entendu qu'on frappait à la porte du hangar. « Ouvrez, sécurité ! » Énergie et Endurance avaient dû remarquer la lumière de ma lampe de poche. Apparemment, Schmalz était le seul à se servir du hangar, car la sécurité ne semblait pas avoir de clé. J'étais heureux de constater que les deux novices ne connaissaient pas le truc de la carte bancaire. Il n'empêche que j'étais pris au piège.

J'ai encore eu le temps de relever l'immatriculation, de voir que les plaques n'avaient plus de tampons officiels et qu'elles avaient été fixées tant bien que mal avec du fil de fer. J'ai démarré le moteur tandis qu'on tambourinait d'une façon plus énergique et plus endurante encore au portail et j'ai reculé, les portières arrière ouvertes, jusqu'à un mètre du portail. J'ai pris ensuite sur la table une grosse et longue clé à molette. Un de mes deux poursuivants s'est jeté contre la porte. Je me suis collé contre le mur près de la porte. Il me fallait beaucoup de chance maintenant. Au moment où je m'attendais au prochain assaut, j'ai abaissé la clenche.

La porte s'est ouverte d'un coup, le premier gardien de l'entreprise a fait irruption dans le hangar où il est tombé par terre. Le second l'a suivi, le pistolet en l'air, avant de s'arrêter, effrayé, devant son reflet dans le miroir. Le chien de berger avait appris à attaquer l'homme qui menaçait son maître avec un pistolet. Il a traversé la feuille de métal. Je l'ai entendu couiner douloureusement à l'intérieur du camion. Le premier homme de la sécurité était toujours par terre, sonné, le second ne comprenait toujours pas ; j'ai profité de l'occasion pour sortir et déguerpir en direction du bateau. J'avais franchi la voie et fait à peu près vingt mètres quand j'ai entendu Énergie et Endurance à mes trousses : « Arrêtez-vous, ou je tire. » Leurs lourdes bottes frappaient les pavés à un rythme rapide, le halètement du chien approchait de plus en plus, et je n'avais aucune envie de connaître l'application des consignes d'utilisation des armes à feu sur le terrain de l'entreprise. Le Rhin avait l'air froid. Mais je n'avais pas le choix et j'ai sauté.

J'avais fait le plongeon avec suffisamment d'élan pour ne remonter à la surface que beaucoup plus loin. J'ai tourné la tête et j'ai vu les deux hommes avec le chien en haut du quai fouiller la surface de l'eau avec leurs lampes. Mes vêtements étaient lourds et le Rhin a du courant, j'avais bien du mal à avancer.

« Gerd, Gerd ! » Philipp était en train de laisser son bateau dériver le long du quai et m'appelait à voix basse.

« Par là », lui ai-je répondu en essayant de chuchoter. Puis le bateau est arrivé à ma hauteur, Philipp m'a hissé à bord. C'est à cet instant qu'Énergie et Endurance nous ont vus. Je ne sais pas ce qu'ils comptaient faire. Nous tirer dessus ? Philipp a démarré le moteur pour foncer vers le milieu du Rhin en poussant devant lui une grande vague d'écume. Épuisé, tremblant de froid, je suis resté assis au milieu du pont. J'ai sorti de ma poche le chiffon plein de sang. « Tu peux me rendre encore un service et déterminer le groupe sanguin ? Je crois que je le sais, groupe O, facteur Rhésus négatif, mais il vaut mieux être sûr. »

Philipp a ricané. « Tout ce grabuge à cause d'un chiffon mouillé ? Mais chaque chose en son temps. Tu vas commencer par descendre, prendre une douche chaude et mettre mon peignoir. Dès que nous aurons passé la police fluviale, je te ferai un grog. »

Lorsque je suis ressorti de sous la douche, nous étions en sécurité. Ni la RCW ni la police ne nous avaient suivis et Philipp était en train de tourner dans le bras du

Vieux-Rhin à hauteur de Sandhofen. Bien que la douche m'eût réchauffé, je continuais à trembler. Tout cela faisait un peu beaucoup pour mon âge. Philipp a accosté à l'endroit d'où nous étions partis. Il est venu me trouver dans la cabine. « Mon vieux, a-t-il dit. Tu m'as fait une sacrée peur. Quand j'ai entendu les types taper contre la tôle, je me suis bien douté que quelque chose ne tournait pas rond. Seulement je ne savais pas quoi faire. Puis je t'ai vu sauter. Mes félicitations.

— Ah, tu sais, quand tu as un chien bien dressé aux trousses, tu ne te demandes pas longtemps si l'eau n'est pas trop froide. Ce qui était bien plus important, c'est que tu aies fait au bon moment la bonne manœuvre. Sans toi je me serais sans doute noyé, avec ou sans balle dans la tête. Tu m'as sauvé la vie. Je suis content d'apprendre que tu n'es pas seulement un stupide coureur de jupons. »

Philipp s'est affairé, gêné, dans la cabine. « Peut-être peux-tu me dire maintenant ce que tu cherchais à la RCW ?

— Pas seulement cherché, mais trouvé. En plus de ce chiffon répugnant, j'ai trouvé l'arme du crime, et sans doute l'assassin. D'où le chiffon. » Devant le grog fumant j'ai raconté à Philipp l'histoire de la fourgonnette avec ses options surprenantes.

« Mais s'il a été tellement facile de faire tomber ton Mixkey du pont, pourquoi les blessures du vétéran de la sécurité ? a demandé Philipp quand j'ai eu fini mon récit.

— Tu aurais dû devenir détective. Tu comprends vite. Je n'ai pas de réponse pour le moment, à moins que… » Je me suis souvenu de ce que la patronne du restaurant de la gare avait dit. « La femme de la vieille gare a entendu deux coups, l'un tout de suite après l'autre. Je viens de comprendre un truc. La voiture de Mixkey a dû rester accrochée à la rambarde, alors le vieux Schmalz a dû faire un grand effort pour qu'elle perde l'équilibre. C'est peut-être là qu'il s'est blessé. L'effort l'a fait mourir deux semaines plus tard. Oui, ça a pu se passer ainsi.

— Tout ça colle, même du point de vue médical. Un coup en passant la balustrade, un coup en tombant sur la voie. Quand les vieilles personnes vont au-delà de leurs forces, il arrive qu'elles fassent une petite commotion cérébrale. Personne ne s'en rend compte, jusqu'au moment où le cœur refuse de fonctionner. »

Je me suis soudain senti fatigué. « Il n'empêche qu'il y a encore beaucoup de choses que je ne comprends pas. Ce n'est pas le vieux Schmalz qui a eu l'idée d'assassiner Mixkey. Et je ne connais pas encore le mobile. Peux-tu me ramener chez moi, Philipp ? Nous boirons le bordeaux une autre fois. J'espère seulement qu'on ne te fera pas d'ennuis à cause de mes escapades. »

Lorsque nous avons quitté la rue Gerwig pour tourner dans la rue Sandhofen, une patrouille est passée à toute allure en direction du port, le gyrophare allumé, mais pas la sirène. Je ne me suis même pas retourné.

21

« Les Mains jointes »

Après une nuit enfiévrée, j'ai appelé Brigitte. Elle est venue tout de suite, m'a apporté de la quinine et des gouttes pour le nez, m'a massé, a mis à sécher mes vêtements que j'avais laissés dans le couloir, a préparé dans la cuisine quelque chose que je devais me réchauffer pour le déjeuner, est repartie acheter du jus d'orange, du sucre vitaminé, des cigarettes et a donné à manger à Turbo. Quand je lui ai demandé de venir s'asseoir encore un instant au bord du lit, il était l'heure qu'elle parte.

J'ai dormi presque toute la journée. Philipp a appelé pour confirmer le groupe sanguin O et le facteur Rhésus négatif. Le bruit de la circulation dans le parc Augusta et les cris d'enfants qui jouaient m'atteignaient, par la fenêtre, dans la pénombre de ma chambre. Je me suis souvenu de ces journées où j'étais malade, enfant, de mon désir de jouer avec les autres enfants dehors et, en même temps, de ce plaisir que procurent sa propre faiblesse et les gâteries maternelles. Dans mon demi-sommeil fiévreux j'ai couru de nouveau devant le chien haletant, devant Énergie et Endurance. La peur que je n'avais pas ressentie hier, parce que tout était allé trop vite, était en train de s'emparer de moi. Dans ma fièvre j'ai imaginé l'assassinat de Mixkey et les mobiles de Schmalz.

Le soir, j'allais mieux. La fièvre avait baissé, j'étais encore faible, mais j'ai apprécié le bouillon de pâtes et de légumes que Brigitte m'avait préparé, tout comme la Sweet Afton, après. Comment aller plus loin dans cette affaire ? L'assassinat est du ressort de la police et même si la RCW jetait le voile de l'oubli sur les événements de la veille – ce qui me semblait probable – plus personne ne me dirait quoi que ce soit à l'entreprise. J'ai appelé Nägelsbach. Lui et sa femme avaient déjà dîné et s'étaient installés dans l'atelier.

« Bien sûr que vous pouvez encore passer. Vous pouvez même écouter *Hedda Gabler*, nous sommes au troisième acte. »

J'ai mis un mot sur la porte pour ne pas inquiéter Brigitte au cas où elle passerait de nouveau me voir. Le trajet jusqu'à Heidelberg était pénible. Il était difficile d'adapter ma lenteur personnelle à la vitesse de mon véhicule.

Les Nägelsbach habitent une petite maison ouvrière des années vingt à Pfaffengrund. Il a transformé la remise, initialement conçue pour abriter poules et lapins, en un atelier aux grandes fenêtres. La soirée était fraîche et quelques bûches flambaient dans la cheminée à insert. Nägelsbach était assis sur une chaise haute comme un siège de bar devant le grand plateau de travail. *Les Mains jointes* de Dürer commençaient à prendre forme en allumettes. Sa femme, installée près du feu dans un fauteuil, lui faisait la lecture. Je suis entré par le fond du jardin, et j'ai regardé par la fenêtre avant de frapper : c'était une parfaite idylle.

« Mon Dieu, mais qu'est-ce qui vous est arrivé ! » Madame Nägelsbach m'a donné son fauteuil et s'est assise sur un tabouret. « Vous devez en avoir gros sur le cœur pour venir dans cet état-là, m'a dit Nägelsbach pour me saluer. Est-ce que cela vous dérange si ma femme reste là ? Je lui dis tout, même les choses professionnelles. L'obligation du secret ne vaut pas pour les couples sans enfants. »

Pendant que je racontais, Nägelsbach a continué son travail. Il ne m'a pas interrompu. Quand j'ai eu fini, il est resté silencieux un moment, a éteint la lumière au-dessus de sa table de travail, a tourné sa grande chaise vers nous et a dit : « Dis à monsieur Selb quelle est la situation.

— Avec ce que vous venez de raconter, la police obtiendra, dans le meilleur des cas, un mandat de perquisition pour le vieux hangar. Peut-être y trouvera-t-elle encore la vieille Citroën. Mais il n'y aura plus rien de suspect à l'intérieur : ni la feuille réfléchissante, ni votre triptyque de la mort. Vous l'avez d'ailleurs décrit d'une jolie manière. Bref, ensuite la police peut interroger quelques personnes de la sécurité de l'entreprise, la veuve Schmalz et ceux que vous avez mentionnés, mais qu'en sortira-t-il ?

— C'est la réalité. Bien sûr, je peux demander à Herzog de faire le maximum sur cette affaire, il peut essayer de faire jouer ses liens avec la sécurité de l'entreprise, mais cela ne changera rien. Mais vous savez tout cela aussi bien que nous, monsieur Selb.

— Oui, c'est à ce point que je me suis arrêté dans mes réflexions. Mais je me suis dit que vous auriez peut-être une idée, que la police peut éventuellement encore faire quelque chose, que… Ah, je ne sais plus ce que j'ai pensé.

Je n'arrive pas à me faire à l'idée que cette histoire va se terminer comme ça.

— As-tu une idée du mobile ? » Madame Nägelsbach s'est adressée à son mari. « Est-ce qu'on ne pourrait pas avancer dans cette direction-là ?

— D'après ce que nous avons appris, je me dis seulement que quelque chose a mal tourné. Tu sais, un peu comme dans cette histoire que tu m'as lue récemment. La RCW a des ennuis avec Mixkey, cela devient de plus en plus gênant, un responsable finit par dire : "Maintenant, ça suffit", un sous-fifre s'affole et demande à son tour : "Vous ferez en sorte que Mixkey nous fiche la paix, débrouillez-vous." Celui à qui l'on dit ça veut se faire bien voir, il aiguillonne ses subalternes, il les encourage à trouver une idée, même un peu hors norme, et, au bout de cette longue chaîne, il y en a un qui pense que ce qu'on lui demande, c'est d'assassiner Mixkey.

— Mais le vieux Schmalz était déjà à la retraite, il n'était plus sur les rangs, a dit sa femme.

— Difficile à dire. Combien il y a de policiers qui, même après la retraite, se sentent toujours une âme de policier ?

— Pour l'amour de Dieu, s'est-elle exclamée en lui coupant la parole, tu ne vas pas me…

— Non, je ne vais pas. Peut-être que Schmalz senior était un de ceux qui se sentent éternellement en service. Tout ce que je veux dire par là, c'est que le mobile du crime, dans le sens classique du terme, n'existe pas forcément dans cette affaire. L'assassin peut être un simple exécutant sans mobile, et celui qui avait le mobile ne voulait pas forcément le meurtre. C'est là l'effet et finalement la raison d'être des hiérarchies. Nous connaissons cela à la police, à l'armée.

— Crois-tu qu'on aurait plus de chance si le vieux Schmalz était encore en vie ?

— D'abord monsieur Selb n'en saurait pas autant. Il n'aurait rien su de la blessure de Schmalz, il ne serait pas allé chercher quelque chose dans le vieux hangar et il aurait encore moins trouvé la fourgonnette meurtrière. On aurait effacé les traces depuis longtemps. Mais bon, imaginons que nous ayons appris par un autre biais ce que nous savons. Non, je ne crois pas que le vieux Schmalz aurait lâché le morceau. Ça a dû être un dur à cuire.

— Mais cela ne peut pas être vrai, Rudolf. À t'écouter, on dirait que le seul qu'on puisse attraper, dans ce genre de chaînes où l'on se repasse les ordres, c'est le dernier maillon. Et tous les autres seraient innocents ?

— Qu'ils soient innocents, c'est un point. Qu'on les attrape, c'en est un autre. Écoute, Reni, je ne sais bien sûr pas si quelque chose a mal tourné ou si la chaîne est tout simplement juste assez bien graissée pour que tout le monde sache ce qui est demandé sans avoir à le dire. Mais si elle était graissée de cette façon-là, on ne peut rien prouver.

— Faudrait-il conseiller à monsieur Selb de parler avec un des pontes de la RCW ? Pour qu'il se fasse une idée de la manière dont ça se passe.

— Cela ne ferait pas avancer l'instruction. Mais tu as raison, c'est la dernière chose qu'il puisse tenter. »

Cela me faisait du bien de les voir résoudre par leur jeu de question-réponse ce que mon état second ne me permettait pas de clarifier. Il me restait donc à avoir un entretien avec Korten.

Madame Nägelsbach a préparé une verveine et nous avons parlé art. Nägelsbach m'a expliqué ce qui l'incitait à réaliser *Les Mains jointes.* Il était d'accord avec moi pour dire que les reproductions courantes étaient doucereuses. C'est justement pour cela qu'il voulait, en utilisant la structure rigoureuse de l'allumette, retrouver l'éminente sobriété de l'original, celui de Dürer.

Au moment où je suis parti, il m'a promis qu'il vérifierait le numéro d'immatriculation de la Citroën de Schmalz.

Le mot pour Brigitte était toujours sur ma porte. J'étais déjà couché quand elle m'a appelé. « Tu vas mieux ? Je suis désolée de ne pas avoir pu revenir te voir, je n'ai pas eu le temps. Comment se présente ton week-end ? Crois-tu que tu es capable de venir dîner chez moi demain soir ? » Quelque chose n'allait pas. Sa gaieté me paraissait forcée.

22

Thé dans la loggia

Le dimanche matin m'attendaient sur mon répondeur un message de Nägelsbach et un autre de Korten. La plaque d'immatriculation accrochée sur la Citroën du vieux Schmalz avait été délivrée cinq ans auparavant à un employé de la poste heidelbergois pour sa Coccinelle. La plaque que j'avais vue provenait sans doute de l'épave. Korten me demandait si je ne voulais pas passer les voir rue Ludolf-Krehl ce week-end. Il me priait de le rappeler.

« Mon cher Selb, c'est gentil à toi de me rappeler. Un thé sur la loggia cet après-midi ? Je me suis laissé dire que tu avais fait pas mal de remue-ménage chez nous. Et tu as l'air d'être enrhumé, mais cela ne m'étonne pas, ha, ha. Tu as une sacrée forme, mes félicitations ! »

À quatre heures, j'étais rue Ludolf-Krehl. Pour Inge, au cas où ce serait toujours Inge, j'avais apporté un bouquet de fleurs d'automne. J'ai admiré le portail d'entrée, la caméra vidéo et l'interphone. Il était composé d'un écouteur téléphonique au bout d'un long fil que le chauffeur pouvait décrocher dans un boîtier à côté du portail et passer à son patron, dans la voiture. Lorsque j'ai voulu m'asseoir dans la voiture avec l'appareil, j'ai entendu Korten me dire d'une voix excédée, comme s'il grondait un enfant turbulent : « Fais pas de bêtise, Selb ! Le téléphérique est déjà parti te chercher. »

Durant le trajet, j'ai pu regarder de Neuenheim jusqu'à la rive du Rhin et le Pfälzer Wald. La journée était claire et je voyais les cheminées de la RCW. Leurs fumées blanches se dissolvaient innocemment dans le ciel bleu.

Korten, en pantalon Manchester, chemise à carreaux et gilet de laine, décontracté, m'a salué cordialement. Autour de lui tournoyaient deux griffons. « J'ai demandé qu'on nous serve dans la loggia, tu n'as pas trop froid ? Je peux te passer un gilet de laine, Helga me les tricote à la chaîne. »

Nous étions là debout à admirer la vue. « C'est ton église là en bas ?

— L'église Saint-Jean ? Non, notre paroisse, c'est l'église de la Paix de Handschuhsheim. Je suis devenu presbytérien. Une belle mission. »

Helga est arrivée avec la cafetière et j'ai pu me débarrasser de mes fleurs. Je n'avais connu Inge que furtivement et je ne savais pas si elle était décédée, si elle avait divorcé ou si elle était tout simplement partie. Helga, la nouvelle épouse ou la nouvelle maîtresse, lui ressemblait. La même gaieté, la même fausse modestie, la même joie de recevoir mon bouquet de fleurs. Elle a mangé la première part de clafoutis aux pommes avec nous. Puis elle a annoncé : « Je suppose que les hommes veulent rester entre eux. » Comme de bien entendu, nous avons protesté tous les deux. Et comme de bien entendu, elle est partie tout de même.

« Puis-je reprendre une part ? Le clafoutis est délicieux. »

Korten s'est bien calé dans son fauteuil. « Je suis certain que tu avais de bonnes raisons d'effrayer jeudi nos gars de la sécurité. Si tu n'y vois pas d'inconvénient, j'aimerais bien savoir lesquelles. Je t'ai récemment introduit, si je puis dire, dans l'entreprise. À présent que la nouvelle de ton escapade a fait le tour des bureaux, on me regarde d'un air interloqué.

— Étais-tu très lié au vieux Schmalz, à l'enterrement duquel on a lu tes condoléances personnelles ?

— Ça n'est tout de même pas la réponse à cette question-là que tu as cherchée dans son hangar ? Mais soit. Je le connaissais mieux que tous les autres gars de la sécurité, et c'était aussi mon préféré. Jadis, lors des années sombres, nous étions parfois proches de nos collaborateurs les plus simples ; aujourd'hui, ça ne se fait plus du tout.

— C'est lui qui a tué Mixkey. Et, dans le hangar, j'ai trouvé la preuve, l'arme du crime.

— Le vieux Schmalz ? Il n'aurait pas fait de mal à une mouche. Qu'est-ce que tu vas t'imaginer, mon cher Selb ? »

Sans nommer Judith et sans entrer dans les détails, je lui ai raconté ce qui s'était passé. « Et si tu me demandes en quoi tout cela me regarde, je te rappelle notre dernière conversation. Je te demande d'y aller doucement avec Mixkey, et il meurt peu après.

— Et selon toi, quelle est la raison, pour quel mobile le vieux Schmalz aurait-il commis un acte pareil ?

— Nous allons pouvoir en parler tout de suite. Mais j'aimerais d'abord savoir si tu as encore des questions sur les événements proprement dits. »

Korten s'est levé et a fait les cent pas, d'une démarche

lourde. « Pourquoi ne m'as-tu pas appelé tout de suite hier matin ? Nous aurions peut-être pu trouver plus d'indices encore dans son hangar. Maintenant il est trop tard. C'était prévu depuis des semaines : hier, l'ensemble des bâtiments, y compris le vieux hangar, a été démoli. C'était d'ailleurs la raison pour laquelle j'avais parlé personnellement au vieux Schmalz, il y a quatre semaines. Autour d'une petite eau-de-vie j'ai essayé de lui expliquer que nous ne pouvions malheureusement plus lui laisser le vieux hangar et l'appartement de service.

— Tu as été chez le vieux Schmalz ?

— Je l'ai fait venir. Bien sûr, normalement, ce genre de message ne passe pas directement par moi. Mais il me rappelait le bon vieux temps. Tu sais bien combien je suis sentimental, en fin de compte.

— Et qu'est devenue la fourgonnette ?

— Aucune idée ; j'imagine que son fils a dû s'en occuper. Mais je te repose la question : où est le mobile, selon toi ?

— J'ai pensé que tu pouvais peut-être me le dire.

— Qu'est-ce qui te fait penser cela ? » Korten a ralenti le pas, puis il s'est arrêté et m'a toisé.

« Il va de soi que le vieux Schmalz n'avait pas de raisons personnelles pour assassiner Mixkey. Mais l'entreprise avait pas mal de problèmes avec lui, elle a fait pression sur lui, vous l'avez même fait passer à tabac ; et il a réagi en faisant pression sur vous. Après tout, il a quand même réussi à faire éclater votre deal avec Grinsche. Tu ne vas pas me dire que tu n'étais pas au courant de tout cela ? »

Non, Korten ne me le disait pas. Il avait entendu parler des problèmes, ainsi que du deal avec Grinsche. Mais tout cela ne suffisait tout de même pas pour aller commettre un meurtre. « À moins que… » Il a retiré ses lunettes. « À moins que le vieux Schmalz ait compris quelque chose de travers. Tu sais, c'était un de ceux qui se sentaient toujours en service, et si son fils ou quelqu'un d'autre de la sécurité lui a parlé des ennuis que nous avions avec Mixkey, il a peut-être pensé que son devoir était de sauver l'entreprise.

— Qu'est-ce que le vieux Schmalz aurait pu comprendre de travers à ce point-là ?

— Je ne sais pas ce que son fils ou je ne sais qui a pu lui raconter. À moins que quelqu'un lui ait franchement monté le coup ? Je vais voir de quoi il retourne. C'est insupportable de penser que mon vieux Schmalz ait été manipulé de cette façon-là. Et quelle tragédie dans sa fin ! Un grand amour pour l'entreprise, un stupide petit malentendu, et voilà que, sans raison, il prend une vie et sacrifie la sienne !

— Qu'est-ce qui t'arrive ? Prendre la vie, le sacrifice, tragédie, manipulation – je croyais qu'il n'était pas condamnable de manipuler les gens, que c'était seulement un manque de tact de le leur faire ressentir ?

— Tu as raison, venons-en aux faits. Faut-il mettre la police sur le coup ? »

C'était tout ? Un vétéran de la sécurité trop zélé avait assassiné Mixkey, et ça n'empêchait même pas Korten de déguster son œuf à la coque matinal. Est-ce que la perspective de voir la police dans l'entreprise pouvait lui faire peur ? J'ai essayé.

Korten a pesé le pour et le contre. « Il est toujours désagréable d'avoir la police dans l'entreprise, mais ce n'est pas mon seul souci. Cela m'embête pour la famille Schmalz. Perdre mari et père et apprendre qu'il a commis un meurtre – est-ce que nous pouvons prendre cela sur nous ? Il n'y a plus rien à expier, Schmalz a payé de sa vie. Ce que je me demande encore, par contre, c'est comment on peut réparer les torts. Sais-tu si Mixkey avait des parents dont il se soit occupé, s'il avait d'autres obligations, s'il a été dignement enterré ? Est-ce qu'il laisse quelqu'un à qui l'on pourrait faire plaisir ? Serais-tu disposé à t'en occuper ? »

Je supposais que Judith n'avait pas envie qu'on lui fasse un tel plaisir.

« J'ai assez enquêté dans l'affaire Mixkey. Ce que tu veux savoir, si tu parles sérieusement, madame Schlemihl te le trouvera en quelques coups de fil.

— Tu es toujours tellement susceptible. Tu as fait un excellent travail dans cette affaire. Et je te suis également reconnaissant d'avoir mené la deuxième partie de l'enquête. Il faut que je sois au courant de ce genre de choses. Puis-je étendre la première mission que je t'avais confiée et te demander de m'envoyer une facture pour l'ensemble ? »

Il aurait sa facture.

« Encore une chose, a dit Korten, puisque nous parlons de choses pratiques. Tu as oublié, il y a quelques semaines, de joindre à ton rapport ton laissez-passer. Mets-le dans l'enveloppe, cette fois-ci, avec la facture. »

J'ai sorti la carte de mon portefeuille. « Tu peux l'avoir tout de suite. Maintenant, je m'en vais. »

Helga est arrivée dans la loggia comme si elle avait écouté à la porte et entendu le signal pour prendre congé. « Les fleurs sont ravissantes, voulez-vous voir où je les ai mises ?

— Ah, mais tutoyez-vous donc, les enfants ! Selb est mon plus vieil ami. » Korten a mis un bras autour de son épaule et de la mienne.

Je voulais sortir d'ici. Au lieu de cela, j'ai suivi les deux dans le salon, j'ai admiré mon bouquet de fleurs sur le piano à queue, j'ai entendu le bouchon de champagne sauter et j'ai trinqué au tutoiement avec Helga.

« Pourquoi n'êtes-vous pas venu plus souvent ici ? a-t-elle demandé en toute innocence.

— Oui, il faut remédier à ça, a dit Korten avant que je puisse répondre. Tu as prévu quelque chose pour le Nouvel An ? »

J'ai pensé à Brigitte. « Je ne sais pas encore.

— C'est parfait, mon cher Selb. Nous aurons donc bientôt des nouvelles l'un de l'autre. »

23

Est-ce que tu as un mouchoir ?

Brigitte avait préparé du bœuf Strogonoff avec des champignons frais et du riz. C'était délicieux, le vin était bien chambré et la table avait été mise avec amour. Brigitte parlait beaucoup. Je lui avais apporté les *Greatest Hits* d'Elton John et il racontait en chansons l'amour, la peine, l'espoir et la séparation.

Elle s'est lancée dans des considérations sur la thérapie par les zones de réflexe du pied, d'acupression et de rolfing. Elle m'a parlé de patients, de collègues et de caisses d'assurance maladie. Elle se moquait bien de savoir si cela m'intéressait ou non et comment j'allais.

« Qu'est-ce qui se passe aujourd'hui ? Cet après-midi j'ai eu du mal à reconnaître Korten. Maintenant, je suis assis avec une Brigitte qui n'a plus rien de commun avec la femme qui me plaît, à part sa cicatrice à l'oreille. »

Elle a posé sa fourchette, appuyé sa tête sur ses bras accoudés à la table et s'est mise à pleurer. J'ai fait le tour de la table, elle s'est blottie contre mon ventre et a pleuré plus fort encore. « Qu'est-ce qui se passe ? » Je lui ai caressé les cheveux.

« Je… ah… je, cela me donne envie de pleurer. Demain je m'en vais.

— Et pourquoi cela te fait pleurer ?

— C'est si terriblement long. Et si loin. » Elle a reniflé.

« Long comment et loin comment ?

— Ah… je… » Elle s'est ressaisie. « Tu as un mouchoir ? Je pars pour six mois au Brésil. Voir mon fils. »

J'ai regagné ma chaise. Pour le coup, c'est moi qui avais envie de pleurer. Mais j'étais aussi en colère. « Pourquoi tu ne me l'as pas dit plus tôt ?

— Je ne savais pas que ça irait si bien entre nous.

— Je ne comprends pas. »

Elle a pris ma main. « Juan et moi, nous avions prévu de repasser ces six mois ensemble pour voir si nous ne pouvions pas quand même… Manuel n'arrête pas de demander sa mère. Et, avec toi, j'ai pensé que ça ne durerait pas, que ce serait fini quand je partirais pour le Brésil.

— Qu'est-ce que ça veut dire, tu as pensé que ce serait fini quand tu partirais au Brésil ? Les cartes postales du Pain de Sucre n'y changeront rien. » La tristesse m'avait abattu. Elle n'a rien dit et a fixé le vide. Au bout d'un moment, j'ai retiré ma main de sous la sienne et me suis levé. « Je préfère partir tout de suite. » Elle a hoché la tête en silence.

Dans le couloir, elle s'est serrée encore un instant contre moi. « Je ne peux tout de même pas rester cette mère indigne que tu n'aimes pas, de toute façon. »

24

La tête entre les épaules

Ce fut une nuit sans rêves. Je me suis réveillé à six heures, je savais que j'allais devoir parler aujourd'hui à Judith, mais je ne savais pas quoi lui dire. Tout ? Comment allait-elle pouvoir continuer à travailler à la RCW et vivre sa vie comme avant ? Mais ce problème-là, je ne pouvais pas le résoudre à sa place.

À neuf heures, je l'ai appelée. « J'ai fini mon travail, Judith. Tu veux qu'on fasse une promenade dans le port et que je te raconte ?

— Tu n'as pas une bonne voix. Qu'est-ce que tu as trouvé ?

— Je passe te prendre, à dix heures. »

J'ai préparé du café, sorti le beurre du réfrigérateur, les œufs et le jambon fumé, j'ai haché oignons et ciboulette, j'ai fait chauffer du lait pour Turbo, pressé trois oranges, mis la table et fait deux œufs sur le plat avec du jambon et des oignons juste un peu revenus. Quand les œufs ont été comme il fallait, j'ai mis la ciboulette. Le café était passé.

Je suis resté longtemps devant mon petit déjeuner sans y toucher. Juste avant dix heures, j'ai bu quelques gorgées de café. J'ai donné les œufs à Turbo et je suis parti.

Judith est descendue aussitôt après mon coup de sonnette. Elle était jolie dans son loden au col relevé, jolie comme on ne peut être que lorsqu'on est malheureux.

Nous avons garé la voiture devant la capitainerie pour remonter à pied la rue longeant le quai du Rhin, entre les voies et les anciens entrepôts. Sous le ciel gris de septembre, tout était d'un calme dominical. Les tracteurs John Deere étaient alignés comme s'ils attendaient le début de la bénédiction des récoltes.

« Raconte enfin.

— Firner n'a rien dit sur ma rencontre avec la sécurité dans la nuit du jeudi ?

— Non. Je crois qu'il sait que j'étais avec Peter. »

J'ai commencé par la conversation que j'avais eue avec Korten la veille, je me suis attardé sur un point : le vieux Schmalz, dernier maillon d'une chaîne bien graissée, s'était-il érigé en sauveur de l'entreprise ou avait-il été manipulé ? Je ne lui ai pas épargné non plus les détails du meurtre sur le pont. J'ai essayé de lui faire comprendre qu'il y avait un grand fossé entre ce que je savais et ce qu'il fallait prouver.

Judith marchait à côté de moi d'un pas ferme. Elle avait rentré la tête entre les épaules et tenait son col fermé avec sa main gauche pour se protéger du vent du nord. Elle ne m'a pas interrompu. Puis elle a dit avec un petit rire qui m'a davantage atteint que si elle avait pleuré : « Tu sais, Gerhard, c'est tellement absurde. Lorsque je t'ai demandé de découvrir la vérité, j'ai cru que cela allait m'aider. Mais je me sens encore plus désemparée qu'avant. »

J'ai envié Judith pour la clarté et la simplicité de son deuil. Ma propre tristesse était mêlée de mon impuissance, de ma culpabilité d'avoir provoqué, fût-ce involontairement, la mort de Mixkey, du sentiment d'avoir été utilisé et d'une fierté ambiguë d'avoir élucidé cette affaire. Ce qui me rendait triste, c'était aussi de constater que cette affaire nous avait d'abord rapprochés, Judith et moi, puis liés à un point tel que nous ne pourrions plus jamais nous approcher l'un de l'autre de façon spontanée.

« Tu m'envoies ta facture ? »

Elle n'avait pas compris que Korten voulait payer mon enquête. Lorsque je le lui ai expliqué, elle s'est encore plus retirée en elle-même et m'a dit : « C'est dans la logique des choses. Comme il serait logique que j'aie une promotion et que je devienne la secrétaire de direction de Korten. Tout cela me dégoûte à un point… »

Entre l'entrepôt portant le numéro 17 et celui au numéro 19 nous avons tourné à gauche pour rejoindre le Rhin. Le gratte-ciel de la RCW se dressait sur l'autre rive. Le Rhin était large et calme.

« Que puis-je faire maintenant ? »

Je n'avais pas de réponse à lui donner. Si elle réussissait, le lendemain, à présenter le parapheur à Firner comme si de rien n'était, tout s'arrangerait pour elle.

« Ce qui est terrible, c'est que Peter est déjà si loin dans mon esprit. J'ai enlevé chez moi tout ce qui me faisait penser à lui, parce que c'était trop douloureux. Mais maintenant j'ai froid, dans ma solitude bien rangée. »

Nous avons suivi le Rhin. Soudain, elle s'est retournée, m'a attrapé par le manteau pour me secouer et m'a crié : « Mais nous ne pouvons nous contenter de ça ! » De sa main droite elle a fait un grand geste qui englobait toute l'entreprise, de l'autre côté du fleuve. « Ce n'est pas juste qu'ils s'en sortent comme ça.

— Non, ce n'est pas juste, mais ils s'en sortiront comme ça. Les puissants s'en sont toujours sortis. Et en l'occurrence, ce n'étaient peut-être même pas les puissants, mais juste un Schmalz mégalomane.

— Mais la puissance, n'est-ce pas justement de ne plus avoir à agir soi-même, mais de trouver un quidam mégalomane qui agit à ta place. Cela ne suffit pas pour les excuser. »

J'ai essayé de lui expliquer que je n'avais pas l'intention d'excuser qui que ce soit, mais que je ne pouvais pas davantage pousser les investigations.

« Toi aussi, tu es un de ces quidams qui font le sale travail des puissants. Laisse-moi maintenant, je retrouverai mon chemin toute seule. »

J'ai réprimé mon envie de la planter là et je lui ai dit : « C'est tout de même fou. Voilà que la secrétaire du directeur de la RCW reproche au détective qui s'est occupé d'une affaire pour la RCW de travailler pour la RCW. Quelle présomption ! »

Nous avons continué à marcher. Au bout d'un moment, elle a pris mon bras. « Avant, quand quelque chose de grave arrivait, j'avais toujours l'impression que ça allait s'arranger. La vie, je veux dire. Même après mon divorce. Maintenant, je sais que rien ne sera plus jamais comme avant. Tu connais ça ? »

J'ai hoché la tête.

« Tu sais, je crois que cela me ferait vraiment du bien de marcher encore un peu toute seule. Repars, toi. Ce n'est pas la peine de me regarder avec cet air inquiet, je ne vais pas faire de bêtises. »

Je me suis retourné au moment de regagner la rue du quai. Elle n'avait pas avancé. Elle regardait le terrain nu de l'ancienne usine de la RCW. Le vent jouait avec un sac de ciment vide.

TROISIÈME PARTIE

1

Un jalon dans la jurisprudence

Après un long été indien aux couleurs d'or, l'hiver a débuté brutalement. Je ne me rappelle pas avoir jamais vécu un mois de novembre aussi froid.

À cette époque, je ne travaillais pas beaucoup. L'enquête sur Sergeï Mencke avançait laborieusement. La compagnie d'assurances rechignait à m'envoyer aux États-Unis. La rencontre avec le maître de ballet avait eu lieu en marge d'une répétition. J'y avais appris bien des choses sur les danses indiennes, mais rien sur Sergeï, si ce n'est qu'il y avait des gens qui l'aimaient, d'autres pas, et que le maître de ballet faisait partie du dernier groupe. Pendant deux semaines, les rhumatismes m'ont fait tellement souffrir que j'étais tout juste capable d'assumer les tâches quotidiennes. Pour le reste, j'ai fait beaucoup de promenades, je suis souvent allé au sauna et au cinéma, j'ai terminé *Henri le Vert* que j'avais abandonné cet été et j'ai écouté pousser le poil d'hiver de Turbo. Un samedi, j'ai rencontré Judith au marché. Elle ne travaillait plus à la RCW, vivait de ses indemnités de chômage et donnait parfois un coup de main à la librairie des femmes « Xanthippe ». Nous nous sommes promis de nous rencontrer, mais personne n'a fait le premier pas. Avec Eberhard j'ai joué les différentes parties du championnat du monde entre Karpov et Kasparov. Nous étions en train de jouer la dernière partie quand Brigitte a appelé de Rio. La ligne bourdonnait et crépitait, j'ai eu du mal à l'entendre. Je crois qu'elle a dit que je lui manquais. Je ne savais pas par quel bout prendre cette information.

Décembre a commencé par des journées de fœhn inattendues. Le 2 décembre, le tribunal constitutionnel a annoncé l'anticonstitutionnalité de la saisie directe des taux de pollution mise en place par le Bade-Wurtemberg et la Rhénanie-Palatinat.

Le même tribunal a dénoncé l'atteinte aux libertés d'information des entreprises et au droit d'exercer librement une activité commerciale. Mais c'est finalement pour des questions de compétence qu'il a rejeté cette réglementation. Le célèbre éditorialiste de la *Frankfurter Allgemeine Zeitung* a célébré cette décision, présentée comme un jalon dans la jurisprudence : selon lui, la protection des données avait enfin rompu les chaînes de la simple protection des citoyens pour passer au niveau de la protection des entreprises. Il avait fallu attendre cette date, écrivait l'éditorialiste, pour que l'on mesure toute la portée du jugement sur le recensement.

Je me suis demandé ce qu'allait devenir l'activité parallèle de Grinsche, qui lui rapportait tant. La RCW continuerait-elle à lui verser ses honoraires pour qu'il fasse le mort ? Je me suis également demandé si Judith, à Karlsruhe, lirait cette information, et ce qu'elle en penserait. Si ce verdict était tombé six mois plus tôt, il n'y aurait rien eu entre Mixkey et la RCW.

Le même jour j'ai trouvé dans mon courrier une lettre de San Francisco. Vera Müller était originaire de Mannheim, elle avait émigré en 1936 aux USA et avait enseigné la littérature européenne dans différentes écoles de la Californie. Depuis quelques années, elle était à la retraite et lisait par nostalgie le *Mannheimer Morgen.* Elle avait été surprise de ne pas recevoir de réponse à sa première lettre adressée à Mixkey. Elle avait réagi à l'annonce parce que le destin de son amie juive sous le Troisième Reich avait été tristement lié à celui de la RCW. Elle estimait qu'il s'agissait d'un pan de l'histoire récente sur lequel il fallait davantage travailler et publier. Elle était donc prête à me mettre en contact avec madame Hirsch. Toutefois, elle ne voulait pas perturber son amie sans raison et souhaitait donc que je ne prenne contact que si le projet de recherche était scientifiquement solide et promettait de nouvelles découvertes sur le passé allemand. Elle demandait des précisions sur ces deux points. C'était la lettre d'une femme cultivée, écrite dans une belle langue un peu démodée et avec une écriture pointue et sévère. Il m'arrive de voir à Heidelberg quelquefois des touristes américaines plus âgées, les cheveux blancs teintés de bleu, des montures de lunettes roses et un maquillage prononcé sur la peau plissée. Ce courage de se présenter comme une caricature, cette expression d'un désespoir culturel, m'avait toujours interloqué. Mais, en lisant la lettre de Vera Müller, j'ai pu soudain m'imaginer que l'une de ces vieilles dames pouvait être intéressante et fascinante et découvrir dans ce désespoir culturel la sage fatigue de peuples totalement oubliés. Je lui ai écrit que j'essaierais de lui rendre prochainement visite.

J'ai appelé les Assurances de Heidelberg. Je leur ai fait comprendre que, sans ce voyage aux États-Unis, il ne me restait plus qu'à écrire mon rapport final et leur envoyer ma facture. Une heure plus tard, le responsable du service m'a rappelé pour me dire que je pouvais partir.

J'étais donc de nouveau confronté à l'affaire Mixkey. Je n'avais aucune idée de ce que j'allais encore pouvoir trouver. Mais je retrouvais cette piste que j'avais perdue à l'époque. Et le feu vert des Assurances de Heidelberg me permettait de la suivre sans trop me demander pourquoi et dans quel but.

Il était quinze heures. Mon agenda m'a indiqué qu'il était neuf heures à Pittsburgh. J'avais appris par le maître de ballet que les amis de Sergeï travaillaient au Pittsburgh State Ballet. Les renseignements-étranger m'ont donné le numéro. La demoiselle de la poste était en forme. « Vous voulez appeler la petite de *Flashdance* ? » Je ne connaissais pas le film. « Il est bien ce film ? Vous pensez que je devrais aller le voir ? » Elle l'avait vu trois fois. Avec mon mauvais anglais, l'appel à Pittsburgh s'est transformé en séance de torture. J'ai tout de même pu apprendre par la secrétaire du ballet que les deux danseurs seraient à Pittsburgh en décembre.

Je me suis entendu avec mon agence de voyages pour qu'elle m'établisse une facture pour un vol Lufthansa Francfort-Pittsburgh tout en me délivrant un billet bon marché de Bruxelles à San Francisco avec escale à New York et excursion à Pittsburgh. Il ne se passait pas grand-chose au-dessus de l'Atlantique en décembre. J'ai pu avoir un vol pour le jeudi matin.

Vers le soir j'ai appelé Vera Müller à San Francisco. Je lui ai dit que je venais de lui écrire mais que l'occasion d'un séjour aux USA s'était soudain présentée et que je serais à San Francisco pour le week-end. Elle m'a dit qu'elle annoncerait ma venue à madame Hirsch, qu'elle-même serait absente et qu'elle se réjouirait de me voir lundi. J'ai noté l'adresse de madame Hirsch : 410 Connecticut Street, Potrero Hill.

2

Il y a eu un bruit, et l'image était là

J'avais dans la tête des images de vieux films sur l'entrée des bateaux à New York, passant devant la statue de la Liberté, devant les gratte-ciel, et je m'étais imaginé que je verrais la même chose, à défaut d'un pont de navire, par le petit hublot sur ma gauche. Mais l'aéroport est loin de la ville, il était froid et sale, et j'ai été heureux quand je me suis retrouvé dans l'avion pour San Francisco. Les rangées de sièges étaient si rapprochées qu'on ne pouvait y tenir qu'en inclinant le siège le plus possible en arrière. Pendant le repas, il a fallu le redresser. À croire que la compagnie aérienne servait son repas dans un seul but : offrir à ses passagers le plaisir de le rabaisser ensuite.

Je suis arrivé vers minuit. Un taxi m'a conduit à la ville et à mon hôtel en empruntant une autoroute à huit voies. La tempête que l'avion avait traversée m'avait donné la nausée. Le garçon d'hôtel qui portait ma valise a allumé le téléviseur, il y a eu un bruit, et l'image était là. Un homme parlait avec une insistance obscène. Plus tard j'ai compris que c'était un prédicateur.

Le lendemain matin, le portier m'a appelé un taxi. Je

suis sorti dans la rue. La fenêtre de ma chambre donnait sur le mur d'un immeuble voisin et le matin, dans ma chambre, avait été gris et silencieux. À présent, les couleurs et les bruits de la ville explosaient autour de moi, sous un ciel bleu totalement dégagé. La traversée de la ville par les collines, les rues qui montaient toutes droites avant de se jeter vers le bas, le cognement et le grincement des amortisseurs fatigués du taxi quand nous coupions une rue, la vue sur les gratte-ciel, les ponts et une grande baie, tout cela me plongea dans une sorte d'ivresse.

La maison était située dans une rue calme. Elle était en bois, comme toutes les autres maisons du voisinage. Un escalier conduisait à l'entrée. Je suis monté et j'ai sonné. Un vieillard m'a ouvert.

« Mister Hirsch ?

— Mon mari est mort depuis six ans. Tu n'as pas à t'excuser, on me prend souvent pour un homme et j'y suis habituée. C'est toi, l'Allemand dont Vera m'a parlé, n'est-ce pas ? »

Peut-être était-ce le trouble ou le vol ou le trajet en taxi : en tout cas, j'ai certainement perdu connaissance et je ne suis revenu à moi qu'au moment où la vieille femme m'a envoyé un verre d'eau à la figure.

« Tu as eu de la chance de ne pas dévaler l'escalier. Si tu peux, viens dans ma maison, je te donne un whisky. »

Il m'a brûlé les tripes. La pièce sentait le renfermé, l'âge, le vieux corps et la vieille cuisine. Chez mes grands-parents cela sentait pareil, me suis-je dit soudain, et, tout aussi soudainement, la peur de vieillir que je refoule toujours s'est emparée de moi.

La femme s'était assise en face de moi et me scrutait. La lumière du soleil découpée par les stores dessinait des bandes sur son buste. Elle était complètement chauve. « Tu veux parler avec moi de Karl Weinstein, mon mari. Vera dit que c'est important de raconter ce qui s'est passé. Mais ce n'est pas une bonne histoire. Mon mari a essayé de l'oublier. »

Je n'ai pas compris tout de suite qui était Karl Weinstein. Mais lorsqu'elle s'est mise à raconter, je me suis souvenu. Elle ne savait pas qu'elle ne me racontait pas seulement son histoire : elle touchait également à la mienne.

Elle racontait d'une voix étrangement monocorde. Jusqu'en 1933, Weinstein avait été professeur de chimie organique à Breslau. En 1941, lorsqu'il a été interné, son ancien assistant, Tyberg, l'a réclamé pour les laboratoires de la RCW et sa demande a été acceptée. Weinstein était même plutôt content de pouvoir retravailler dans son domaine et d'avoir affaire à quelqu'un qui estimait en lui le scientifique, lui donnait du « Monsieur le Professeur » et lui disait poliment au revoir à la fin de la journée avant qu'il ne regagne les baraquements du camp avec les autres travailleurs de l'entreprise. « Mon mari ne se défendait pas très bien dans la vie ; il n'était pas très courageux non plus. Il n'avait aucune idée, ou ne voulait pas en avoir, de ce qui lui arrivait et de ce qui l'attendait.

— Avez-vous connu cette période à la RCW ?

— J'ai rencontré Karl quand on nous a transportés à Auschwitz, en 1941. Et puis je ne l'ai revu qu'après la guerre. Je suis flamande, tu sais, et j'ai d'abord pu me cacher à Bruxelles avant qu'on m'arrête. J'étais une belle femme. On a fait des expériences médicales avec mon cuir chevelu.

Je pense que c'est ce qui m'a sauvé la vie. Mais, en 1945, j'étais vieille et chauve. J'avais vingt-trois ans. »

Un jour, ils sont venus chez Weinstein, une personne de l'entreprise et une de la SS. Ils lui ont dit ce qu'il devait déclarer devant la police, le procureur et le juge. Il s'agissait de sabotage, d'un manuscrit qu'il avait trouvé dans le bureau de Tyberg, d'une conversation entre Tyberg et un collaborateur qu'il aurait entendue.

Je revis Karl Weinstein arriver dans mon bureau, dans sa tenue de prisonnier, pour faire sa déposition.

« D'abord, il n'a pas voulu. Tout était faux et Tyberg n'avait pas été mauvais avec lui. Mais ils lui ont montré qu'ils allaient l'écraser. Ils ne lui ont même pas promis la vie en échange : ils lui ont juste dit qu'il allait pouvoir survivre encore un peu. Tu peux t'imaginer une chose pareille ? Puis mon mari a été déplacé et, dans l'autre camp, on l'a tout simplement oublié. Nous étions convenus d'un point de rendez-vous, si jamais tout cela s'arrêtait un jour. Ce serait à Bruxelles, sur la Grand'Place. Je ne suis venue que par hasard, au printemps 1946, je ne pensais plus du tout à lui. Il m'y attendait depuis l'été 1945. Il m'a reconnue tout de suite, bien que je sois devenue une vieille femme chauve. Qui peut résister à ça ? » Elle a ri.

Je n'ai pas réussi à lui dire que Weinstein avait fait sa déposition devant moi. Je n'ai pas non plus pu lui dire pourquoi c'était tellement important à mes yeux. Mais je devais le savoir. Je lui ai donc demandé : « Êtes-vous sûre que votre mari a fait une fausse déposition ?

— Je ne comprends pas, je vous ai raconté ce qu'il m'a dit. » Elle est devenue distante. « Partez, a-t-elle dit, partez. »

3

Do not disturb

J'ai descendu la colline, je suis arrivé aux docks et aux hangars de la baie. Nulle part je n'ai vu de taxis, de bus ou une bouche de métro. Je ne savais même pas s'il existait un métro à San Francisco. J'ai pris la direction des grands immeubles. La rue ne portait pas de nom, juste un numéro. Une grosse Cadillac noire roulait très lentement devant moi. Elle s'arrêtait tous les dix mètres, un Noir en costume de soie rose en descendait, écrasait une boîte de bière ou de Coca et la faisait disparaître dans un grand sac en plastique bleu. À une centaine de mètres devant moi, j'ai vu un magasin. En m'approchant, je me suis rendu compte qu'il était barricadé comme une forteresse. J'y suis entré pour acheter un sandwich et un paquet de Sweet Afton. La marchandise se trouvait derrière des grilles, la caisse me rappelait un guichet de banque. Je n'ai pas eu de sandwich et personne ne savait ce qu'était Sweet Afton, je me sentais coupable alors que je n'avais rien fait. Au moment de quitter le magasin avec une cartouche de Chesterfield sous le bras, un train de marchandises est passé devant moi au milieu de la route.

Sur le môle j'ai trouvé un loueur de voitures. J'ai choisi une Chevrolet. La banquette avant sans séparation m'avait tapé dans l'œil. Elle me rappelait le Horch sur la banquette avant duquel la femme de mon professeur de latin m'avait initié à l'amour. Avec la voiture, on m'a donné un plan de la ville où figurait le 49 Mile Drive. Je l'ai suivi sans peine grâce aux nombreuses signalisations. Près des falaises, j'ai trouvé un restaurant. Il m'a fallu faire la queue à l'entrée ; puis on m'a donné une table près de la fenêtre.

La brume se levait au-dessus du Pacifique. Le spectacle m'a accaparé comme si, derrière cette brume qui lentement se déchirait, pouvait surgir à tout moment la côte du Japon. J'ai mangé un steak de thon, une pomme de terre cuite dans l'aluminium et une salade verte. La bière s'appelait Anchor Steam et avait presque le goût de la bière fumée du Schlenkerla à Bamberg. La serveuse était attentive et ne cessait de remplir ma tasse de café sans que je lui fasse signe ; elle m'a demandé si tout allait bien et d'où je venais. Elle aussi connaissait l'Allemagne ; elle avait un jour rendu visite à son ami à Baumholder.

Après le repas, je suis allé me dégourdir les jambes. En grimpant un peu dans les rochers, j'ai vu soudain, plus beau que dans mes souvenirs de films, le Golden Gate Bridge. J'ai enlevé mon imperméable, l'ai plié et posé sur une pierre pour m'asseoir dessus. La côte était en à-pic ; en bas croisaient des voiliers de toutes les couleurs, un long-courrier traçait calmement son sillage.

J'avais prévu de vivre en paix avec mon passé. La culpabilité, l'expiation, l'enthousiasme et l'aveuglement, la fierté et la colère, la morale et la résignation – j'avais réussi à trouver entre tout cela un équilibre relevant du grand art. Le passé était devenu abstrait. À présent, la réalité m'avait rattrapé et menaçait cet équilibre. Bien sûr, je m'étais fait manipuler en tant que procureur, je l'ai su après la défaite. On peut se demander s'il existe une bonne et une mauvaise manipulation. Mais pour moi, il était important de savoir si j'avais commis des fautes au service d'une mauvaise cause que l'on avait prétendue grande, ou si on m'avait utilisé comme un pion stupide, ou même comme un cavalier, sur l'échiquier d'une petite intrigue minable que je ne comprenais pas encore.

Que pouvais-je conclure de ce que madame Hirsch m'avait raconté ? Tyberg et Dohmke, contre lesquels j'avais enquêté à l'époque, n'avaient été condamnés que sur la base du faux témoignage de Weinstein. Quelle que fût l'échelle appliquée, même celle du national-socialisme, le jugement avait été une erreur, et mes investigations de fausses investigations. Je m'étais laissé prendre dans un complot dont Tyberg et Dohmke devaient forcément être les victimes. Dans le bureau de Tyberg, on avait trouvé des documents cachés, traces d'un projet militaire stratégique et prometteur que Tyberg et ses collaborateurs avaient d'abord fait avancer puis, manifestement, interrompu. Les accusés n'avaient cessé de souligner devant moi et devant le tribunal qu'il leur aurait été impossible de mener à bien en même temps deux recherches qui avaient de grandes chances d'aboutir. Ils n'avaient abandonné l'un que pour le reprendre ensuite. Le tout avait été tenu parfaitement secret et leur découverte avait été si excitante qu'ils avaient veillé sur ce projet avec la jalousie propre au scientifique. Ces arguments auraient peut-être pu suffire pour être relaxés, mais Weinstein jurait avoir entendu pendant une conversation entre Dohmke et Tyberg que les deux hommes étaient prêts à cacher la découverte pour provoquer la fin de la guerre, fût-ce au prix de la défaite allemande. Et j'apprenais à présent que cette conversation n'avait jamais eu lieu.

Cette histoire de sabotage avait provoqué une profonde indignation. Le second chef d'accusation, le « crime racial », ne m'avait déjà pas convaincu à cette époque ; mon enquête ne m'avait pas permis d'établir que Tyberg avait eu une relation avec une Juive du service de travail obligatoire. C'est pour ce second chef d'accusation aussi qu'il avait été condamné à mort. J'ai cherché qui, à la SS et au ministère de l'Économie, avait pu mettre ce complot sur pied.

Le trafic sur le Golden Gate Bridge était incessant. Où allaient tous ces gens ? J'ai pris la bretelle d'accès pour garer ma voiture sous le monument dressé en mémoire du constructeur et je suis allé à pied jusqu'au milieu du pont. J'étais le seul piéton. J'ai regardé sous moi le Pacifique qui brillait d'un éclat métallique. Derrière moi passaient les limousines avec une régularité mécanique. Un vent froid faisait siffler les câbles. J'étais glacé.

J'ai eu du mal à retrouver mon hôtel. Très vite, la nuit est tombée. J'ai demandé au portier où je pourrais trouver une bouteille de sambuca. Il m'a envoyé dans un Liquor Store deux rues plus loin. J'ai passé les rayons en revue, mais en vain. Le gérant du magasin n'avait pas de sambuca et en était navré ; en revanche, il avait quelque chose d'approchant : je n'avais qu'à essayer le Southern Comfort. Il a enveloppé la bouteille dans du papier kraft qu'il a un peu entortillé en haut. Sur le chemin de l'hôtel, je me suis acheté un hamburger. Avec mon trench-coat, le papier kraft dans une main et le hamburger dans l'autre, je me sentais comme un troisième rôle dans un film policier américain de série B.

Une fois à l'hôtel, je me suis mis sur le lit après avoir allumé le téléviseur. Mon verre à dents était enveloppé dans un sac de cellophane propre, je l'ai retiré pour me servir à boire. Le Southern Comfort n'a strictement rien à voir avec la sambuca. Mais il était quand même agréable et descendait très facilement. Le match de foot à la télévision n'avait, lui non plus, strictement rien à voir avec notre football. Mais j'ai compris le principe et j'ai suivi le jeu avec un intérêt croissant.

Au bout d'un certain temps, je me suis mis à applaudir quand mon équipe avait réussi à faire avancer le ballon d'un bon bout de terrain. Puis je me suis amusé en regardant les spots publicitaires qui interrompaient le match. J'ai dû finir par hurler quand mon équipe a gagné, parce que quelqu'un a frappé contre le mur. J'ai essayé de me lever et de taper à mon tour sur la cloison, mais le lit basculait à chaque fois vers le haut, du côté où je voulais sortir. Ça n'était pas si important, après tout. L'essentiel était que je parvienne encore à me servir à boire. J'ai laissé la dernière gorgée dans la bouteille. Pour le vol retour.

Au milieu de la nuit, je me suis réveillé. Ce coup-ci, j'avais l'impression d'être ivre. J'étais dans mon lit, entièrement habillé, le téléviseur crachait des images. Lorsque je l'ai éteint, ma tête a implosé. J'ai réussi à enlever ma veste avant de me rendormir.

Au réveil, pendant un bref instant, je n'ai plus su où

j'étais. Ma chambre était propre et rangée, le cendrier vide et le verre à dents avait retrouvé sa cellophane. Ma montre-bracelet marquait trois heures et demie. Je suis resté longtemps aux toilettes à me tenir la tête. J'ai évité de me regarder dans la glace au moment de me laver les mains. J'ai trouvé une boîte de Nifluril dans ma trousse de toilette. Au bout de vingt minutes, les maux de tête étaient passés. Mais à chaque mouvement, le liquide cérébral tapait contre la boîte crânienne et mon ventre criait famine, tout en me signifiant qu'il ne garderait pas longtemps la nourriture. Chez moi, je me serais fait une infusion à la camomille, mais je ne savais pas comment on disait camomille, ni comment me faire chauffer de l'eau.

J'ai pris une douche, d'abord chaude, puis froide. Dans le tea room de mon hôtel, je me suis fait servir du thé et des toasts. J'ai marché un peu à l'extérieur. Le chemin m'a ramené au Liquor Store. Il était encore ouvert. Je ne lui en voulais pas pour le Southern Comfort, je ne suis pas rancunier. Pour qu'il le comprenne, je lui ai acheté une autre bouteille. Le gérant m'a dit : *« Better than any of your sambuca, hey? »* Je ne pouvais rien dire contre cela.

Cette fois-ci, je comptais me saouler avec méthode. Je me suis déshabillé, j'ai mis la pancarte *« Do not disturb »* et j'ai posé mon costume sur le valet. Mon tricot de peau plus très frais a disparu dans le sac en plastique prévu à cet effet. Je l'ai laissé dans le couloir. À côté du sac, j'ai mis mes chaussures en espérant que je retrouverais tout le lendemain matin dans un état approprié. J'ai fermé la porte de l'intérieur, tiré les rideaux, allumé le téléviseur, mis mon pyjama, me suis versé un premier verre, j'ai posé la bouteille et le cendrier à portée de main sur la table de nuit, à côté d'eux les cigarettes et la pochette d'allumettes et je me suis couché. À la télé il y avait *Red River*. J'ai remonté la couverture jusque sous mon menton, j'ai regardé, fumé et bu.

Au bout d'un certain temps, les images de la salle d'audience où je faisais mes apparitions ont disparu, comme celles des exécutions auxquelles j'avais dû assister, les uniformes verts et gris et noirs et ma femme en tenue de la jeunesse hitlérienne. Je n'entendais plus le bruit des bottes dans les longs couloirs, plus de discours du Führer à la radio, plus de sirènes. John Wayne buvait du whisky, je buvais du Southern Comfort et lorsque Wayne est parti nettoyer le secteur, j'étais à ses côtés.

Le lendemain midi, le retour du monde de l'ivresse était déjà devenu un rituel. Mais je savais aussi que ma beuverie était arrivée à son terme. Je suis parti en voiture au Golden Gate Park pour courir pendant deux heures. Le soir j'ai trouvé « Perry's », un Italien chez qui je me suis senti presque aussi bien qu'au « Kleiner Rosengarten ». J'ai dormi profondément, sans rêver. Le lundi, j'ai découvert le petit déjeuner américain. À neuf heures, j'ai appelé Vera Müller. Elle m'attendait pour le lunch.

À midi et demi, j'étais devant sa maison au Telegraph Hill, un bouquet de roses jaunes dans les bras. Elle n'était pas la caricature aux cheveux bleutés que je m'étais imaginée. Elle avait à peu près mon âge et je pouvais m'estimer satisfait si, en tant qu'homme, j'avais vieilli comme elle en tant que femme. Elle était grande, élancée, osseuse, ses cheveux gris étaient relevés, elle portait une chemise russe par-dessus ses jeans, ses lunettes pendaient au bout d'une chaînette, une expression moqueuse entourait ses yeux gris et sa bouche mince. Elle portait deux alliances à la main gauche.

« Oui, je suis veuve. » Elle avait remarqué mon regard. « Mon mari est décédé il y a trois ans. Vous lui ressemblez. » Elle m'a conduit au salon par la fenêtre duquel on voyait Alcatraz, l'île-prison. « Voulez-vous un pastis comme apéritif ? Servez-vous, je vais mettre la pizza au four. »

Lorsqu'elle est revenue, je nous avais servi deux verres. « Je dois vous avouer quelque chose. Je ne suis pas historien à Hambourg, mais détective privé à Mannheim. L'homme qui a fait paraître l'annonce à laquelle vous avez répondu n'est pas davantage un historien hambourgeois, il a été assassiné et j'essaie de savoir pourquoi.

— Savez-vous déjà par qui ?

— Oui et non. » Je lui ai raconté l'histoire.

« Avez-vous mentionné devant madame Hirsch votre implication dans l'affaire Tyberg ?

— Non, je n'ai pas osé.

— Vous me rappelez vraiment mon mari. Il était journaliste, un reporter célèbre, un type démentiel, mais il avait peur lors de tous ses reportages. C'est d'ailleurs bien de ne pas lui avoir dit. Cela lui aurait fait un trop gros choc, entre autres à cause de ses relations avec Karl. Saviez-vous qu'il a refait une grande carrière à Stanford ? Sarah ne s'est jamais faite à ce monde. Elle est restée avec lui parce qu'elle pensait qu'elle le lui devait, lui qui l'avait attendue si longtemps. Et, en même temps, il n'a vécu avec elle que par loyauté. Ils ne se sont jamais mariés. »

Elle m'a conduit sur le balcon de la cuisine avant d'aller chercher la pizza. « Ce qui me plaît, avec l'âge, c'est que les principes commencent à avoir des trous. Jamais je n'aurais imaginé qu'un jour je puisse déjeuner avec un ancien procureur nazi sans m'étouffer avec ma part de pizza. Êtes-vous toujours nazi ? »

Pour le coup, c'est à moi que la pizza est restée en travers de la gorge.

« D'accord, ça va. Vous n'en avez pas l'air. Avez-vous parfois des problèmes avec votre passé ?

— Au moins pour deux bouteilles de Southern Comfort. » Je lui ai raconté mon week-end.

À six heures nous étions toujours ensemble. Elle a parlé de ses débuts aux États-Unis. Lors des Jeux olympiques de Berlin, elle avait fait la connaissance de son mari et était partie avec lui à Los Angeles. « Savez-vous ce qui m'a été le plus pénible ? Aller au sauna en maillot de bain. »

Puis elle a dû partir pour prendre son service de nuit au SOS-Amitié local. Je suis retourné chez « Perry's » et je suis rentré à l'hôtel avec un pack de six bières. Le lendemain matin, en prenant mon petit déjeuner, j'ai écrit une carte postale à Vera Müller. J'ai ensuite payé ma note et suis parti pour l'aéroport. Le soir, j'étais à Pittsburgh. Le sol était couvert de neige.

4

Rien de bon chez Sergeï

Les taxis qui m'ont conduit le soir à l'hôtel et le lendemain matin au ballet étaient tout aussi jaunes que ceux de San Francisco. Il était neuf heures, la compagnie répétait déjà, à dix heures ils ont fait une pause et je me suis frayé un chemin à coups de questions jusqu'aux deux danseurs de Mannheim. En collants et en tricot, l'homme et la femme étaient appuyés contre le radiateur, un yaourt à la main.

Lorsque je leur ai exposé la raison de ma venue, ils ont eu du mal à comprendre pourquoi j'avais fait tout ce chemin pour eux.

« Tu étais au courant, pour Sergeï? a demandé Hanne à Joschka. Ça m'en fiche un coup. »

Joschka était choqué, lui aussi. « Si nous pouvons aider Sergeï d'une façon ou d'une autre… Je vais en toucher un mot au boss. En fait, cela devrait suffire si nous revenons pour onze heures. Allons à la cantine, on sera mieux pour parler. »

La cantine était vide. À travers la fenêtre, j'ai vu un parc aux arbres dénudés. Des mères promenaient leurs enfants, des Esquimaux en combinaison ouatée qui faisaient les fous dans la neige. « Alors, pour moi, il est très important de dire ce que je sais de Sergeï. Je trouverais cela horrible qu'on se mette… à penser des faux… Sergeï, il est tellement sensible. Il est aussi très vulnérable, ce n'est pas un macho. Vous savez, rien que pour ça, ce n'est pas possible qu'il l'ait fait lui-même, il a toujours eu très peur de se blesser. »

Joschka en était moins sûr. Il touillait son café d'un air pensif dans le godet de polystyrène, avec un bâtonnet de plastique. « Monsieur Selb, moi non plus je ne crois pas que Sergeï se soit automutilé. Je n'arrive pas à imaginer que quelqu'un se fasse ça. Mais si quelqu'un… Vous savez, Sergeï a toujours eu des idées un peu…

— Comment peux-tu dire une chose aussi méchante, l'a interrompu Hanne. Je croyais que tu étais son ami. Eh bien, je dois dire que ça me déçoit, vraiment. »

Joschka a posé sa main sur son bras. « Mais Hanne, tu ne te rappelles pas ce soir où nous avons accueilli l'ensemble du Ghana ? Il a raconté comment il s'est coupé le doigt exprès, pendant qu'il épluchait les pommes de terre, chez les scouts, pour ne pas être de corvée de vaisselle. Nous avons tous ri de cette histoire, et toi aussi.

— Mais tu n'as rien compris. Il a fait semblant de s'être coupé, et il s'est fait un gros bandage. Évidemment, si tu transformes la vérité… Vraiment, Joschka, vraiment… »

Joschka n'avait pas l'air convaincu, mais il n'avait pas envie de se disputer avec Hanne. Je les ai questionnés sur l'état d'esprit et l'humeur de Sergeï durant les derniers mois avant l'arrêt des représentations.

« Exactement, a dit Hanne, ça aussi, ça ne colle pas avec votre drôle de soupçon. Il croyait tellement en lui, il voulait même ajouter encore le flamenco à son répertoire et a fait des démarches afin d'obtenir une bourse pour Madrid.

— Mais Hanne, justement, cette bourse, il ne l'a pas eue.

— Mais tu ne comprends donc pas qu'en déposant sa candidature il montrait sa force. Et cet été-là, tout allait bien aussi dans sa relation avec son prof de lettres. Vous savez, Sergeï, il n'est pas homosexuel, mais il peut aussi aimer les hommes. Je trouve ça fantastique chez lui. Et pas des trucs rapides, seulement sexuels, mais vraiment profonds. On ne peut pas s'empêcher de l'aimer. Il est si…

— Doux ? ai-je proposé.

— C'est ça, doux. Est-ce que vous le connaissez vraiment, monsieur Selb ?

— Ah, dites-moi encore, qui est ce professeur de lettres que vous avez mentionné ?

— Il était vraiment prof de lettres, pas de droit ? Joschka a froncé les sourcils.

— Mais non, à t'écouter il n'y a vraiment rien de bon chez Sergeï. Il était prof de lettres, craquant. Mais le nom… Je ne sais pas si je dois vous le dire.

— Hanne, ils n'en faisaient pas mystère, sinon ils ne se seraient pas promenés en ville main dans la main. Il s'appelle Fritz Kirchenberg, de Heidelberg. Ce serait peut-être bien que vous lui parliez. »

Je les ai questionnés sur ce qu'ils pensaient des qualités de danseur de Sergeï. Hanne a répondu en premier.

« Mais il ne s'agit pas de ça. Ce n'est pas parce qu'on

n'est pas bon danseur qu'il faut se couper la jambe. Je refuse d'en parler. Et je continue à penser que vous vous trompez.

— Mon opinion n'est nullement arrêtée, madame Fischer. Et j'aimerais attirer votre attention sur le fait que monsieur Mencke ne s'est pas coupé, mais cassé la jambe.

— Je ne sais pas ce que vous savez du ballet, monsieur Selb, a dit Joschka. Finalement c'est chez nous comme partout ailleurs. Il y a les stars et ceux qui le deviendront, il y a la bonne moyenne, ceux qui ont fait leur deuil des rêves de gloire mais qui n'ont pas d'angoisses devant l'existence. Et puis il y a ceux qui vivent dans l'angoisse d'obtenir ou non le prochain contrat, ceux qui sont sûrs de devoir trouver un autre job dès qu'ils seront un peu plus vieux. Sergeï fait partie de ce troisième groupe. »

Hanne ne l'a pas contredit. À l'expression butée de son visage, on comprenait que notre conversation lui avait paru totalement déplacée. « Je croyais que vous vouliez mieux comprendre l'homme qu'est Sergeï. Pourquoi les mecs ne connaissent-ils rien d'autre que leur carrière ?

— Comment monsieur Mencke s'est-il imaginé son avenir ?

— Il a toujours pris des cours, parallèlement, pour pouvoir un jour ouvrir une école de danse, une école très traditionnelle, pour les quinze-seize ans ; c'est ce qu'il m'a dit un jour.

— Ce qui prouve une fois de plus qu'il n'a pas pu faire ça. Réfléchis, Joschka. Comment veux-tu qu'il devienne prof de danse sans jambe ?

— Étiez-vous au courant de ces cours de danse, madame Fischer ?

— Sergeï caressait beaucoup de projets. Il est très créateur et il a une fantaisie débordante. II pouvait tout aussi bien s'imaginer changer complètement d'activité, élever des moutons en Provence ou quelque chose de ce genre. »

Ils ont dû retourner à leur répétition. Ils m'ont donné leurs numéros de téléphone au cas où j'aurais d'autres questions, m'ont demandé si j'avais prévu quelque chose ce soir et m'ont promis de laisser à mon intention une entrée gratuite à la caisse. Je les ai regardés partir. La démarche de Joschka était concentrée et souple, celle de Hanne légère, comme si elle planait. Elle avait dit beaucoup de bêtises, c'est vain mais sa démarche était convaincante et j'aurais bien aimé la regarder le soir au ballet. Mais il faisait bien trop froid à Pittsburgh. Je me suis fait conduire à l'aéroport, afin de prendre l'avion pour New York et le même soir un avion pour Francfort. Je crois que je suis trop vieux pour les États-Unis.

5

Quels raviolis graisse-t-il donc ?

En prenant le brunch au Café Gmeiner, j'ai fait mon planning pour la semaine. Dehors, la neige tombait en flocons serrés. Il me fallait dénicher le chef scout qui avait dirigé le groupe de Mencke et parler au professeur Kirchenberg. Puis je voulais m'entretenir avec le juge qui avait condamné à mort Tyberg et Dohmke. Je devais savoir si le verdict avait été prononcé sur instruction des autorités.

Après la guerre, le juge Beufer est devenu président de la cour d'appel de Karlsruhe ; à la poste principale j'ai trouvé son nom dans l'annuaire. Sa voix était étonnamment jeune et il se souvenait de mon nom. « Le Selb ! a-t-il dit avec son accent souabe. Qu'est-ce qu'il est devenu ? » Il était disposé à me recevoir dans l'après-midi pour un entretien.

Il habitait à Durlach, dans une maison plantée sur un coteau, avec vue sur la ville. J'ai vu le grand gazomètre qui salue le voyageur avec son enseigne « Karlsruhe ». Le juge Beufer m'a ouvert en personne. Il se tenait droit comme un soldat, portait un costume gris, une chemise blanche avec cravate rouge et une épingle en argent. Le col de chemise était devenu un peu trop large pour le vieux cou plissé. Beufer était chauve, tout dans son visage tirait vers le bas, poches sous les yeux, joues, menton. Au parquet, ses oreilles décollées étaient une source de plaisanteries incessantes. Elles étaient plus impressionnantes que jamais. Il avait l'air malade. Il devait avoir bien plus de quatre-vingts ans.

« Il est donc devenu détective privé. Il n'a pas honte ? Il était pourtant un bon juriste, un procureur incisif. Je m'attendais à le revoir parmi nous après que le pire fut passé. »

Nous nous étions installés dans son bureau et buvions du sherry. Il lisait toujours la *Neue Juristische Wochenschrift.*

« Le Selb ne vient tout de même pas seulement pour faire une visite à son vieux juge. » Ses petits yeux de cochon brillaient d'un éclat espiègle.

« Vous souvenez-vous de l'affaire pénale Tyberg et Dohmke ? Fin 1943, début 1944 ? C'est moi qui étais chargé de l'enquête, Södelknecht s'est occupé de l'accusation et vous présidiez.

— Tyberg et Dohmke… » Il a répété les noms plusieurs fois. « Mais oui, ils ont été condamnés à mort, et Dohmke a été exécuté, Tyberg a échappé à l'exécution. Il a fait une belle carrière, cet homme. C'était un homme du monde… c'était… à moins qu'il ne vive toujours ? Je l'ai rencontré un jour lors d'une réception au château de Solitude, nous avons plaisanté à propos du passé. Il a compris qu'à l'époque nous avons tous été forcés de faire notre devoir.

— Voilà ce que j'aimerais savoir : le tribunal a-t-il reçu des signaux sur l'issue de la procédure, ou bien était-ce un procès tout à fait ordinaire ?

— Pourquoi s'intéresse-t-il à cela ? Quels raviolis graisse-t-il donc, le Selb ? »

Il fallait s'attendre à cette question. Je lui ai parlé d'un contact fortuit avec madame Müller et de ma rencontre avec madame Hirsch. « Je voudrais tout simplement savoir ce qui s'est passé et quel rôle j'ai joué là-dedans.

— Ce que la femme vous a raconté ne suffira jamais à faire rouvrir le dossier. Si Weinstein vivait encore, peut-être… mais autrement… Et même ainsi, je ne crois pas. Chacun a sa conviction, et plus je me souviens plus je suis sûr, de nouveau, que le verdict était le bon.

— Et y a-t-il eu des signaux des autorités ? Ne me comprenez pas mal, monsieur Beufer. Nous savons tous les deux qu'un juge allemand était capable de préserver son indépendance, même dans des conditions exceptionnelles. Malgré cela, des personnes ayant partie prenante dans les affaires ont constamment cherché à peser sur les décisions et j'aimerais savoir si, dans cette affaire, quelqu'un a voulu faire pression.

— Ah, Selb, pourquoi ne laisse-t-il pas ces vieilles choses reposer en paix ? Mais s'il en a besoin pour la paix de son âme… Weismüller m'a appelé plusieurs fois à l'époque, l'ancien directeur général. Il tenait à ce que l'affaire s'achève et qu'on ne parle plus de la RCW. C'est peut-être pour cette simple raison que la condamnation de Tyberg et de Dohmke l'a arrangé. Il n'y a rien de mieux pour en finir avec une affaire que de prononcer une condamnation à mort. Savoir si Weismüller avait d'autres raisons de souhaiter la condamnation… Aucune idée, personnellement je ne crois pas.

— C'était tout ?

— Weismüller a sans doute encore eu affaire à Södelknecht. L'avocat de Tyberg a fait venir quelqu'un de la RCW comme témoin à décharge ; dans le box, il a parlé comme si sa propre vie était en jeu. Weismüller est intervenu en sa faveur. Cet homme-là aussi est allé loin… Oui, Korten, c'est son nom, c'est l'actuel directeur général. Voilà que tous les directeurs généraux sont réunis. » Il a ri.

Comment avais-je pu oublier ? À l'époque, j'avais été heureux de ne pas avoir à citer mon ami et beau-frère dans cette procédure ; mais la défense l'avait finalement appelé à la barre. Je m'étais félicité de ne pas l'avoir fait, parce que Korten et Tyberg avaient collaboré si étroitement que la participation de Korten au procès pouvait faire rejaillir les soupçons sur lui, ou, en tout cas, nuire à sa carrière. « Savait-on, à l'époque, que Korten et moi étions beaux-frères ?

— Mon Dieu. Je ne l'aurais jamais cru. Dans ce cas, vous avez mal conseillé votre beau-frère. Il s'est tellement engagé en faveur de Tyberg qu'il s'en est fallu de peu pour que Södelknecht ne l'arrête au milieu du procès. Très belle attitude, trop belle attitude, cela n'a pas aidé Tyberg. Ça donne une mauvaise impression, lorsqu'un témoin de la défense ne peut rien dire sur les faits et passe son temps à répandre d'aimables lieux communs sur l'accusé. »

Je n'avais plus d'autres questions à poser à Beufer. J'ai bu le second sherry qu'il m'avait servi en parlant de collègues que nous connaissions tous les deux. Puis j'ai pris congé.

« Le Selb, voilà qu'il repart flairer. Mais elle ne le lâche pas, la justice, hein ? Qu'il revienne voir le vieux Beufer ! Cela me ferait plaisir. »

Dix centimètres de neige fraîche recouvraient ma voiture. Je l'ai essuyée. Avec beaucoup de chance, j'ai réussi à descendre la colline pour regagner la route nationale. Sur l'autoroute, j'ai suivi le chasse-neige vers le nord. La nuit était tombée. À la radio, entre deux tubes des années soixante, on annonçait des bouchons.

6

Pommes de terre, chou blanc et boudin noir

Les chutes de neige m'ont fait rater la sortie de Mannheim à l'échangeur de Walldorf. Ensuite, le chasse-neige a roulé sur un parking, et je me suis retrouvé perdu. J'ai tout juste réussi à rejoindre l'aire de service de Hardtwald.

Au snack, j'ai attendu avec un café que la tempête de neige cesse. J'ai regardé la danse des flocons. Soudain, les images du passé se sont animées.

C'était un soir d'août ou de septembre 1943. Klara et moi avions dû libérer notre appartement de la rue Werder et nous venions d'emménager dans la rue de la Gare. Korten était venu dîner chez nous. Il y avait des pommes de terre, du chou blanc et du boudin noir. Korten a trouvé l'appartement formidable et a fait des compliments à Klara pour le dîner. Cela m'a agacé : il savait parfaitement que ma douce Klara ne savait pas faire la cuisine et il n'avait pas pu ne pas remarquer que les pommes de terre étaient trop salées et le chou brûlé. Puis Klara nous a laissés pendant une heure fumer notre cigare entre hommes, au salon.

Je venais de recevoir le dossier Tyberg et Dohmke. Les résultats de l'enquête de la police ne m'avaient pas convaincu.

Tyberg était de bonne famille, il avait été volontaire pour partir sur le front et avait dû rester à la RCW contre sa volonté en raison de ses recherches à portée stratégique. J'avais du mal à voir en lui un saboteur.

« Toi qui connais Tyberg, que penses-tu de lui ?

— Un homme irréprochable. Nous sommes tous horrifiés que lui et Dohmke, personne ne sait pourquoi, aient été arrêtés sur leur lieu de travail. Membre de l'équipe allemande de hockey 1936, détenteur de la médaille Demel, chimiste talentueux, collègue apprécié et supérieur vénéré – je n'arrive vraiment pas à comprendre ce que vous vous êtes mis en tête, à la police et au parquet. »

Je lui ai expliqué qu'une arrestation n'était pas une condamnation et que personne ne serait condamné devant un tribunal allemand s'il n'y avait pas de preuves. C'était un vieux débat entre nous, depuis le temps de nos études. À l'époque, Korten avait trouvé chez un bouquiniste un livre sur les erreurs judiciaires célèbres et nous avions discuté pendant des nuits entières pour savoir si la justice des hommes pouvait empêcher de telles erreurs. C'était mon point de vue ; Korten, lui, avait estimé qu'il fallait vivre avec les erreurs judiciaires.

Je me suis souvenu aussi d'un soir d'hiver, quand nous faisions nos études à Berlin. Klara et moi avions fait de la luge sur le Kreuzberg avant d'aller dîner dans la maison Korten. Klara avait dix-sept ans, j'avais vu mille fois en elle la petite sœur de Ferdinand sans faire attention à elle, et si je l'avais accompagnée pour faire de la luge, c'était seulement parce que la petite m'avait imploré à genoux. En réalité, c'est Pauline que j'espérais rencontrer : l'aider à se relever après une chute ou la défendre contre les mauvais garçons de Kreuzberg. Pauline y était-elle ? Je ne sais plus. En tout cas, d'un seul coup, je n'ai plus eu d'yeux que pour Klara. Elle était vêtue d'une veste en fourrure et d'une écharpe multicolore, ses boucles blondes volaient et, sur ses joues chaudes, fondaient les flocons de neige. Sur le chemin du retour, nous nous sommes embrassés pour la première fois. Klara a dû me convaincre de venir dîner chez eux. Je ne savais pas comment me comporter avec elle en présence de ses parents et de son frère. Lorsque je suis parti, elle a trouvé un prétexte quelconque pour me raccompagner jusqu'à la porte et m'a embrassé en catimini.

Je me suis surpris à sourire à la fenêtre. Sur le parking de l'aire de service s'est arrêté un convoi de l'armée fédérale qui ne parvenait plus à avancer dans la neige. Ma voiture était de nouveau couverte d'un épais bonnet blanc. Je suis allé me chercher un autre café et un petit pain garni au comptoir. Puis je me suis remis devant la fenêtre.

Korten et moi avions également parlé de Weinstein. Un accusé irréprochable et un témoin à charge juif – je me suis demandé si je ne devais pas arrêter l'instruction pénale. Je ne pouvais pas informer Korten de l'importance de Weinstein dans l'instruction du dossier, mais je ne voulais pas manquer l'occasion de lui soutirer quelques renseignements sur ce mystérieux témoin.

« Que penses-tu de l'emploi de Juifs, chez vous, à l'usine ?

— Tu sais, Gerd, que nous avons toujours divergé sur la question juive. Je n'ai jamais pensé du bien de l'antisémitisme. Je trouve qu'il est difficile d'avoir des gens du service du travail obligatoire à l'entreprise, qu'il s'agisse de Juifs, de Français ou d'Allemands, qu'importe. Nous avons dans notre laboratoire le professeur Weinstein et c'est vraiment malheureux que cet homme ne puisse pas être en haut d'une chaire ou dans son propre laboratoire. Il nous rend des services inestimables et, que ce soit d'un point de vue physique ou intellectuel, tu ne trouveras pas plus allemand que lui. C'est un professeur de la vieille école. Il a été titulaire de la chaire de chimie organique à Breslau jusqu'en 1933. Tout ce que Tyberg connaît en chimie, il le doit à Weinstein dont il était l'assistant et l'élève. C'est le type même de l'aimable savant distrait.

— Et si je te disais qu'il accuse Tyberg ?

— Pour l'amour du ciel, Gerd. Alors que Weinstein est si attaché à son élève Tyberg… Je ne sais pas quoi te dire. »

Un chasse-neige s'est frayé un chemin sur le parking. Le conducteur est descendu de son véhicule pour entrer dans le snack. Je lui ai demandé comment je pouvais regagner Mannheim.

« Mon collègue vient juste de partir à l'échangeur de Heidelberg. Dépêchez-vous avant que la voie ne soit de nouveau enneigée. »

Il était sept heures. À huit heures moins le quart, j'étais à l'échangeur de Heidelberg et à neuf heures, à Mannheim. J'avais encore besoin de me dégourdir un peu les jambes. La neige profonde me réjouissait. La ville était toute calme. J'aurais volontiers traversé Mannheim en troïka.

7

Sur quoi enquêtes-tu, au juste, en ce moment ?

Je me suis réveillé à huit heures, mais je n'ai pas réussi à me lever tout de suite. Ça avait été beaucoup à la fois, le retour de New York en pleine nuit, Karlsruhe, la conversation avec Beufer, les souvenirs et cette odyssée sur l'autoroute enneigée.

À onze heures, Philipp m'a appelé. « Quelle chance de t'avoir enfin au téléphone ! Où est-ce que tu as traîné ? Ton doctorat est terminé.

— Quel doctorat ? » Je ne savais pas de quoi il parlait.

« Sur les fractures par portières. Et avec ça, un article sur la morphologie de l'autoagresseur. C'est bien ce que tu avais commandé, non ?

— Ah, oui. Et il existe un traité scientifique sur la question ? Quand est-ce que je peux l'avoir ?

— Quand tu veux, tu n'as qu'à passer le prendre chez moi, à l'hôpital. »

Je me suis levé pour faire du café. Le ciel au-dessus de Mannheim était toujours chargé de neige. Turbo est revenu du balcon saupoudré de blanc.

Mon réfrigérateur était vide. Je suis donc parti faire des

courses. On a limité le salage dans les villes, et c'est une bonne chose. Ce jour-là, je n'ai pas eu à marcher dans cette purée marron, j'avais sous les pieds une belle neige fraîche bien damée qui grinçait à chaque pas. Les enfants faisaient des bonshommes de neige et se livraient des batailles de boules. Dans la boulangerie du château d'eau, j'ai rencontré Judith.

« N'est-ce pas une journée magnifique ? » Ses yeux brillaient.

« Avant, quand je devais aller au travail, la neige m'énervait toujours. Il fallait dégager les vitres, on avait du mal à démarrer la voiture, on roulait lentement, on restait coincé. Si j'avais su ce que je manquais.

— Viens, lui ai-je dit, allons faire une petite promenade jusqu'au "Kleiner Rosengarten". Je t'invite. »

Cette fois-ci, elle n'a pas dit non. Je me sentais un peu démodé à côté d'elle ; elle en pantalon et veste molletonnés, avec de grandes bottes qui étaient sans doute un sous-produit de la recherche spatiale, moi en paletot avec des bottines. En chemin, je lui ai parlé de mon enquête sur l'affaire Mencke et de la neige à Pittsburgh. Elle aussi m'a demandé tout de suite si j'avais rencontré la petite de *Flashdance*. Le film commençait à m'intriguer.

Giovanni avait l'air ébahi. Au moment où Judith était dans les toilettes, il est venu à notre table. « Vieille femme pas bien ? Nouvelle femme mieux ? La prochaine moi te procurer femme italienne, après tranquille.

— Homme allemand pas besoin tranquille, besoin de beaucoup beaucoup de femmes.

— Alors il faut manger beaucoup. » Il nous a recommandé

le steak pizzaiola et le potage de poulet. « Le chef a lui-même tué le poulet ce matin. » J'ai commandé tout simplement la même chose pour Judith, avec une bouteille de chianti classico.

« Il y avait aussi une autre raison pour que je me rende aux États-Unis, Judith. Je n'arrive pas à lâcher l'affaire Mixkey. Je n'ai pas progressé. Mais le voyage m'a confronté à mon propre passé. »

Elle m'écoutait attentivement.

« Sur quoi enquêtes-tu, au juste, en ce moment ? Et pourquoi ?

— Je ne sais pas exactement. J'aimerais bien parler à Tyberg un jour, s'il vit encore.

— Oh, oui, il vit toujours. Je lui ai souvent écrit, envoyé des rapports d'activité ou des invitations. Il habite sur le Lago Maggiore, à Monti sopra Locarno.

— Et puis j'aimerais avoir une autre conversation avec Korten.

— Qu'est-ce qu'il a à voir dans le meurtre de Peter ?

— Je n'en sais rien, Judith. Je paierais cher si je pouvais voir clair dans tout ça. Mixkey a tout de même réussi à me faire travailler sur le passé. Quelque chose de neuf t'est-il venu à l'esprit, à propos du meurtre ? »

Elle s'était demandé s'il ne fallait pas informer la presse de toute cette histoire. « Je trouve tout simplement insupportable que l'affaire se termine de cette façon.

— Veux-tu dire par là que ce que nous savons est insatisfaisant ? Ce n'est pas en allant trouver la presse que nous en saurons plus.

— Non. Je trouve que la RCW n'a pas vraiment payé.

Peu importe ce qui s'est passé avec le vieux Schmalz, d'une certaine façon, ils en sont responsables. Et peut-être en saurons-nous davantage si la presse met le pied dans la fourmilière. »

Giovanni a apporté les steaks. Nous sommes restés un moment à manger en silence. Je ne parvenais pas à me faire à l'idée d'informer la presse de cette affaire. Après tout, j'avais découvert l'assassin de Mixkey en travaillant pour le compte de la RCW ; en tout cas, c'est la RCW qui m'avait payé. Ce que Judith savait et qu'elle pouvait éventuellement dire à la presse, elle le savait par moi. Ma loyauté professionnelle était en jeu. Je regrettais d'avoir pris l'argent de Korten. Autrement, j'aurais été libre.

Je lui ai expliqué mes scrupules. « Je vais réfléchir, peut-être que je peux me faire un peu violence, mais je préférerais que tu attendes.

— D'accord, si tu veux. J'étais contente de ne pas avoir eu à payer ta facture, mais j'aurais dû me douter que ce genre de chose a un prix. »

Nous avions terminé de manger. Giovanni nous a servi deux sambuca. « Avec les compliments de la maison. » Judith m'a parlé de sa vie de chômeuse. Elle avait d'abord savouré cette liberté, mais petit à petit les problèmes avaient commencé. Elle ne pouvait espérer trouver un job comparable par l'intermédiaire de l'agence pour l'emploi. Il fallait qu'elle prenne les choses en main. En même temps, elle ne savait pas si elle souhaitait s'engager de nouveau dans une vie de secrétaire de direction.

« Connais-tu personnellement Tyberg ? Moi-même, je

l'ai vu pour la dernière fois il y a quarante ans et je ne sais pas si je le reconnaîtrais.

— Oui, au centenaire de la RCW on m'avait demandé de le chaperonner. Pourquoi ?

— Cela te dit de venir à Locarno avec moi ? Moi, j'en serais ravi.

— Tu veux donc vraiment savoir. Comment comptes-tu entrer en contact avec lui ? »

J'ai réfléchi.

« Laisse, m'a-t-elle dit, je vais arranger ça. Quand partons-nous ?

— Quand, au plus tôt, pourrais-tu avoir un rendez-vous avec Tyberg ?

— Dimanche ? Lundi ? Je ne peux pas te dire. Il se peut qu'il soit aux Bahamas.

— Essaie de trouver une date le plus tôt possible ; nous partirons aussitôt. »

8

Allez un jour sur la terrasse Scheffel

Le professeur Kirchenberg était prêt à me recevoir tout de suite dès qu'il a entendu qu'il s'agissait de Sergeï. « Le pauvre garçon, et vous voulez l'aider. Passez donc me voir tout de suite. Je suis au Palais Boisserée tout l'après-midi. »

Grâce aux articles parus sur ce que l'on avait appelé le Procès des Germanistes, je me suis rappelé que le Palais Boisserée abritait le département de littérature allemande de l'université de Heidelberg. Les professeurs se considèrent comme les successeurs légitimes des anciens habitants princiers. Lorsque des étudiants en rébellion ont profané ledit palais, on s'est servi de la justice pour faire un exemple.

Kirchenberg avait singulièrement l'allure d'un prince professeur. Il avait une légère calvitie, des lentilles de contact, un visage rose repu et, malgré une certaine tendance à l'embonpoint, il se déplaçait avec une élégance sautillante. Pour me saluer, il a pris ma main entre les siennes. « N'est-ce pas tout bonnement bouleversant, ce qui est arrivé à Sergeï ? »

J'ai posé une nouvelle fois mes questions sur son état d'esprit, ses projets professionnels, sa situation financière.

Il s'est installé confortablement dans son fauteuil. « Serjocha a été marqué par une enfance difficile. Il a passé une partie de son enfance, entre huit et quatorze ans, à Roth, une ville de garnison bigote de la Franconie, cette période a été un martyre pour cet enfant. Un père qui ne pouvait assumer son homosexualité que dans cette virilité militaire, la mère, travailleuse comme une abeille ouvrière, la bonté même, faible et sensible. Et puis le tap, tap, tap », il s'est mis à marteler sa table de travail, « des soldats partant et revenant, jour après jour. Écoutez bien cela. » Il m'a fait un signe de la main, m'enjoignant de me taire en continuant à taper sur la table de l'autre. Lentement la main a cessé de tapoter. Kirchenberg a lâché un soupir. « C'est en partageant quelque chose avec moi qu'il a pu assumer ces années-là. »

Lorsque j'ai évoqué le soupçon d'une automutilation, Kirchenberg est sorti de ses gonds. « Non mais, c'est à mourir de rire. Sergeï a un rapport très amoureux avec son propre corps, un rapport presque narcissique. Malgré tous les préjugés qui circulent sur nous, les homosexuels, il faudrait tout de même comprendre que nous soignons davantage notre corps que la moyenne des hétérosexuels. Nous sommes notre corps, monsieur Selb.

— Est-ce que Sergeï Mencke était vraiment homosexuel ?

— Encore un a priori, a dit Kirchenberg en plaignant presque son interlocuteur. N'avez-vous jamais été sur la terrasse Scheffel pour lire Stefan George ? Faites-le un jour. Vous comprendrez alors que l'homosexualité n'est pas une question d'Être mais de Devenir. Sergeï n'est pas, il devient. »

J'ai pris congé du professeur Kirchenberg et je suis monté au château en passant devant l'appartement de Mixkey. Je suis même resté un instant sur la terrasse Scheffel. J'étais glacé. Ou bien je devenais glacé. Rien d'autre n'est «devenu», d'ailleurs. Ça ne marchait peut-être pas sans Stefan George.

Dans le Café Gundel, les petits fours de Noël étaient déjà à l'étalage. J'ai acheté un sachet, je comptais en faire la surprise à Judith lors de notre voyage à Locarno.

Au bureau, tout allait à la perfection. Les renseignements m'ont donné le numéro du presbytère catholique à Roth; le prêtre était ravi d'interrompre la préparation du sermon; il m'a expliqué que le chef des scouts de Saint-Georges de Roth était depuis toujours Joseph Maria Jungbluth, l'instituteur. J'ai pu joindre l'instituteur Jungbluth tout de suite après; il était prêt à me recevoir en début d'après-midi pour parler du petit Siegfried. Judith avait pu obtenir un rendez-vous pour le dimanche après-midi. Aussi avons-nous décidé de partir samedi. «Tyberg est impatient de te connaître.»

9

Nous n'étions plus que trois

En principe, en prenant la nouvelle autoroute, on ne met que deux heures pour aller de Mannheim à Nuremberg. La sortie Schwabach / Roth se situe une trentaine de kilomètres avant Nuremberg. Un jour, Roth se trouvera à côté de l'autoroute Augsburg-Nuremberg. Mais je ne le verrai pas de mon vivant.

Dans la nuit, il avait de nouveau neigé. J'avais le choix entre deux ornières, celle largement utilisée à droite et une plus étroite à gauche, pour dépasser. Doubler un camion était une aventure louvoyante. Je suis arrivé à Roth au bout de trois heures et demie. Il y avait quelques maisons à colombages, des bâtiments en grès, une église catholique et une église protestante, des bars qui s'étaient adaptés aux besoins des soldats et beaucoup de casernes. Même un patriote local aurait eu du mal à appeler Roth la perle de la Franconie. Il était presque une heure ; j'ai donc cherché un restaurant. Au Cerf Rouge, qui avait résisté à la tendance du fast-food et avait même conservé sa décoration ancienne, le patron faisait la cuisine lui-même. J'ai demandé à la serveuse un plat bavarois. Elle n'a pas compris ma question.

« Bavarois ? Nous sommes en Franconie. » Je lui ai donc demandé un plat de Franconie. « Tout, a-t-elle dit. Toute notre carte est de Franconie. Même le café. » Ces gens-là sont toujours prêts à vous venir en aide. Au petit bonheur la chance, j'ai commandé des pointes de porc aigres-douces avec des pommes de terre rissolées et une bière brune.

Les pointes aigres-douces sont des saucisses qui ne sont pas grillées mais chauffées dans un jus de vinaigre, d'oignons et d'épices. C'est d'ailleurs aussi le goût qu'elles ont. Les pommes de terre étaient délicieusement craquantes. La serveuse s'est laissé attendrir et m'a montré, après le repas, la rue d'Allersberg où habitait l'instituteur Jungbluth.

Jungbluth était en civil quand il m'a ouvert. Je l'avais imaginé avec des chaussettes longues, des pantalons bruns descendant en dessous du genou, un foulard bleu et un chapeau de scout au large bord. Il ne se rappelait plus lors de quel camp le petit Mencke avait porté un faux ou vrai bandage pour ne pas avoir à faire la vaisselle. Mais il se souvenait d'autres choses.

« Il se débinait volontiers, le Siegfried. Même à l'école où je l'ai eu pendant les deux premières années. Vous savez, c'était un enfant complexé. Et un enfant angoissé. Je ne comprends pas grand-chose à la médecine, hormis bien sûr les premiers secours, ce qui est requis pour l'exercice de ma tâche d'instituteur et de chef scout. Mais je me dis qu'il faut du courage pour se mutiler soi-même et je ne crois pas que Siegfried ait ce courage. Sur ce point, son père est fait d'un autre bois. »

Il s'apprêtait déjà à me raccompagner quand il a encore eu une autre idée. « Voulez-vous voir des photos ? » Sur l'album, il y avait écrit 1968, les photos montraient différents groupes de scouts, des tentes, des feux de camp, des vélos. Je voyais des enfants qui chantaient, riaient et faisaient des farces, mais je voyais aussi dans leurs yeux que le chef scout Jungbluth leur avait demandé de poser pour la photo. « Voilà Siegfried. » Il m'a montré un garçon blond plutôt frêle au visage fermé. Quelques images plus loin, je l'ai retrouvé. « Qu'est-ce qu'il s'est fait à la jambe ? » La jambe gauche était plâtrée. « C'est vrai, a dit l'instituteur Jungbluth. Une histoire désagréable, ça. Pendant six mois, la compagnie d'assurances a essayé de me reprocher un manque de surveillance. Alors que Siegfried a bêtement chuté lors de notre visite de la grotte de Pottenstein et s'est cassé la jambe. Je ne peux tout de même pas être partout. » Il a cherché mon approbation. Je l'ai approuvé de bon cœur.

En rentrant chez moi, j'ai fait le point. Il n'y avait plus grand-chose à faire dans le cas Sergeï Mencke. Je voulais encore jeter un œil sur le doctorat du disciple de Philipp et, pour finir, rendre visite à Sergeï à l'hôpital. J'en avais assez d'eux tous, des instituteurs, des commandants, des professeurs de littérature allemande homosexuels, de tout le ballet et aussi de Sergeï avant même de l'avoir vu. En avais-je assez de mon métier ? Dans l'affaire Mixkey, j'avais déjà été en dessous de mes performances habituelles ; et dans le passé, je ne me serais jamais laissé gagner par une aversion comme je la ressentais dans l'affaire Mencke. Devais-je arrêter ? Est-ce que je voulais vraiment dépasser les quatre-vingts ans ? Je pouvais me faire verser mon assurance-vie : elle me nourrirait pendant douze ans. J'ai décidé d'en discuter après le

Nouvel An avec mon conseiller fiscal et l'agent de mon assurance.

J'ai roulé en direction de l'ouest, vers le soleil couchant. À perte de vue, la neige brillait d'un éclat rose. Le ciel était d'un bleu pâle de porcelaine. La fumée sortait des maisons des villages et des villes de la Franconie. La chaude lumière, derrière les fenêtres, réveillait l'envie du cocon. D'être chez soi sans être nulle part.

Philipp travaillait encore lorsque je suis arrivé à son service à sept heures. « Willy est mort, m'a-t-il dit d'une voix éteinte en guise de bonjour. Cet idiot. Mourir aujourd'hui d'une perforation de l'appendice, c'est tout simplement ridicule. Je ne comprends pas pourquoi il ne m'a pas appelé ; il a dû souffrir terriblement.

— Tu sais, Philipp, j'ai eu souvent l'impression qu'en réalité la dernière année, après la mort de Hilde, il ne voulait plus vivre.

— Ces stupides maris et veufs. Il aurait suffi d'un mot de sa part, je connais des femmes qui vous font oublier toutes les Hilde du monde. Qu'est devenue d'ailleurs ta Brigitte ?

— Elle se promène à Rio. Quand l'enterrement aura-t-il lieu ?

— Dans une semaine exactement. À quatorze heures au cimetière principal de Ludwigshafen. J'ai dû m'occuper de tout. Il n'y a plus personne d'autre. Tu es d'accord pour une pierre de grès rouge avec une chouette ? Chacun met sa part, toi, Eberhard et moi pour qu'il soit correctement enterré.

— Est-ce que tu as réfléchi au faire-part ? Et nous devons

avertir le directeur de son ancienne faculté. Ta secrétaire peut se charger de ça ?

— C'est bon. Je viendrais bien avec toi, je suis sûr que tu vas aller dîner. Mais je ne peux pas partir d'ici ; n'oublie pas la thèse. »

Nous n'étions plus que trois. Je suis rentré chez moi et j'ai ouvert une boîte de sardines. Cette année, je voulais décorer mon arbre avec des boîtes de sardines vides et je devais impérativement commencer ma collection. Il était déjà presque trop tard pour en réunir suffisamment d'ici Noël. Devais-je inviter Philipp et Eberhard vendredi soir, pour le repas de deuil, et leur faire manger des sardines à l'huile ?

Le mémoire sur les « Fractures par portes » faisait cinquante pages. La thèse reposait sur une étude systématique des combinaisons de portes et de fractures. L'introduction contenait un diagramme qui mentionnait sur l'horizontale les différentes portes ayant causé les fractures et sur la verticale les fractures provoquées par des portes. La plupart des cent quatre-vingt-seize cases comportaient des chiffres qui indiquaient combien de fois le cas en question avait été enregistré dans les hôpitaux de Mannheim.

J'ai cherché la rubrique « Portière » et la ligne « Fracture du tibia ». Au point correspondant j'ai trouvé le chiffre deux, à la fin du texte les anamnèses. Elles avaient beau être anonymes, j'ai reconnu dans l'une d'entre elles celle de Sergeï. L'autre datait de 1972. Un galant excité avait aidé sa dame à monter dans la voiture et avait fermé la portière trop tôt. L'ensemble du mémoire ne mentionnait qu'un seul cas d'automutilation. Un orfèvre raté avait voulu se faire un magot en assurant et en se cassant le pouce de sa main droite. Dans sa cave, il avait mis le pouce dans l'encoignure de la porte de fer qu'il avait claquée avec la main gauche. L'affaire avait capoté parce qu'il s'était vanté de son coup, alors que l'assurance avait déjà payé. Devant la police il a expliqué qu'enfant il s'arrachait les dents de lait en les attachant par un fil à la poignée de la porte. C'est cela qui lui en avait donné l'idée.

J'ai remis à plus tard la décision d'appeler madame Mencke pour la questionner sur les méthodes d'extraction de dents du petit Siegfried.

La veille, j'avais été trop fatigué pour regarder *Flashdance* que j'avais pris chez le loueur de cassettes de la rue Seckenheim. Ce soir-là, je l'ai mis. Puis j'ai dansé sous la douche. Pourquoi n'étais-je pas resté plus longtemps à Pittsburgh ?

10

Au voleur!

Nous nous sommes arrêtés à Bâle, Judith et moi. Nous avons quitté l'autoroute pour entrer dans le centre-ville et nous garer sur la Münsterplatz. Elle était sous la neige, dépourvue des gênantes décorations de Noël. Après quelques pas à pied jusqu'au Café Spielmann, nous nous sommes installés à une table près de la fenêtre avec vue sur le Rhin et le pont avec la petite chapelle au milieu.

« Maintenant, raconte-moi dans le détail comment tu t'es débrouillée avec Tyberg », ai-je demandé à Judith par-dessus un muesli, que l'on prépare ici particulièrement bien, avec beaucoup de crème et sans trop de flocons d'avoine.

« Lorsque je me suis occupée de lui, lors du centenaire, il m'a dit de venir le voir si un jour je passais à Locarno. C'est à partir de cette invitation que j'ai repris le fil en lui disant que je devais faire le chauffeur pour mon oncle plus âgé », elle a posé sa main sur la mienne pour m'apaiser, « qui voulait chercher sur le Lago Maggiore une villégiature pour ses vieux jours. Je lui ai dit qu'il connaissait cet oncle depuis la guerre. Alors, il nous a invités à venir prendre le thé demain. » Judith était fière de son coup diplomatique. Moi, j'avais des craintes.

« Est-ce que Tyberg ne va pas me mettre dehors sur-le-champ s'il reconnaît en moi le déplaisant procureur national-socialiste ? N'aurait-il pas été mieux de le lui dire directement ?

— Je me suis posé la question, moi aussi, mais dans ce cas il n'aurait peut-être même pas laissé entrer chez lui le déplaisant procureur national-socialiste.

— Et pourquoi, d'ailleurs, oncle plus âgé et non pas ami plus âgé ?

— Parce que ça laissait penser que nous étions amants. Je crois que j'ai plu à Tyberg en tant que femme et, peut-être, ne me recevrait-il pas s'il me croyait engagée. Surtout si l'homme en question est présent. Tu es un détective privé susceptible.

— Oui. Je veux bien prendre sur moi la responsabilité d'avoir été le procureur de Tyberg. Mais est-ce que je dois aussitôt après avouer que je suis ton amant et non ton oncle ?

— C'est à moi que tu poses cette question ? » a-t-elle dit d'un ton lapidaire et un peu provocateur. Mais aussitôt après, elle a sorti ses affaires pour tricoter, comme si elle se préparait à une conversation plus longue.

Je me suis allumé une cigarette. « Tu m'as souvent intéressé en tant que femme, et maintenant je me demande si je ne suis pas pour toi seulement un vieux tremblotant, asexué, un bon oncle, quoi.

— Qu'est-ce que tu cherches maintenant ? "Tu m'as souvent intéressé en tant que femme." Si c'est dans le passé que tu t'es intéressé à moi, alors restons-en là. Si je t'intéresse dans le présent, alors reconnais-le. J'ai l'impression que tu assumes plus facilement ta responsabilité sur le passé que sur le présent. » Deux partout, la balle au centre.

« Cela ne me pose pas de problèmes de reconnaître que je m'intéresse à toi, Judith.

— Gerd, tu le sais, je suis bien entendu sensible à l'homme que tu es, et j'aime bien l'homme que tu es. Mais ça n'a jamais été à un point tel que j'aie eu l'envie de faire le premier pas. Surtout pas ces dernières semaines. Mais toi, qu'est-ce que c'est que ces pas tourmentés ? À moins que ce n'en soit pas du tout ? "Cela ne me pose pas de problèmes de reconnaître que je m'intéresse à toi", alors que cela te pose de grands problèmes, ne serait-ce que pour sortir cette phrase prudemment emballée. Continuons notre route. » Elle a rangé la manche de pull-over et les aiguilles à tricoter en les attachant avec un peu de laine.

Je ne savais pas quoi dire. Je me sentais humilié. Nous n'avons pas échangé le moindre mot jusqu'à Olten.

Judith avait trouvé à la radio le concerto pour violoncelle de Dvorak et tricotait.

Qu'est-ce qui m'avait humilié, au juste ? Judith m'avait simplement fait comprendre sèchement ce que j'avais ressenti durant les derniers mois : le flou de mes sentiments à son égard. Mais elle l'avait fait froidement, j'avais l'impression d'être montré du doigt, épinglé par ses citations, comme un petit vers qui se tortille. C'est ce que je lui ai dit à la hauteur de Zofingen.

Elle a posé son tricot sur ses genoux et a longtemps regardé la route devant elle.

«J'ai si souvent vécu cela dans mon rôle de secrétaire de direction : des hommes attendent quelque chose de moi, mais ne le reconnaissent pas. Ils aimeraient bien qu'il se passe quelque chose, mais, en même temps, ils aimeraient que cela n'ait pas eu lieu. Ils font d'ailleurs en sorte de pouvoir se retirer sur-le-champ sans se sentir impliqués le moins du monde. C'est aussi l'impression que j'ai eue avec toi. Tu fais un premier pas qui n'en est peut-être pas un, un geste qui ne te coûte rien et qui ne te fait pas courir de risque. Tu parles d'humiliation… Je n'ai pas voulu t'humilier. Ah, et puis merde, pourquoi n'es-tu sensible qu'à tes propres vexations ?» Elle a tourné la tête. Au son, on aurait dit qu'elle pleurait. Mais je ne pouvais pas le voir.

Quand nous sommes arrivés près de Lucerne, la nuit tombait. Une fois à Wassen, je n'avais plus envie de continuer. L'autoroute avait été dégagée mais il se remettait à neiger. Je connaissais l'Hôtel des Alpes de mes précédents voyages vers l'Adriatique. À l'accueil, il y avait toujours la cage avec le mainate. Quand il nous a vus, il s'est mis à piailler : «Au voleur, au voleur !»

Au dîner, on nous a servi de la fricassée à la zurichoise et des pommes de terre râpées. Pendant le voyage nous avions commencé à nous disputer. Il s'agissait de savoir si le succès devait conduire l'artiste à mépriser son public. Rose m'avait parlé d'un concert de Serge Gainsbourg à Paris, où le public avait applaudi le chanteur avec d'autant plus d'enthousiasme que celui-ci le traitait avec mépris. Depuis, cette question me travaille. Je me demande à présent si l'on peut vieillir sans mépriser les hommes. Pendant un bon moment, Judith avait réfuté tout lien entre le succès artistique et le mépris du genre humain. Mais au troisième verre de fendant, elle a reconnu d'une petite voix : « Tu as raison, Beethoven a fini par devenir sourd. La surdité est l'expression la plus parfaite du mépris pour son entourage. »

Dans ma chambre monacale pour une personne seule, j'ai dormi profondément, sans me réveiller. Nous sommes partis de bonne heure en direction de Locarno. Lorsque nous sommes sortis du tunnel du Saint-Gothard, l'hiver était fini.

11

Suite en si *mineur*

Nous sommes arrivés vers midi. Nous avons pris des chambres dans un hôtel au bord du lac avant de déjeuner sur la véranda avec vue sur des bateaux multicolores. J'étais tendu à l'idée d'aller prendre le thé chez Tyberg. Un téléphérique bleu relie Locarno et Monti. À mi-chemin, là où la cabine qui descend rencontre celle qui monte, il y a un arrêt, Madonna del Sasso, une célèbre église de pèlerinage qui n'est pas belle mais bien située. Nous y sommes allés par le chemin de croix pavé de grands galets ronds. Nous avons fait l'impasse sur le reste de la montée et avons repris le petit téléphérique.

Nous avons suivi les nombreux méandres de la rue conduisant à la maison de Tyberg, sur la petite place du bureau de poste, pour nous retrouver devant un mur haut de trois mètres partant du bas de la rue et en haut duquel courait une clôture en fer forgé. Le pavillon à l'angle ainsi que les arbres et les buissons derrière la clôture indiquaient que la maison et le jardin se situaient plus haut encore. Nous avons sonné, ouvert la porte massive, monté l'escalier jusqu'au premier jardin pour nous trouver enfin devant une maison très simple à deux étages, peinte en ocre-rouge. À côté de l'entrée, nous avons vu des chaises et une table de jardin, comme on en voit dans les brasseries en plein air. La table était couverte de livres et de manuscrits. Tyberg s'est extrait de la couverture en poil de chameau pour nous accueillir. Il était grand, marchait légèrement penché en avant, portait une épaisse chevelure blanche, une barbe soignée et courte et des sourcils touffus. Il avait des lunettes en demi-lune par-dessus lesquelles ses yeux marron nous regardaient avec curiosité.

« Chère madame Buchendorff, c'est bien aimable à vous d'avoir pensé à moi. Et voilà monsieur votre oncle. Soyez, vous aussi, le bienvenu dans la villa Sempreverde. Nous nous sommes déjà rencontrés, m'a dit votre nièce. Non, je vous en prie, a-t-il dit lorsque je m'apprêtais à lui répondre, je trouverai moi-même. Je suis en train d'écrire mes Mémoires », il a fait un geste vers la table, « et j'aime exercer ma mémoire. »

Il nous a fait traverser la maison pour aller dans le jardin du fond. « Faisons quelques pas. Le majordome va préparer le thé. » Le chemin traversant le jardin nous a fait grimper sur la montagne. Tyberg s'est enquis de la santé de Judith, de ses projets et de son travail à la RCW. Il avait une façon calme et agréable de poser ses questions et de témoigner son intérêt pour Judith par de petites remarques. Cela ne m'empêcha pas d'entendre avec stupéfaction la franchise avec laquelle Judith raconta son départ de la RCW – sans mentionner, bien entendu, ni mon nom ni mon rôle. Et je suis resté tout aussi ébahi par la réaction de Tyberg. Il n'était ni sceptique à l'égard de la présentation des faits par Judith, ni outré par le comportement des différents protagonistes, depuis Korten jusqu'à Mixkey; il n'exprimait pas davantage de compassion ou de regrets. Il enregistrait juste avec beaucoup d'attention ce qu'elle racontait.

Le majordome a servi des pâtisseries avec le thé. Nous étions installés dans un grand hall avec piano à queue que Tyberg appelait la salle de musique. La conversation portait maintenant sur la situation économique. Judith jonglait avec capital et travail, input et output, balance de commerce extérieur et de produit social brut. Tyberg et moi sommes tombés d'accord sur ma thèse sur la balkanisation de la République fédérale. Il a si vite approuvé mes dires que j'ai d'abord cru avoir été compris de travers, et qu'il estimait qu'il y avait trop de Turcs. Mais, lui aussi, au fait trouvait que les trains étaient de plus en plus rares et de moins en moins souvent à l'heure, que la poste travaillait de moins en moins et devenait de moins en moins fiable et que la police devenait de plus en plus insolente.

« Oui, a-t-il fait d'un air pensif, il faut dire qu'il y a tellement d'instructions que les policiers eux-mêmes ne les prennent plus au sérieux et que, selon leur humeur du jour, ils les appliquent tantôt sévèrement, tantôt de façon laxiste, tantôt pas du tout. Ce n'est plus qu'une question de temps : bientôt, ce seront les bakchichs qui décideront de l'humeur des gens. Je me demande souvent quel type de société industrielle en résultera. La bureaucratie féodale post-démocratique ? »

J'aime ce genre de conversations. Malheureusement, même s'il lui arrive parfois de lire un livre, Philipp ne s'intéresse au bout du compte qu'aux femmes, et l'horizon d'Eberhard ne dépasse pas les soixante-quatre cases. Willy, lui, pensait en termes de grands mouvements de l'évolution.

Avant sa mort, il jouait avec l'idée que le monde, ou ce que les hommes en laisseraient, serait un jour gouverné par les oiseaux.

Tyberg me dévisagea longuement. « Mais bien sûr ! L'oncle de madame Buchendorff ne s'appelle pas forcément Buchendorff. Vous êtes le procureur en retraite docteur Selb.

— Pas en retraite, démissionnaire.

— Démissionné, je suppose », a dit Tyberg.

Je n'avais pas envie de m'expliquer sur ce point. Judith l'a remarqué et est venue à mon secours. « Avoir été démissionné ne veut pas dire grand-chose. La plupart de ceux qui ont été congédiés sont revenus. Ce qu'oncle Gerd n'a pas fait. Non parce qu'il n'aurait pas pu, mais parce qu'il ne voulait plus. »

Tyberg continuait à me scruter. Je ne me sentais pas bien dans ma peau. Que dit-on à quelqu'un qui se trouve en face de vous et que l'on a presque conduit à la potence à la suite d'une enquête mal ficelée ? Tyberg voulait en savoir plus. « Vous ne vouliez donc plus travailler comme procureur après 1945. Cela m'intéresse. Quelles étaient vos raisons ?

— Le jour où j'ai essayé de l'expliquer à Judith, elle a dit que mes raisons étaient davantage d'ordre esthétique que moral. J'ai été dégoûté par l'attitude de mes collègues lorsqu'ils ont été réintégrés dans la magistrature, et par la suite. L'absence de toute conscience de leur propre culpabilité. D'accord, j'aurais pu reprendre le service avec une autre attitude et en restant conscient de ma faute. Mais j'aurais eu l'impression d'être un marginal, alors j'ai préféré rester carrément en dehors.

— Plus je vous observe là, assis en face de moi, plus je revois le jeune procureur. Naturellement, vous avez changé. Mais vos yeux bleus brillent toujours, leur expression est juste plus espiègle, et là où vous avez un pli au menton il y avait déjà une petite fossette. Qu'est-ce que vous vous êtes dit quand vous nous avez réglé notre compte à Dohmke et à moi ? Je me suis récemment penché de nouveau sur ce procès en écrivant mes Mémoires.

— Moi aussi, j'ai récemment repensé à ce procès. C'est pourquoi je suis heureux de pouvoir en parler avec vous. J'ai rencontré à San Francisco la compagne du témoin à charge, le professeur Weinstein, et j'ai appris par elle qu'il avait fait un faux témoignage. Quelqu'un de l'entreprise et un homme de la SS ont fait pression sur lui. Avez-vous une idée de qui, à la RCW, a pu avoir un intérêt à la disparition de Dohmke et à la vôtre ? Peut-être même savez-vous qui c'est ? Vous savez, cela me pose un problème, d'avoir ainsi été le jouet de groupes de pression inconnus. »

Sur un coup de sonnette de Tyberg, le majordome est entré pour débarrasser et servir du sherry. Tyberg avait froncé les sourcils et fixait le vide. « J'ai commencé à me poser cette question lors de ma détention préventive et, aujourd'hui encore, je n'ai pas de réponse. J'ai souvent pensé à Weismüller. C'est d'ailleurs la raison pour laquelle je n'ai pas voulu retourner à la RCW tout de suite après la guerre. Mais rien ne corrobore ce doute. Je me suis aussi longtemps demandé comment Weinstein avait pu faire ce témoignage. Je dois dire que j'ai été atterré de voir qu'il avait fouillé mon bureau, trouvé les manuscrits dans mon tiroir, qu'il les a mal interprétés pour m'accuser ensuite.

Mais son témoignage sur cette conversation entre Dohmke et moi, qui n'a jamais eu lieu, m'a atteint au plus profond de moi-même. Tout cela pour quelques avantages dans le camp, me suis-je dit. Maintenant, j'apprends qu'il a été forcé de le faire. Cela a dû être terrible pour lui. Sa compagne savait-elle et vous a-t-elle dit qu'il a essayé de me contacter après la guerre et que j'ai refusé ? J'étais trop blessé et il était sans doute trop fier pour me parler dans sa lettre de ces pressions que l'on avait exercées sur lui.

— Que sont devenues vos recherches à la RCW, monsieur Tyberg ?

— C'est Korten qui les a poursuivies. Elles étaient, de toute façon, le résultat d'une collaboration étroite entre Korten, Dohmke et moi. C'est ensemble que nous avions décidé de ne poursuivre que l'une des deux recherches et de laisser l'autre en plan. Le tout était notre bébé que nous avons choyé et protégé. Personne ne devait s'en approcher. Même Weinstein n'en savait rien, bien qu'il ait tenu dans notre équipe un rôle scientifique très important, presque identique au nôtre. Mais vous m'avez demandé ce que les recherches avaient donné. Depuis la crise du pétrole, je me demande quelquefois si elles ne sont pas de nouveau d'une grande actualité. Nous travaillions sur le carburant synthétique. Nous avions pris un autre chemin que Bergius, Tropsch et Fischer parce que nous avons accordé, dès le début, une importance décisive au facteur du coût. Korten a déployé une énergie extraordinaire pour conduire au stade de la production le procédé que nous avions conçu. Ces travaux ont fondé, à juste titre, sa rapide ascension au sein de la RCW, même si ce procédé n'avait plus de signification après la fin de la guerre. Je crois que Korten l'a quand même fait breveter, en gardant le nom de Procédé-Dohmke-Korten-Tyberg.

— Je ne sais pas si vous pouvez mesurer à quel point je suis accablé par le fait que Dohmke a été exécuté ; et je suis évidemment d'autant plus heureux que vous ayez réussi à vous enfuir. C'est pure curiosité bien sûr, mais est-ce que cela vous gênerait de me dire comment vous y êtes arrivé ?

— C'est une assez longue histoire. Je veux bien vous la raconter, mais… Vous restez dîner, n'est-ce pas ? Je vous la raconte après ? Je vais dire au majordome de préparer le dîner et d'allumer un feu dans la cheminée. En attendant… Jouez-vous d'un instrument, monsieur Selb ?

— De la flûte. Mais, depuis cet été, je n'ai plus eu un seul moment. »

Il s'est levé pour aller chercher dans une commode Biedermeier un coffret qu'il m'a laissé ouvrir. « Croyez-vous que vous pouvez jouer avec ça ? » C'était une Buffet. Je l'ai montée et j'ai joué quelques notes. Elle avait un son merveilleusement doux et néanmoins clair, jubilant dans les aigus, malgré ma mauvaise attaque après cette longue interruption. « Aimez-vous Bach ? Que diriez-vous de la Suite en *si* mineur ? »

Nous avons joué ensemble jusqu'au dîner, le concert en *ré* majeur de Mozart après la suite de Bach. Il jouait avec force et assurance. Quand les tempi étaient plus rapides, j'étais parfois obligé de tricher. À la fin de chaque morceau, Judith posait son tricot pour nous applaudir.

Nous avons mangé du canard farci aux marrons, des quenelles et du chou rouge. Je ne connaissais pas le vin, un merlot fruité du Tessin. Une fois installés autour de la cheminée, Tyberg nous a priés de garder le secret sur son histoire. Elle serait prochainement publiée, mais en attendant il était recommandé de ne pas la divulguer. « J'ai attendu mon exécution dans la cellule des condamnés à mort du pénitencier de Bruchsal. » Il a décrit la cellule, le quotidien d'un condamné à mort, le contact par morse avec Dohmke qui occupait la cellule voisine, le matin où ils sont venus chercher Dohmke. « Quelques jours plus tard, on est venu me chercher, moi, au milieu de la nuit. Deux membres de la SS sont venus me transférer dans un camp de concentration. L'un des SS était Korten. » La nuit même, Korten et un autre SS l'ont conduit jusqu'à Lörrach près de la frontière. De l'autre côté l'attendaient deux hommes des laboratoires Hoffmann-La Roche. « Le lendemain, j'ai bu du chocolat et mangé des croissants, comme en temps de paix. »

Il racontait bien. Judith et moi l'avons écouté attentivement. Korten. Il ne cessait de m'étonner, de susciter même mon admiration. « Mais pourquoi fallait-il que cet épisode reste secret ?

— Korten est plus modeste qu'il n'en a l'air. Il a fortement insisté pour que je ne parle pas du rôle qu'il a joué dans ma fuite. J'ai toujours respecté son vœu, pas seulement parce que c'était un geste de modestie, mais aussi de sagesse. Toute cette opération concordait mal avec l'image de chef d'entreprise qu'il essayait de se donner. J'ai attendu cet été pour lever le voile sur ce secret. Aujourd'hui la position de Korten comme chef d'entreprise est reconnue de tous et je pense qu'il se réjouira lorsque cette histoire sera publiée au printemps prochain dans le portrait que *Die Zeit* veut faire paraître à l'occasion de ses soixante-dix ans. C'est pour cela que j'ai raconté cette histoire au journaliste qui est venu me voir il y a quelques mois pour réaliser ce portrait. »

Il a mis une autre bûche. Il était onze heures.

« Encore une question, madame Buchendorff, avant que la soirée ne se termine. Est-ce que cela vous plairait de travailler pour moi ? Depuis que j'écris mes Mémoires, je cherche quelqu'un qui ferait des recherches pour mon compte, dans les archives de la RCW, dans d'autres archives et bibliothèques, qui ferait une lecture critique de ce que j'écris, qui s'habituerait à mon écriture et qui établirait le manuscrit définitif. Je serais heureux si vous pouviez commencer le 1er janvier. Vous travailleriez essentiellement à Mannheim, de temps en temps vous viendriez une semaine ici. La rémunération ne serait pas plus mauvaise que la précédente. Réfléchissez-y d'ici demain après-midi, appelez-moi, et si vous dites oui, nous aurons tout le temps de régler les détails demain. »

Il nous a accompagnés jusqu'à la porte du jardin. Le majordome nous attendait dans la Jaguar pour nous conduire à l'hôtel. Judith et Tyberg se sont dit au revoir en s'embrassant sur les deux joues. Lorsque je lui ai tendu la main, il m'a souri avec un clin d'œil. « Nous reverrons-nous, oncle Gerd ? »

12

Des sardines de Locarno

Au petit déjeuner, Judith m'a demandé ce que je pensais de l'offre de Tyberg. « Il m'a beaucoup plu, ai-je dit pour commencer.

— Je te crois volontiers. Vous avez fait un sacré numéro, tous les deux. Quand j'ai vu le procureur et sa victime se mettre à jouer ensemble de la musique de chambre, je n'en ai pas cru mes yeux. C'est une bonne chose qu'il te plaise, il me plaît à moi aussi, mais que penses-tu de son offre ?

— Accepte, Judith. Il ne peut rien t'arriver de mieux.

— Et le fait qu'il s'intéresse à moi ne rend pas le job délicat ?

— Cela peut t'arriver dans n'importe quel boulot, je suis sûr que tu sais t'en débrouiller. Et puis Tyberg est un gentleman, il ne te mettra pas la main aux fesses en te dictant ses textes.

— Et qu'est-ce que je ferai lorsqu'il aura fini d'écrire ses Mémoires ?

— Je te réponds tout de suite. » Je me suis levé pour aller me chercher au buffet un pain suédois avec du miel. Regarde-moi ça, me suis-je dit. Est-ce qu'elle veut se faire son petit foyer? De retour à la table, j'ai dit : «Il te casera. Je crois que cela devrait être le dernier de tes soucis.

— Je vais y réfléchir en me promenant au bord du lac. On se retrouve pour le déjeuner?»

Je savais comment les choses allaient se passer maintenant. Elle allait accepter le job, appeler Tyberg à quatre heures et discuter avec lui les détails jusqu'au soir. J'ai donc décidé de me chercher une autre villégiature pour mes vieux os; j'ai laissé un mot à Judith en lui souhaitant beaucoup de succès pour la négociation avec Tyberg et j'ai remonté le long du lac jusqu'à Brissago d'où j'ai pris le bateau pour déjeuner sur l'Isola Bella. Je me suis ensuite tourné vers les montagnes en faisant un grand tour qui m'a reconduit vers le lac à Ascona. J'ai vu une foule de maisons qui auraient convenu à un retraité en vacances. Mais je n'avais pas envie de réduire mon espérance de vie pour pouvoir acheter l'une de ces maisons-là avec mon assurance-vie. Peut-être que Tyberg m'inviterait aussi aux prochaines vacances.

À la tombée de la nuit, j'étais revenu à Locarno. Je me suis promené dans la ville décorée pour Noël. Dans un magasin d'épicerie fine, sous les arcades, j'ai trouvé des sardines portugaises millésimées. J'ai pris une boîte du cru 1983, peinte dans des couleurs lumineuses rouge et vert, et une de 1984, simplement peinte en blanc avec des lettres dorées.

À la réception de l'hôtel m'attendait un message de Tyberg. Il m'invitait à dîner et me proposait de m'envoyer son majordome. Au lieu de l'appeler pour qu'on vienne me chercher, j'ai passé trois heures agréables au sauna de l'hôtel, puis je me suis couché. À onze heures et demie, Judith a frappé à ma porte. Je lui ai ouvert. Elle m'a fait un compliment sur ma chemise de nuit et nous sommes convenus de partir à huit heures. « Es-tu satisfaite de ta décision ? lui ai-je demandé.

— Oui. Le travail sur les Mémoires durera deux ans et Tyberg a déjà réfléchi à ce qui se passera après.

— Formidable. Dans ce cas, dors bien. »

J'avais oublié d'ouvrir les fenêtres, si bien qu'un rêve m'a éveillé. Je dormais avec Judith ; mais elle était la fille que je n'ai jamais eue et portait une ridicule petite robe à froufrous. Lorsque j'ai ouvert pour elle et pour moi une boîte de sardines, Tyberg en est sorti pour devenir de plus en plus grand et remplir la pièce entière. Je me suis senti à l'étroit et me suis réveillé.

Je n'ai plus réussi à m'endormir. J'ai été heureux de voir l'heure du petit déjeuner arriver et plus encore celle de notre départ. Derrière le Saint-Gothard, l'hiver a recommencé et nous avons mis sept heures pour arriver à Mannheim. J'avais eu l'intention de rendre visite à Sergeï qui était de nouveau à l'hôpital après une seconde opération, mais je ne m'en sentais plus le courage. J'ai invité Judith à venir boire une bouteille de mousseux chez moi pour fêter son nouvel emploi, mais elle avait la migraine.

J'ai donc bu mon mousseux tout seul en mangeant mes sardines.

13

Ne voyez-vous pas que Sergeï souffre ?

Sergeï Mencke était hospitalisé dans une clinique de l'est de la ville dans une chambre double donnant sur le jardin. L'autre lit était inoccupé. Sa jambe était surélevée à l'aide d'une sorte de treuil. Un système de poulies et de cadres métalliques la maintenait dans la bonne inclinaison. Hormis quelques semaines, il avait passé les trois derniers mois à l'hôpital et arborait la mauvaise mine correspondante. J'ai tout de même pu voir que c'était un bel homme. Des cheveux blond clair, un long visage anglais avec un menton fort, des yeux sombres et un trait orgueilleux et vulnérable autour de la bouche. Malheureusement, sa voix était un peu pleurnicharde, peut-être seulement en raison des derniers mois.

« Est-ce que le mieux n'aurait pas été de venir me voir en premier plutôt que d'alerter tout mon entourage ? »

C'était donc son genre. Un rouspéteur. « Et que m'auriez-vous raconté ?

— Que votre soupçon est pure fantaisie, le produit de cerveaux malades. Pouvez-vous vous imaginer de vous mutiler une jambe de cette façon ?

— Ah, monsieur Mencke. » J'ai approché une chaise de son lit. « Il y a tellement de choses que je ne ferais pas. Je ne pourrais pas non plus m'entailler le pouce pour ne pas avoir à faire la vaisselle. Et ce que je ferais si j'étais un danseur sans avenir pour avoir un million, je ne le sais pas non plus.

— Cette ridicule histoire du camp de scouts. Où l'avez-vous dénichée ?

— En alertant votre entourage. Qu'est-ce qui s'est passé avec ce pouce ?

— Un accident tout ce qu'il y a de plus banal. J'ai taillé des crochets de tente avec mon couteau. Oui, je sais ce que vous allez dire, j'ai raconté une autre version, mais seulement parce que c'était une jolie histoire et que, dans mon enfance, il n'y en a pas beaucoup. Pour ce qui est de mon avenir comme danseur… Écoutez-moi. Vous ne me donnez plus vraiment l'impression d'être promis à un grand avenir ; ce n'est pas pour cela que vous vous casseriez un membre.

— Dites-moi, monsieur Mencke, comment comptiez-vous financer l'école de danse dont vous avez souvent parlé ?

— Frederik voulait me soutenir, Fritz Kirchenberg je veux dire. Il a beaucoup d'argent. Si j'avais voulu escroquer l'assurance, j'aurais pu trouver une meilleure idée.

— Ce n'est pas si bête, l'histoire de la portière. Mais qu'est-ce qui aurait été plus malin ?

— Je n'ai pas envie de vous en parler. J'ai juste dit : si j'avais voulu escroquer l'assurance.

— Seriez-vous prêt à vous soumettre à un examen

psychiatrique ? Cela aiderait beaucoup l'assurance à prendre une décision.

— Pas question. Je ne vais pas en plus me faire traiter comme un fou. Si l'assurance ne paie pas sur-le-champ, je prends un avocat.

— Lors du procès vous n'échapperez pas à une expertise psychiatrique.

— C'est ce que nous verrons. »

L'infirmière est entrée pour apporter une petite tablette avec des pilules de toutes les couleurs. « Les deux rouges maintenant, la jaune avant le repas, la bleue après. Comment allons-nous aujourd'hui ? »

Sergeï avait les larmes aux yeux quand il a regardé l'infirmière. « Je n'en peux plus, Katrin. Toujours ces douleurs et ne plus jamais pouvoir danser. Et maintenant ce monsieur de l'assurance qui me traite d'escroc. »

L'infirmière Katrin lui a tâté le front en me regardant avec un air mauvais. « Ne voyez-vous pas que Sergeï souffre ? N'avez-vous donc aucune pudeur ? Laissez-le tranquille à la fin. C'est toujours la même chose avec les assurances ; d'abord elles vous piquent votre argent, ensuite elles vous torturent parce qu'elles n'ont pas envie de payer. »

Je n'étais plus en état d'apporter une contribution enrichissante à cette conversation et j'ai pris la fuite. En déjeunant j'ai marqué les points essentiels à mettre dans mon rapport pour les Assurances Réunies de Heidelberg. Ma conclusion était qu'il ne s'agissait ni d'une automutilation préméditée ni d'un simple accident. Je pouvais seulement recenser les éléments qui plaidaient pour une thèse ou pour l'autre. Au cas où l'assurance refuserait de payer, elle ne ferait pas mauvaise figure au procès.

En voulant traverser la rue, une voiture m'a éclaboussé de neige fondue de haut en bas. J'étais déjà de mauvaise humeur en arrivant au bureau et la rédaction du rapport n'a rien arrangé. Le soir, j'avais péniblement rempli deux cassettes que j'ai portées rue Tattersall pour les faire transcrire. Sur le chemin du retour, je me suis souvenu que j'avais voulu questionner madame Mencke sur les méthodes d'extraction de dents de son petit Siegfried. Mais maintenant je m'en tapais.

14

Saint Matthieu 6, verset 26

C'était une petite communauté qui s'est retrouvée le vendredi à quatorze heures au cimetière principal de Ludwigshafen : Eberhard, Philipp, le vice-directeur de la faculté de sciences de Heidelberg, la femme de ménage de Willy et moi. Le vice-doyen avait préparé un discours, qu'il a lu de mauvaise grâce devant ce si maigre public. Nous avons appris que Willy avait été une sommité mondialement reconnue dans le domaine de la recherche sur les chouettes. Et un homme de cœur, avec tout cela : durant la guerre – il était alors assistant à Hambourg – il avait sauvé l'unique couple de chouettes dans la volière du parc animalier Hagenbeck. Le prêtre a commenté saint Matthieu 6, verset 26, « Voyez les oiseaux du ciel ». Sous le ciel bleu et sur la neige grinçante, nous sommes allés de la chapelle à la tombe. Philipp et moi avancions juste derrière le cercueil. Il m'a chuchoté : « Il faut que je te montre la photo. Je l'ai trouvée en rangeant. Willy et les chouettes sauvées, les cheveux et les plumes cramés, six paires d'yeux qui regardent d'un air épuisé mais heureux la caméra. Cela m'a réchauffé et serré le cœur à la fois. »

Puis nous nous sommes retrouvés autour de la fosse profonde. On aurait dit une comptine : une deux trois, tu sors de la piste. Si l'on s'en tient à l'âge, le prochain à sortir sera Eberhard. Et je serai le suivant. Lorsque meurt quelqu'un que j'aime bien, il y a longtemps que je ne pense plus : « Ah, si j'avais plus et plus souvent... » Et quand quelqu'un qui a le même âge que moi meurt, j'ai juste l'impression qu'il m'a un peu précédé, même si je ne peux pas dire dans quelle direction. Le prêtre a dit le Notre-Père et nous l'avons tous suivi ; même Philipp, le plus intraitable athée que je connaisse, a prononcé la prière à haute voix. Chacun de nous a ensuite jeté sa petite pelletée de terre dans la tombe, et le prêtre nous a serré la main l'un après l'autre. Un jeune gars, mais convaincu et convaincant. Philipp a dû repartir tout de suite dans son service.

« Vous venez chez moi ce soir pour le repas de funérailles, n'est-ce pas ? » La veille, en ville, j'avais encore acheté douze petites boîtes de sardines pour l'arbre de Noël ; puis j'avais fait mariner les petits poissons dans une sauce escabèche. Je les servirais avec du pain blanc et du Rioja. Nous nous sommes mis d'accord pour huit heures.

Philipp est parti à toute allure, Eberhard a présenté ses hommages au vice-doyen et le prêtre a accompagné doucement vers la sortie, en la tenant par le bras, la femme de ménage qui sanglotait toujours à vous fendre le cœur. J'avais du temps et je me suis promené d'un pas lent dans les allées du cimetière. Si Klara avait été enterrée ici, j'aurais aimé lui faire une visite et parler un peu avec elle.

« Monsieur Selb ! » Je me suis retourné et j'ai reconnu madame Schmalz, qui tenait à la main une petite binette et un arrosoir. « J'allais justement sur la tombe familiale, l'urne de Heinrich y est, désormais. Elle est belle maintenant, la tombe, voulez-vous venir voir ? » Elle m'a regardé timidement avec son visage étroit et durci. Elle était vêtue d'un manteau d'hiver noir démodé, de bottes noires à lacets, d'un bonnet de fourrure noir sur ses cheveux gris ramassés en chignon et portait un pitoyable petit sac à main imitation cuir. Il y a, dans ma génération, des personnages féminins dont la simple vue me fait croire à tout ce que les prophètes du mouvement féministe écrivent, bien que je ne les aie jamais lus.

« Habitez-vous toujours dans l'ancienne usine ? » lui ai-je demandé en chemin. « Non, j'ai dû partir, tout a été rasé, vous savez. L'entreprise m'a trouvé un logement sur la Pfingstweide. L'appartement est correct, très moderne, mais vous savez, c'est dur après toutes ces années. Il me faut une heure pour venir sur la tombe de Heinrich. Dieu soit loué, mon fils vient me chercher en voiture pour le retour. »

Nous étions arrivés devant la tombe familiale. Le ruban de la couronne, depuis longtemps transformée en compost, offerte par l'entreprise avait été accroché à un petit piquet de bois et se détachait sur la pierre tombale comme un fanion. La veuve Schmalz a posé son arrosoir et sa binette. « Je ne peux rien faire aujourd'hui avec toute cette neige. » Nous sommes restés là à penser tous les deux au vieux Schmalz. « Je ne vois presque plus non plus le petit Richard. J'habite trop en dehors maintenant. Qu'en dites-vous, est-ce que c'est vrai que l'entreprise… Ah, mon Dieu, depuis que Heinrich n'est plus là, je ne peux pas m'empêcher de penser certaines choses. Il me l'a interdit, jamais il n'a permis qu'on dise quelque chose contre la Rhénane.

— Depuis quand savez-vous que vous deviez partir ?

— Cela fait six mois déjà. Ils nous ont écrit. Et puis tout est allé très vite.

— Korten n'a-t-il pas parlé exprès à votre mari quatre semaines avant le déménagement pour que cela ne soit pas trop difficile pour vous ?

— Ah, oui ? Il ne m'en a rien dit. Il faut dire qu'il était très lié au général. Depuis la guerre, quand les SS l'ont affecté à l'entreprise. À l'enterrement, on a dit que l'entreprise était sa vie, et c'est la vérité. Il n'en a pas beaucoup profité, mais je n'ai pas eu le droit de dire quoi que ce soit. Officier SS ou officier de la sécurité, le combat continue, a-t-il toujours dit.

— Qu'est devenu son atelier ?

— Il l'avait arrangé avec tant d'amour. Et il était aussi très attaché aux voitures. Tout cela a été enlevé très vite avant qu'ils ne rasent, mon fils a à peine eu le temps de récupérer quelque chose, je crois que c'est parti à la casse. Ça non plus, je ne l'ai pas trouvé bien. Mon Dieu », elle s'est mordu les lèvres en faisant une tête comme si elle venait de se parjurer. « Pardonnez-moi, je ne voulais pas dire du mal de la Rhénane. » Comme pour me tranquilliser, elle a attrapé mon bras. Pendant un moment, elle l'a tenu ainsi en regardant la tombe. Puis elle a poursuivi d'un ton pensif : « Mais peut-être qu'à la fin Heinrich lui-même n'était plus d'accord avec l'attitude de l'entreprise à notre égard. Sur son lit de mort, il a encore voulu dire quelque chose au général, à propos du garage et des voitures. Je n'ai pas réussi à bien comprendre.

— Permettez-vous qu'un vieil homme vous pose cette question, madame Schmalz ? Étiez-vous heureuse dans votre vie avec Heinrich ? »

Elle a pris son petit arrosoir et sa petite binette. « C'est le genre de question qu'on pose aujourd'hui. Je ne me la suis jamais posée. C'était mon mari, voilà tout. »

Nous sommes allés ensemble jusqu'au parking. Le jeune Schmalz venait d'arriver. Il était content de me voir. « Monsieur le Docteur ! Avez rencontré maman sur la tombe de papa. » Je lui ai parlé de l'enterrement de mon ami. « Je partage votre peine. Perdre un ami est douloureux. Croyez en ma gratitude d'avoir sauvé Richard, je me rappelle tous les jours. Et puis ma femme et moi aimerions quand même vous inviter un jour à venir prendre un café. Maman peut venir également. Quel gâteau aimez-vous ? »

« Par-dessus tout, le sablé aux pistaches. » Je ne le disais pas par méchanceté. C'était vraiment mon gâteau préféré.

Schmalz ne perdit pas son calme. « Tiens, nous allons faire de la tarte aux prunes avec des choux fourrés de crème pralinée. Personne ne les prépare comme ma femme. Peut-être autour des fêtes de Noël et de fin d'année, quand tout est plus calme ? »

J'ai dit oui. Nous sommes convenus de nous téléphoner pour choisir le jour précis.

La soirée avec Philipp et Eberhard était d'une gaieté mélancolique. Nous nous sommes souvenus de notre dernière soirée de cartes avec Willy. Nous avions plaisanté en imaginant ce que nous ferions pour continuer à jouer si l'un d'entre nous venait à mourir. « Non, a dit Eberhard, nous ne chercherons pas un nouveau quatrième. À partir de maintenant, on joue à l'écarté.

— Ensuite, on jouera aux échecs, et le dernier se rencontrera deux fois l'an pour faire un solitaire, a dit Philipp.

— C'est facile de rire pour toi, c'est toi le plus jeune.

— Tu parles de rire! Jouer au solitaire – je préfère mourir à titre prophylactique. »

15

And the race is on

Depuis que j'ai déménagé de Berlin pour habiter Heidelberg, j'achète mes sapins de Noël au Tiefburg à Handschuhsheim. Bien sûr, cela fait belle lurette qu'on y vend les mêmes sapins qu'ailleurs. Mais j'aime la petite place devant le château fort en ruine entouré d'eau. Jadis, le tramway en faisait le tour en grinçant ; la ligne s'arrêtait ici. Klara et moi sommes souvent partis de là pour faire une excursion au Heiligenberg. Aujourd'hui Handschuhsheim est devenu un lieu chic dont le marché hebdomadaire attire tout ce que Heidelberg compte de personnes ayant d'elles une haute opinion sur le plan intellectuel et culturel. Le jour viendra où les seules agglomérations authentiques seront celles qui ressemblent au Märkisches Viertel.

Mon arbre préféré est le sapin blanc. Mais pour accrocher mes boîtes de sardines, un douglas me semblait plus indiqué. J'ai trouvé un bel arbre droit, touffu, haut comme la pièce. Il entrait tout juste en diagonale dans mon Opel en rabattant le siège avant droit et le dossier de la banquette. Je me suis garé au parking des halles. Je m'étais fait une petite liste de courses de Noël.

Dans la rue principale, c'était la mêlée. Je me suis frayé un chemin jusqu'au joaillier Welsch pour acheter des boucles d'oreilles pour Babs. L'occasion ne s'est encore jamais présentée, mais j'aimerais bien boire un jour une bière avec Welsch. Il a le même goût que moi. Pour Rose et Georg, j'ai choisi dans une des envahissantes boutiques à cadeaux deux montres jetables à la mode chez notre jeunesse postmoderne, en plastique transparent avec mécanisme à quartz incrusté et cadran intégré. Tout cela m'a épuisé. Au Café Schafheutle je suis tombé sur Thomas, avec sa femme et ses trois filles en pleine puberté.

« Un homme de la sécurité ne se doit-il pas de donner à son entreprise des fils ?

— Il y a de plus en plus de tâches attractives pour les femmes dans le domaine de la sécurité. Nous nous attendons à accueillir environ trente pour cent de femmes dans notre cursus. D'ailleurs, la conférence du ministère de l'Éducation nous a accordé une aide en tant que projet pilote et l'école technique supérieure s'est décidée à créer un cursus Sécurité intérieure. J'ai l'honneur de me présenter à vous aujourd'hui comme professeur fondateur pressenti et de vous annoncer mon départ de la RCW le 1er janvier. »

Je l'ai félicité et lui ai fait part de tout mon respect quant à son rang, son honneur, sa dignité et son titre. « Que deviendra Danckelmann sans vous ?

— Il aura une tâche difficile jusqu'à sa retraite d'ici quelques années. Mais j'aimerais que notre centre d'études ait également un service d'expertise : il pourra venir nous acheter nos conseils. Vous n'oubliez pas votre curriculum, monsieur Selb, que vous m'avez promis d'envoyer ? »

Manifestement, Thomas prenait déjà du champ par rapport à la RCW et entrait dans son nouveau rôle. Il m'a invité à venir à leur table ; ses filles faisaient des messes basses et sa femme clignait nerveusement des yeux. J'ai regardé ma montre, me suis excusé et j'ai filé au Café Farusch.

Je suis ensuite reparti pour une deuxième tournée d'achats. Qu'offre-t-on à un quinquagénaire viril ? Un assortiment de sous-vêtements panthère ? De la gelée royale ? Les nouvelles érotiques d'Anaïs Nin ? Au bout du compte, j'ai acheté pour Philipp un shaker pour le bar de son bateau. Après cela mon horreur du tintement et du commerce de Noël était à son comble. J'étais empli d'une profonde insatisfaction envers les hommes et envers moi-même. Il me faudrait des heures à la maison pour revenir à mon état normal. Pourquoi m'étais-je jeté dans cette agitation de Noël ? Pourquoi est-ce que je commets tous les ans la même erreur ? N'ai-je donc jamais rien appris dans ma vie ? À quoi bon d'ailleurs tout cela ?

Mon Opel sentait agréablement la sapinière. Après m'être frayé une voie dans le trafic jusqu'à l'autoroute, j'ai respiré. J'ai mis une cassette, une qui se trouvait tout au fond de la boîte, parce que j'avais trop écouté les autres en allant à Locarno. Mais il n'y a pas eu de musique : j'ai entendu un téléphone que l'on décrochait. On composait un numéro, cela sonnait libre. Le destinataire de l'appel a décroché. Il s'est présenté. C'était Korten.

« Bonjour, monsieur Korten. Mixkey à l'appareil. Je vous mets en garde. Si vos gens ne me laissent pas tranquille, je vous fais sauter avec votre passé. Je ne permettrai pas qu'on fasse plus longtemps pression sur moi et encore moins qu'on me casse encore une fois la figure.

« En lisant le rapport de Selb j'ai cru que vous étiez plus intelligent. Après votre effraction dans notre système, voilà que vous commencez à faire du chantage. Je n'ai rien à vous dire. » Korten aurait dû raccrocher à ce moment-là. Mais il ne l'a pas fait. Mixkey a continué.

« L'époque est finie, monsieur Korten, où il suffisait d'un contact avec la SS et d'un uniforme SS pour envoyer les gens là où vous vouliez les avoir, en Suisse ou au bout d'une corde. » Mixkey a raccroché. Je l'ai entendu respirer profondément. La musique a démarré. *And the race is on and it looks like heartache and the winner loses all.*

J'ai éteint l'appareil et je me suis arrêté sur le bas-côté. La cassette du cabriolet de Mixkey. Je l'avais tout simplement oubliée.

16

Tout cela pour faire carrière ?

Cette nuit-là, je n'ai pas pu dormir. À six heures du matin, j'ai renoncé et j'ai commencé à installer le sapin et à le décorer. La veille, j'avais écouté et réécouté la cassette de Mixkey. J'avais été incapable de mettre de l'ordre dans mes idées.

J'ai mis à tremper dans de l'eau savonneuse les trente boîtes de sardines que j'avais amassées. Elles ne devaient plus sentir le poisson le jour de Noël. Accoudé sur le bord de l'évier, je les ai regardées couler au fond. Certaines avaient le couvercle arraché. Je le recollerais.

Était-ce donc Korten qui avait fait en sorte que Weinstein trouve les documents dans le bureau de Tyberg et qu'il le dénonce ? J'aurais pu me rendre compte, au moment où Tyberg m'avait raconté l'histoire, que les seuls à connaître la cachette étaient lui-même, Dohmke et Korten. Non, Weinstein n'était pas tombé par hasard sur ces documents, contrairement à ce que Tyberg avait affirmé. Ils lui avaient donné l'ordre de trouver ces documents dans le bureau. C'est cela que madame Hirsch avait dit. Peut-être que Weinstein n'avait jamais vu ces documents ; après tout, l'important n'était pas la découverte en elle-même, mais son témoignage.

Lorsque le jour s'est levé, je suis allé sur le balcon pour faire entrer le pied du douglas dans son support. J'ai dû le scier et le tailler à la hache. La pointe de l'arbre était trop longue ; je l'ai coupée, mais en faisant en sorte de pouvoir la replanter sur l'arbre avec une aiguille à coudre. J'ai ensuite mis l'arbre à sa place habituelle dans le salon.

Pourquoi ? Tout cela pour faire carrière ? Il est vrai que Korten n'aurait pas pu se distinguer à ce point si Tyberg et Dohmke étaient restés. Tyberg avait dit que les années d'après le procès avaient été la base de son ascension. Et la libération de Tyberg avait été pour Korten une sorte de caution. Cela avait d'ailleurs marché. Quand Tyberg est devenu directeur général de la RCW, Korten s'est trouvé propulsé à une hauteur vertigineuse.

C'était un complot, dans lequel j'avais joué l'idiot de service. Préparé et exécuté par mon ami et beau-frère. Que j'avais été heureux de ne pas avoir à impliquer dans le procès. Il m'avait utilisé de façon magistrale. J'ai pensé à notre conversation d'après l'emménagement rue de la Gare. J'ai pensé aux dernières discussions que nous avons eues, dans le salon bleu et sur la terrasse de sa maison. Moi, la bonne âme.

Je n'avais plus de cigarettes. Cela ne m'était plus arrivé depuis des années. J'ai mis mon paletot et mes galoches, j'ai attrapé la médaille de saint Christophe de la voiture de Mixkey, puis je suis allé à la gare avant de passer chez Judith. C'était la fin de la matinée. Elle m'a ouvert en robe de chambre.

« Qu'est-ce qui t'arrive, Gerd ? » Elle m'a regardé d'un air effrayé. « Viens, monte, je viens justement de faire du café.

— J'ai l'air si affreux ? Non, je ne monte pas, je suis en train de décorer mon arbre de Noël. Je voulais t'apporter le saint Christophe. Je n'ai pas besoin de te dire où je l'ai pris, je l'avais oublié et je viens seulement de le retrouver. »

Elle a pris la médaille et s'est appuyée contre le montant de la porte. Elle luttait contre les larmes.

« Dis-moi encore une chose, Judith, est-ce que tu te souviens si Peter est parti en voyage pour deux ou trois jours au cours des semaines entre l'affaire du cimetière et sa mort ?

— Quoi ? » Elle ne m'avait pas écouté, j'ai donc répété ma question.

« Parti ? Oui, pourquoi ?

— Sais-tu où ?

— Dans le Sud, m'a-t-il dit. Pour se retrouver, parce que toutes ces histoires étaient trop pour lui. Pourquoi me poses-tu cette question ?

— Je me suis demandé si ce n'est pas lui qui est allé voir Tyberg dans le rôle du reporter du *Zeit*.

— Tu veux dire à la recherche de documents susceptibles d'être utilisés contre la RCW ? » Elle a réfléchi un instant. « Ce serait son genre. Mais si l'on en croit le récit que Tyberg a fait de la visite, il n'y avait rien à trouver. » Elle a resserré sa robe de chambre en frissonnant. « Tu ne veux vraiment pas de café ?

— Je te donne des nouvelles bientôt, Judith. » Je suis rentré chez moi.

Cela collait. Un Mixkey au comble du désespoir avait

essayé de retourner contre Korten l'hymne à l'honnêteté et à la résistance que lui chantait Tyberg. Intuitivement, il avait mieux entendu que nous toutes les dissonances, le lien avec la SS, le sauvetage de Tyberg, mais pas de Dohmke. Il ne se doutait pas combien il était près de la vérité et combien Korten commençait à le sentir. Pas seulement sentir – ces enquêtes obstinées étaient une véritable menace.

Pourquoi cela ne m'avait pas sauté aux yeux ? S'il a été si facile de sauver Tyberg, pourquoi Korten n'a pas fait sortir Dohmke deux jours plus tôt quand il vivait encore ? Pour la caution dont il avait besoin, une seule personne suffisait, et Tyberg, le directeur du groupe de recherche, était plus intéressant que Dohmke, simple collaborateur.

J'ai enlevé mes galoches et les ai tapées l'une contre l'autre pour en faire tomber la neige. La cage d'escalier sentait la viande marinée. J'avais oublié de faire les courses la veille et je n'ai pu me faire que deux œufs sur le plat. J'ai cassé le troisième œuf qui me restait dans la gamelle de Turbo. Il avait beaucoup souffert, ces derniers jours, avec l'odeur des sardines.

L'homme de la SS qui avait aidé Korten à libérer Tyberg n'était autre que Schmalz. C'est avec le soutien de Schmalz que Korten avait fait pression sur Weinstein. C'est pour Korten que Schmalz avait tué Mixkey.

J'ai rincé les boîtes de sardines à l'eau chaude et je les ai séchées. J'ai recollé les couvercles qui s'étaient détachés. J'ai fait passer le fil de laine vert auquel je comptais les accrocher tantôt par l'escargot formé par le couvercle ouvert, tantôt par l'anneau servant à ouvrir les boîtes, tantôt à la base du couvercle encore attaché à la boîte. Dès qu'une boîte était prête, je lui cherchais une bonne place sur l'arbre ; les grandes en bas, les petites en haut.

Mais il ne servait à rien de me raconter des histoires. Je me fichais royalement de mon arbre de Noël. Pourquoi Korten avait-il laissé Weinstein en vie, alors qu'il savait tout ? Sans doute n'avait-il aucun pouvoir à la SS : il pouvait tout au plus manipuler et commander Schmalz, l'officier SS de l'entreprise. Il n'avait pas pu faire en sorte que Weinstein, de retour au camp de concentration, y soit exterminé, mais il avait pu compter avec cette probabilité. Et après la guerre ? Même si Korten avait appris que Weinstein avait survécu, il pouvait tabler sur le fait que, lorsqu'on a joué le rôle qui avait été celui de Weinstein, on préfère ne plus trop se montrer en public.

Du coup, les dernières paroles de Schmalz sur son lit de mort, celles que la veuve m'avait rapportées, prenaient un sens. Il avait voulu prévenir son maître et souverain de l'existence de cette trace que lui-même, en raison de son état physique, n'avait plus pu effacer. Korten avait admirablement su rendre cet homme dépendant de lui ! Le jeune universitaire de bonne famille, l'officier SS de condition modeste, de grands défis et de grandes tâches, deux hommes au service de l'entreprise, mais chacun à sa place. Je pouvais très bien m'imaginer comment les choses s'étaient passées entre eux. Qui, mieux que moi, savait combien Korten pouvait être convaincant et séducteur ?

L'arbre de Noël était décoré. J'y avais accroché trente boîtes de sardines et fixé trente bougies. Une des boîtes de sardines, pendue dans le sens de la longueur, était ovale et me faisait penser à l'aura dont on entoure parfois la tête de la Sainte Vierge. Je suis descendu à la cave pour prendre, dans le carton des décorations de Noël de Klara, la petite Madone élancée vêtue de son manteau bleu. Elle entrait parfaitement dans la boîte.

17

Je savais ce qu'il me restait à faire

La nuit suivante, je n'ai pas pu dormir non plus. De temps en temps, je m'assoupissais pendant un bref moment et je rêvais : je revoyais l'exécution de Dohmke, la prestation de Korten pendant le procès, mon plongeon dans le Rhin (dans mon rêve, je n'en ressortais pas) ; Judith en robe de chambre, luttant contre les larmes, adossée contre le dormant de la porte ; le vieux Schmalz, carré et massif, qui dans le parc Bismarck à Heidelberg descend du socle du monument pour venir à ma rencontre ; le match de tennis avec Mixkey, où un petit garçon aux traits de Korten et portant l'uniforme des SS fait le ramasseur de balles ; mon interrogatoire de Weinstein et Korten qui me répète sans arrêt : « Selb, la bonne âme, la bonne âme, la bonne âme... »

À cinq heures, je me suis préparé une infusion à la camomille et j'ai essayé de lire, mais je n'arrivais pas à me calmer. Mes pensées continuaient à tourner. Comment Korten avait-il pu faire cela, pourquoi m'étais-je laissé utiliser, pourquoi mon aveuglement, que se passerait-il maintenant ? Korten avait-il peur ? Étais-je en dette à l'égard de quelqu'un ? Y avait-il quelqu'un à qui je pourrais tout raconter ?

Nägelsbach ? Tyberg ? Judith ? Devais-je aller voir les journaux ? Que faire avec ma culpabilité ?

Pendant longtemps ces pensées ont tournoyé de plus en plus vite dans mon cerveau. Quand leur vitesse est devenue quasiment folle, elles ont éclaté et ont aussitôt recomposé une autre image. Je savais ce qu'il me restait à faire.

À neuf heures, j'ai appelé madame Schlemihl. À la fin de la semaine Korten était parti dans sa maison en Bretagne où, comme tous les ans, il passait avec sa femme la semaine de Noël. J'ai retrouvé la carte qu'il m'avait envoyée l'année précédente. Elle montrait une propriété imposante en granit gris, au toit pentu, aux volets rouges dont les lattes étaient assemblées par un z à l'envers. À côté de la maison, une éolienne ; derrière, la mer qui s'étendait. J'ai regardé les horaires, un train me conduirait à la gare de l'Est, à Paris, vers cinq heures de l'après-midi. Il me fallait me dépêcher. J'ai changé la caisse de Turbo, je lui ai déposé une bonne dose de croquettes dans sa gamelle et j'ai préparé mon sac. J'ai couru à la gare changer de l'argent et prendre un billet de seconde. Le train était plein. Je n'ai plus trouvé de place dans le wagon pour Paris. J'ai donc dû changer de wagon à Sarrebruck. Le train est resté plein. Des soldats bruyants en permission pour Noël, des étudiants, des commerciaux qui avaient fini leur travail tardivement.

La neige des dernières semaines avait complètement fondu, un paysage sale vert-brun défilait devant moi. Le ciel était gris, parfois je pouvais voir le disque pâle du soleil derrière les nuages. J'ai essayé de comprendre pourquoi Korten craignait les révélations de Mixkey. D'un point de vue pénal, on pouvait l'accuser pour le meurtre de Dohmke, non prescrit, imprescriptible. Et même s'il était relâché, faute de preuves, son existence sociale et son mythe seraient détruits.

Gare de l'Est, j'ai loué une de ces voitures moyennes qui se ressemblent toutes, quelle que soit la marque. J'ai laissé la voiture encore quelque temps chez le loueur pour faire un tour dans la ville fiévreuse et haletante à cette heure de la soirée. Devant la gare, il y avait un immense arbre de Noël qui donnait autant une sensation de fêtes de fin d'année que la tour Eiffel. Il était cinq heures et demie, j'avais faim. La plupart des restaurants étaient encore fermés. J'ai trouvé une brasserie à mon goût, apparemment ouverte vingt-quatre heures sur vingt-quatre. Le garçon m'a indiqué une petite table au milieu de cinq autres mangeurs précoces. Tous dégustaient une choucroute avec du porc bouilli et des saucisses. J'ai pris la même chose. Pour accompagner mon plat, j'ai pris une demi-riesling d'Alsace. En un rien de temps, on a déposé sur ma table le seau d'eau glacée et une corbeille à pain. Il y a des jours où j'aime bien l'ambiance des brasseries, des pubs de bière et autres. Pas ce jour-là. J'ai fait vite. J'ai pris une chambre dans l'hôtel le plus proche en demandant qu'on me réveille quatre heures plus tard.

J'ai dormi comme une souche. Quand la sonnerie du téléphone m'a réveillé, j'ai d'abord été incapable de me rappeler où j'étais. Je n'avais pas ouvert les volets et le bruit du boulevard était très assourdi. J'ai pris une douche, je me suis brossé les dents, rasé, et j'ai réglé ma note. Avant de regagner la gare de l'Est, j'ai pris un expresso. Je m'en suis fait verser cinq autres dans ma bouteille Thermos. Je n'avais presque plus de Sweet Afton. J'ai racheté une cartouche de Chesterfield.

J'avais prévu six heures pour aller à Tréfeuntec. Mais j'ai déjà mis une heure pour sortir de Paris et trouver l'autoroute de Rennes. Il n'y avait pas beaucoup de voitures, le trajet était monotone. C'est à ce moment-là seulement que j'ai remarqué à quel point il faisait doux. Noël au balcon, Pâques aux tisons. De temps en temps, je franchissais un péage. Je ne savais jamais s'il fallait payer ou prendre un ticket. Je me suis arrêté une fois pour faire le plein. J'ai été surpris par le prix de l'essence. Les lumières des villages se faisaient de plus en plus rares, je me suis demandé si c'était à cause de l'heure ou parce que la région était moins peuplée. Au début j'étais content d'avoir la radio. Mais quand j'ai entendu pour la troisième fois la chanson de l'*angel* qui traverse le *room,* j'ai éteint. Parfois le revêtement de l'autoroute changeait, et mes pneus changeaient de chanson. À trois heures, juste après Rennes, j'ai failli m'endormir ; en tout cas, je me suis mis à voir apparaître des gens traversant devant moi l'autoroute. J'ai ouvert les fenêtres, me suis arrêté sur l'aire suivante, j'ai bu la bouteille de Thermos et fait dix génuflexions.

Après être reparti, j'ai pensé au rôle de Korten dans le procès. Il avait joué gros. Son témoignage ne devait pas sauver réellement Dohmke et Tyberg, mais devait donner l'impression d'avoir ce but sans pour autant le mettre personnellement en danger. Il s'en est fallu de peu pour que Södelknecht l'arrête. Comment Korten s'était-il senti à ce moment-là ? Sûr de lui et souverain parce qu'il arrivait à duper tout le monde ? Non, il n'a pas dû avoir beaucoup de remords. Mes anciens collègues m'avaient appris qu'il fallait deux choses pour venir à bout du passé : du cynisme et le sentiment d'avoir toujours eu raison et d'avoir accompli son devoir. Est-ce que, pour Korten aussi, l'affaire Tyberg avait servi, rétrospectivement, à améliorer l'image de marque de la RCW ?

En laissant derrière moi les maisons de Carhaix-Plouguer, j'ai vu dans mon rétroviseur les premières lueurs de l'aube. Il restait soixante-dix kilomètres avant Tréfeuntec. Le bar et la boulangerie de Plonévez-Porzay étaient déjà ouverts ; j'ai pris deux croissants et un café au lait. À huit heures moins le quart, j'étais devant la baie de Tréfeuntec. J'avais engagé la voiture sur la partie dure et encore mouillée de la plage. Sous le ciel gris, la mer grise avançait sur moi. À gauche et à droite de la baie, les vagues se brisaient contre les rochers de la côte abrupte. Il faisait plus doux encore qu'à Paris, malgré le fort vent d'ouest qui faisait défiler les nuages à toute allure. Les mouettes se laissaient emporter par ce vent avant de piquer en criant vers la surface de l'eau.

Je me suis mis à la recherche de la maison de Korten. Je suis retourné un peu vers l'arrière-pays pour gagner par un chemin de campagne la falaise au nord. Rochers et petites baies s'étendaient à perte de vue. Au loin, j'ai vu une forme qui pouvait être aussi bien un château d'eau qu'une grande éolienne. J'ai garé la voiture derrière un appentis à moitié détruit par le vent et je suis parti en direction de cette espèce de tour.

Avant même que je ne voie Korten, ses teckels m'avaient flairé. Ils sont venus de loin à ma rencontre, en aboyant Puis je l'ai vu surgir du contrebas. Nous n'étions pas très loin l'un de l'autre, mais une petite baie que nous devions contourner nous séparait. Nous avons marché l'un vers l'autre sur l'étroit sentier qui longe la côte, tout en haut.

18

De vieux amis comme toi et moi

« Tu n'as pas bonne mine, mon cher Selb. Quelques jours de repos ici te feront du bien. Je ne t'attendais pas si tôt. Allons marcher un peu. Helga prépare le petit déjeuner pour neuf heures. Elle sera contente de te voir. » Korten m'a pris par le bras. Il comptait m'emmener avec lui. Il portait un loden léger et avait l'air détendu.

« Je sais tout, maintenant », lui ai-je dit en reculant. Il m'a scruté un instant, puis il a compris.

« Ce n'est pas facile pour toi, Gerd. Ce n'était pas non plus facile pour moi ; j'étais content de ne pas avoir à charger quelqu'un. »

Je l'ai regardé fixement, sans rien dire. Il s'est de nouveau approché et m'a pris par le bras pour m'entraîner sur le chemin. « Tu penses qu'il s'agissait de ma carrière. Non, il était capital dans ce bordel des dernières années de la guerre d'établir clairement où étaient les responsabilités, de prendre des décisions sans appel. Notre groupe de recherche aurait eu du mal à poursuivre son travail. Le fait que Dohmke se soit lui-même mis sur la touche – je l'ai regretté, à cette époque. Mais il y en avait tellement, des gens mieux que lui, qui ont dû y laisser leur peau. Mixkey aussi avait le choix et il a risqué sa vie. » Il s'est arrêté pour me tenir par les épaules. « Comprends-moi donc, Gerd. L'entreprise avait besoin de moi tel que je suis devenu lors de ces années difficiles. J'ai toujours eu une grande estime pour le vieux Schmalz qui, aussi simple qu'il était, a toujours compris la complexité de la situation.

— Tu dois être fou. Tu as assassiné deux hommes et tu en parles comme… comme…

— Ah, quels grands mots tu emploies. Est-ce moi qui ai tué ? Ou était-ce le juge, ou le bourreau ? Le vieux Schmalz ? Et qui a mené l'enquête contre Tyberg et Dohmke ? Qui a tendu le piège dans lequel Mixkey est tombé ? Nous sommes tous impliqués, tous, et nous devons nous rendre à l'évidence, l'accepter et faire notre devoir. »

Je me suis dégagé. « Impliqués ? Peut-être le sommes-nous tous, mais c'est toi qui as tissé les fils, toi seul ! » Je criais, tourné vers son visage impassible.

Il s'est arrêté à son tour. « Mais c'est une croyance d'enfant – c'était lui, c'était lui ! Et même quand nous étions enfants, nous ne le croyions pas vraiment, nous savions très bien que nous étions tous de la partie quand nous chahutions un prof, quand nous nous moquions d'un autre élève ou quand nous trichions au jeu. » Il parlait de façon très concentrée, patient, édifiant, j'en avais la tête tout embrouillée. C'est avec cette technique-là aussi que j'avais dissipé mon sentiment de culpabilité, année après année.

Korten continuait à parler. « Mais d'accord – c'était moi. Si tu en as besoin – je le prends sur moi. Que penses-tu de ce qui se serait passé si Mixkey avait déballé toute cette affaire, s'il était allé voir la presse ? Il ne suffit pas de remplacer l'ancien patron par un nouveau pour que les choses continuent. Je ne te parle pas du bruit qu'aurait fait son histoire aux USA, en Angleterre et en France, ni de la concurrence qui nous oblige à lutter pour le moindre centimètre, ni des emplois détruits, ou de ce que signifie aujourd'hui le chômage. La RCW est un grand navire très lourd qui, malgré sa taille, se fraie un chemin dans la glace à une allure dangereuse. Si le capitaine s'en va ou si l'on ne tient plus le gouvernail, le vaisseau échoue et se brise. C'est pour cela que j'assume tout.

— Le meurtre ?

— Aurais-je dû l'acheter ? Le risque était trop grand. Et ne me raconte pas qu'aucun risque n'est trop grand lorsqu'il s'agit de sauver une vie. Ce n'est pas vrai, pense aux morts sur les routes, aux accidents de travail, aux tirs meurtriers de la police. Pense à la lutte contre le terrorisme où la police a tué autant de personnes par mégarde que les terroristes intentionnellement. Il faudrait capituler pour cela ?

— Et Dohmke ? » Je me suis soudain senti vide. Je nous voyais là, en train de parler, comme si l'on passait un film en coupant le son. Sous les nuages gris, la côte abrupte, l'écume sale, le petit sentier et les champs derrière – les mains gesticulent, les bouches remuent, mais la scène est muette. J'avais envie d'être très loin d'ici.

« Dohmke ? Je n'ai plus rien à en dire. Le fait que les années 1933 à 1945 restent dans l'oubli est le socle sur lequel repose notre État. Bien sûr, il fallait et il faut sans doute faire un peu de cinéma, avec des procès et des jugements. Mais il n'y a pas eu en 1945 une Nuit des longs couteaux, ce qui aurait été la seule possibilité de régler définitivement les comptes. Cela a définitivement scellé les fondations. Cela ne te satisfait pas ? Alors, d'accord, Dohmke n'était pas fiable, il était imprévisible, c'était peut-être un chimiste de talent, mais, par ailleurs, un dilettante qui n'aurait pas survécu plus de deux jours s'il avait été au front. »

Nous avons continué. Il n'avait pu s'empêcher de me prendre de nouveau le bras ; quand il a repris sa marche, je suis resté à côté de lui. « Le destin peut tenir ce discours, Ferdinand, mais pas toi. Des navires qui tracent leur route, des fondations immuables, des histoires embrouillées où nous ne sommes que des marionnettes au bout de leurs ficelles – ce que tu peux me raconter sur les forces et les puissances de la vie ne change rien au fait que toi, Ferdinand Korten, toi seul…

— Destin ? » Pour le coup il s'est emporté. « Nous sommes notre destin, et je ne me décharge pas sur quelque force ou puissance que ce soit. C'est toi qui ne fais pas les choses complètement, ou bien tu ne les fais pas du tout. Mettre Dohmke et Mixkey dans le pétrin, ça oui ! Mais le jour où la chose qui doit se produire se produit, tu commences à avoir des scrupules, et tu ne veux pas avoir vu ce que tu as vu ni être celui que tu as été. »

Il a continué à marcher d'un pas entêté. Le chemin était de plus en plus étroit ; je l'ai suivi, à gauche la côte, à droite un mur. Derrière les murs, les champs. « Pourquoi es-tu venu ? » Il s'est retourné. « Pour voir si je vais te tuer, toi aussi ? Te précipiter dans le vide ? À cinquante mètres en dessous de nous, la mer écumait.

« Pour les rendre à la vie ? a-t-il dit d'un ton sarcastique. Parce que toi… le criminel veut jouer au juge, c'est ça ? Tu te sens manipulé et innocent ? Que serais-tu sans moi, qu'aurais-tu été avant 1945 sans ma sœur et mes parents, et ensuite sans mon aide ? Jette-toi donc dans le vide toi-même si tu n'en peux plus. »

Sa voix s'est brisée. Je l'ai regardé droit dans les yeux. Puis le rictus que je lui connaissais et que j'aimais depuis notre plus jeune âge est apparu. C'est ce rictus-là qui m'avait incité à participer à des coups, incité à en sortir, un rictus intuitif, séducteur, magistral. « Gerd, écoute-moi, c'est de la folie. Deux vieux amis comme toi et moi… Viens, allons prendre le petit déjeuner. Je sens le café d'ici. » Il a sifflé ses chiens.

« Non, Ferdinand. » Il m'a regardé avec un étonnement sans bornes lorsque je lui ai donné de mes deux mains un coup sur la poitrine, qu'il a perdu l'équilibre et qu'il est tombé, avec son manteau battant autour de lui. Je n'ai pas entendu de cri. Il s'est fracassé sur un écueil avant que la mer ne l'emporte.

19

Un paquet de Rio

Les chiens m'ont suivi jusqu'à la voiture, puis à côté de celle-ci jusqu'au sortir du chemin de campagne en aboyant joyeusement. Je tremblais de tout mon corps et, en même temps, je ne m'étais plus senti aussi léger depuis longtemps. J'ai croisé un tracteur. Le fermier m'a regardé. Aurait-il vu du haut de son engin que j'avais précipité Korten dans la mort ? Je ne m'étais pas posé de questions sur d'éventuels témoins. J'ai regardé en arrière ; un autre tracteur traçait ses sillons dans un champ et j'ai dépassé deux enfants à vélo. Je roulais en direction de l'ouest. À la Pointe du Raz, je me suis demandé si je ne préférais pas rester ici, à l'étranger, pour passer des fêtes de Noël anonymes. Mais je n'ai pas trouvé d'hôtel et la côte était la même qu'à Tréfeuntec. J'ai fait demi-tour pour rentrer. À Quimper, j'ai été contrôlé par la police. J'avais beau me dire que c'était un endroit très improbable pour chercher le meurtrier de Korten, il n'empêche que j'ai eu peur dans cette file de voitures en attendant que le policier me fasse signe de continuer.

À Paris, j'ai attrapé le train de vingt-trois heures, il était vide ; j'ai pu avoir une couchette sans problème. Le jour de Noël, vers huit heures, j'étais dans mon appartement. Turbo m'a accueilli d'un air boudeur. Madame Weiland avait posé sur mon bureau le courrier de Noël. À côté des meilleurs vœux commerciaux, j'ai trouvé une carte de Vera Müller, une invitation de Korten à passer le Nouvel An chez lui et Helga en Bretagne et un paquet contenant une tunique indienne, envoyé de Rio par Brigitte. Je m'en suis servi comme chemise de nuit et me suis couché. À onze heures et demie, le téléphone a sonné.

« Joyeux Noël, Gerd. Où étais-tu passé ?

— Brigitte ! Joyeux Noël. » J'étais content de l'entendre mais j'avais du noir devant les yeux tant j'étais fatigué et épuisé.

« Espèce de mufle, tu n'es pas content ? Je suis de retour. »

J'ai fait un effort. « Eh bien, ça alors. C'est formidable. Depuis quand ?

— Je suis arrivée hier matin et depuis je cherche à te joindre. Où est-ce que tu étais fourré ? » Il y avait de la réprobation dans sa voix.

« Je n'avais pas envie d'être là pour le soir de Noël. J'ai eu un coup de cafard.

— Veux-tu venir manger un bœuf à la crème avec nous ? Il est en train de mijoter.

— Oui… Qui d'autre vient ?

— Je suis venue avec Manu. Oh… je suis tellement contente de te revoir. » Elle m'a embrassé dans le téléphone.

« Moi aussi. » Je lui ai rendu son baiser.

J'étais dans mon lit et j'ai retrouvé le présent, mon monde à moi, un monde dans lequel le destin n'envoie pas de navires et ne demande pas aux marionnettes de danser, un monde où l'on ne construit pas de fondations et où il n'y a pas d'histoire.

L'édition de Noël du *Süddeutsche Zeitung* était à côté du lit. On y dressait un bilan des accidents par empoisonnement dans l'industrie chimique. Je ne l'ai pas lue longtemps.

La mort de Korten n'avait pas amélioré le monde. Qu'avais-je fait ? Étais-je venu à bout de mon passé ? Définitivement ?

Je suis arrivé bien trop tard au déjeuner.

20

D'où le nom Opodeldoc !

Aucune information n'a paru sur la mort de Korten, ni le jour de Noël, ni le lendemain. Parfois j'avais peur. Quand on sonnait à la porte, il m'arrivait de sursauter ; je m'attendais à voir la police se ruer sur moi. Lorsque j'étais bien dans les bras de Brigitte, bienheureux sous ses baisers, je me demandais quelquefois avec angoisse si cela allait être notre dernière rencontre. À d'autres moments, j'imaginais la scène où je vidais mon sac devant Herzog. À moins que je ne veuille faire ma déposition devant Nägelsbach ?

Mais le plus souvent, j'étais d'un calme fataliste et j'ai savouré ces journées entre les deux années, y compris celle où je suis allé prendre le café chez Schmalz pour y goûter le sablé aux pistaches. J'aimais bien le petit Manuel. Il s'efforçait courageusement de parler allemand, réagissait sans jalousie à ma présence dans la salle de bains le matin et espérait tous les jours qu'il neige. Au début, nous faisions nos excursions à trois, la visite dans le parc des contes, sur le Königstuhl, et celle du planétarium. Puis nous sommes partis tous les deux, lui et moi. Il aimait tout autant le cinéma que moi. Lorsque nous sommes sortis de *L'Unique*

Témoin nous avions tous les deux les larmes aux yeux. Dans *Splash* il n'a pas compris pourquoi l'ondine aimait ce type qui était méchant avec elle – je ne lui ai pas dit que c'est toujours comme cela. Au « Kleiner Rosengarten » il a tout de suite percé le jeu entre Giovanni et moi et il s'est joint à nous. Après quoi, il a été difficile de lui apprendre une phrase correcte. En rentrant à la maison après avoir patiné, il a pris ma main et m'a demandé : « Toi toujours chez nous quand je reviens ? »

Brigitte et Juan avaient décidé que Manuel fréquenterait le lycée à Mannheim à partir de la rentrée prochaine. Est-ce que je serai en prison l'automne prochain ? Et sinon, est-ce que Brigitte et moi resterions ensemble ?

« Je ne sais pas encore, Manuel. Mais, en tout cas, on ira au cinéma ensemble. »

Les journées ont passé sans que Korten fasse les gros titres, soit avec sa mort, soit avec sa disparition. Il y avait des moments où je souhaitais que cette affaire se termine, d'une façon ou d'une autre. L'instant d'après, je me réjouissais du temps qu'il me restait. Le troisième jour de la semaine de Noël, Philipp m'a appelé. Il se plaignait de ne pas encore avoir vu mon arbre. « Où étais-tu passé ces derniers jours ? »

C'est là que j'ai eu l'idée de faire une fête pour le Nouvel An. « J'ai quelque chose à célébrer, lui ai-je dit. Viens chez moi pour le réveillon, je donne une fête.

— Veux-tu que je t'amène quelque chose de palpable de Taïwan ?

— Inutile, Brigitte est de retour.

— D'où le nom Opodeldoc ! Mais moi j'ai le droit de m'amener quelque chose ? »

Brigitte avait entendu ce que je disais. « Fête ? Quelle fête ?

— Nous allons fêter le Nouvel An avec tes amis et les miens. Qui veux-tu inviter ? »

Le samedi après-midi, je suis passé voir Judith. Elle était en train de faire ses valises. Dimanche, elle voulait partir pour Locarno, Tyberg comptait l'introduire dans la société tessinoise à Ascona le 31. « C'est gentil de passer, Gerd, mais je suis très pressée. C'est important, ça ne peut pas attendre ? Je serai de retour fin janvier. » Elle m'a montré ses valises pleines et ouvertes, deux grands cartons de déménagement et les vêtements étalés partout. J'ai reconnu le chemisier de soie qu'elle avait porté le jour où elle m'avait accompagné jusqu'au bureau de Firner. Le bouton manquait toujours. « Je peux te dire la vérité maintenant sur la mort de Mixkey. »

Elle s'est assise sur une valise et s'est allumé une cigarette. « Oui ? »

Elle m'a écouté sans m'interrompre. Quand j'ai eu terminé, elle m'a demandé : « Et que se passera-t-il pour Korten ? »

J'avais craint qu'elle ne me pose cette question. C'est pourquoi je m'étais longtemps demandé si je ne devais pas aller la voir qu'après l'annonce de la mort de Korten. Or, je ne devais pas me laisser dicter mon comportement par cette mort et, sans elle, il n'y avait aucune raison de taire plus longuement l'issue de cette affaire. « Je vais essayer de confondre Korten. Début janvier, il rentrera de Bretagne.

— Mais Gerd, tu ne crois tout de même pas que Korten va s'effondrer et passer aux aveux ?

— Crois-tu que c'est la police qui va le confondre ? »

Discuter de l'avenir de Korten me répugnait.

Judith a repris une deuxième cigarette pour la rouler entre ses doigts. Elle avait l'air triste, exténuée par les incertitudes sur la mort de Peter, énervée aussi, comme si elle voulait, enfin, laisser tout cela derrière elle. « Je vais en parler à Tyberg. Tu n'as rien contre ? »

Dans la nuit j'ai rêvé que Herzog me faisait subir un interrogatoire. « Pourquoi n'êtes-vous pas allé à la police ?

— Qu'est-ce que la police aurait pu faire ?

— Oh, nous avons aujourd'hui des possibilités impressionnantes. Venez, je vais vous les montrer. » Après avoir traversé de longs couloirs et monté de nombreux escaliers, nous sommes arrivés dans une pièce que j'avais déjà vue dans les châteaux médiévaux, avec des tenailles, des fers, des masques, des chaînes, des fouets, des sangles et des aiguilles. Dans la cheminée brûlait un feu d'enfer. Herzog m'a montré le lit d'écartèlement. « Ici, nous n'aurions pas eu de mal à le faire parler. Pourquoi n'avez-vous pas fait confiance à la police ? Maintenant c'est à vous de vous y allonger. » Je ne me suis pas défendu et on m'a sanglé. Dès que j'ai été immobilisé, j'ai été pris de panique. J'ai dû crier avant de me réveiller. Brigitte avait allumé la petite lampe de chevet et me regardait d'un air inquiet.

« Tout va bien, Gerd. Personne ne te veut de mal. »

J'ai gigoté pour me libérer des draps qui me retenaient. « Mon Dieu, quel rêve.

— Raconte, après, ça ira mieux. »

Je n'ai pas voulu, ce qui l'a vexée. « Je me rends bien

compte, Gerd, que quelque chose ne tourne pas rond chez toi, ces derniers temps. Parfois, tu es totalement absent. »

Je me suis blotti contre elle. « Cela passera, Brigitte. Cela n'a rien à voir avec toi. Aie un peu de patience avec le vieil homme que je suis. »

C'est seulement le 31 décembre que les médias ont parlé de la mort de Korten. Un accident tragique s'était produit dans sa maison de vacances en Bretagne le jour de Noël, il avait fait une chute de la falaise en se promenant. Les informations que la presse et la radio avaient réunies pour ses soixante-dix ans servaient maintenant à sa nécrologie et aux éloges funèbres. Avec Korten une époque s'achevait, l'époque des grands hommes de la reconstruction. L'enterrement devrait avoir lieu début janvier, en présence du président de la République, du chancelier, du ministre de l'Économie ainsi que du parlement de la Rhénanie-Palatinat au grand complet. Rien n'aurait pu arriver de mieux pour la carrière de son fils. Je serais invité en qualité de beau-frère, mais je n'irais pas. Je ne présenterais pas non plus mes condoléances à sa femme Helga.

Je ne l'enviais pas pour sa gloire. Je ne lui ai pas non plus pardonné. Tuer, c'est ne pas être forcé de pardonner.

21

Je suis désolé, monsieur Selb

Babs, Rose et Georg sont arrivés à sept heures. Brigitte et moi venions de terminer les préparatifs ; les bougies étaient allumées, nous nous étions installés avec Manuel sur le canapé pour attendre nos invités.

« La voilà donc ! » Babs a regardé Brigitte avec curiosité et bienveillance en l'embrassant sur la joue.

« Toutes mes félicitations, oncle Gerd, a dit Rose. Et, l'arbre est vraiment cool. »

Je leur ai donné leurs cadeaux. « Mais Gerd, nous avions dit que nous ne nous offririons rien cette année, a dit Babs sur un ton de reproche, tout en sortant ses paquets. C'est de la part de nous trois. » Babs et Rose m'avaient tricoté un pull-over rouge foncé dans lequel Georg avait intégré, au bon endroit, une boucle électrique avec huit petites lampes dessinant un cœur. Lorsque je l'ai mis, les petites lampes se sont mises à clignoter au rythme de mon cœur.

Les prochains à arriver étaient monsieur et madame Nägelsbach. Il était en costume noir, col amidonné et nœud papillon, un pince-nez – il était déguisé en Karl Kraus. Elle portait une robe fin-de-siècle. « Madame Gabler ? » lui ai-je demandé prudemment. Elle a fait une révérence avant de rejoindre le groupe des femmes. Monsieur Nägelsbach a regardé l'arbre d'un air désapprobateur. « Un esprit bourgeois qui n'arrive plus à se prendre au sérieux mais qui, en même temps, ne peut se déprendre… »

La sonnette n'arrêtait plus. Eberhard est arrivé avec une petite valise. « J'ai préparé quelques petits tours de prestidigitation. » Philipp, lui, est entré avec Füruzan, une infirmière turque racée et plantureuse. « Elle va nous faire la danse du ventre ! » Hadwig, une amie de Brigitte, est venue avec Jan, son fils de quatorze ans qui s'est tout de suite mis à commander Manuel.

Tout le monde s'est agglutiné autour du buffet froid dans la cuisine. Personne ne prêtait attention à la chanson de Wencke Myhre *Ne croque pas dans n'importe quelle pomme* ; Philipp avait mis les tubes de 1966.

Mon bureau était vide. Le téléphone a sonné. J'ai fermé la porte derrière moi. L'animation de la fête me parvenait très assourdie. Tous mes amis étaient là – qui pouvait bien m'appeler ?

« Oncle Gerd ? » C'était Tyberg. « Je vous souhaite une bonne année ! Judith m'a raconté et moi, j'ai lu les journaux. Il semble que vous ayez résolu le cas Korten.

— Bonjour, monsieur Tyberg. Permettez-moi de vous souhaiter également les meilleures choses pour la nouvelle année. Allez-vous écrire le chapitre sur le procès ?

— Je vous le ferai lire quand vous viendrez me faire une visite. Le printemps est beau dans cette région du Lago Maggiore.

— Je viendrai. À bientôt donc. »

Tyberg avait compris. Cela me faisait du bien d'avoir quelqu'un qui savait et qui ne me demanderait pas de comptes.

La porte s'est ouverte, mes invités me réclamaient. « Où t'es-tu caché, Gerd. Füruzan va bientôt faire sa danse du ventre. »

Nous lui avons fait de la place et Philipp a mis une ampoule rouge. Füruzan est ressortie de la salle de bains vêtue d'un voile et d'un maillot de bain deux pièces avec des paillettes. Manuel et Jan avaient les yeux exorbités. La musique a commencé, lente et plaintive, les premiers mouvements de Füruzan étaient calmes, lascifs, souples. Puis le rythme s'est accéléré. Rose a commencé à applaudir, les autres l'ont imitée. Füruzan a défait son voile, la cordelette retenue à hauteur de nombril tournait à toute allure ; le sol tremblait. Füruzan a terminé dans une pose triomphale en se jetant dans les bras de Philipp. « C'est ça, l'amour turc », a-t-il dit en riant. « Tu peux toujours rire, je t'aurai, on ne joue pas avec les femmes turques. » Elle l'a regardé d'un air fier. Je lui ai apporté mon peignoir.

« Stop, a crié Eberhard quand le public a voulu se lever. Je vous invite à assister au grand show du magicien Ebus Erus Hardabakus. » Il a fait tourner les anneaux, les a défaits, puis a reconstitué la chaîne, il a sorti des pièces de monnaie de tissus rouges qui devenaient jaunes. Manuel avait le droit de vérifier qu'il n'y avait pas de triche. Le tour avec la souris blanche n'a pas marché. En la voyant, Turbo a sauté sur la table, renversé le haut-de-forme dans lequel Eberhard l'avait fait disparaître, l'a poursuivie à travers l'appartement pour lui casser la nuque d'un air amusé derrière le réfrigérateur avant que nous ayons pu intervenir. Eberhard voulait tordre le cou à Turbo, mais Rose s'est jetée dans ses bras.

C'était le tour de Jan. Il a récité *Les pieds dans le feu* de Conrad Ferdinand Meyer. Hadwig, derrière moi, récitait en silence avec lui le poème. « À moi la vengeance, dit le Seigneur, a fini par tonner Jan.

— Remplissez vos verres et vos assiettes et revenez, a crié Babs, le show continue. » Elle a fait des messes basses avec Rose et Georg avant de transformer l'espace de danse en scène. Il fallait deviner des titres de films. Babs a gonflé ses joues, et Rose et Georg sont partis en courant. *Autant en emporte le vent,* a dit Nägelsbach. Georg et Rose se sont ensuite tapés dessus jusqu'à ce que Babs intervienne et joigne les mains de l'une et l'autre. *Kemal Atatürk en temps de guerre comme en temps de paix*! « C'est trop turc, Füruzan, a dit Philipp en lui tapotant la cuisse, mais n'est-elle pas intelligente ? »

Il était onze heures et demie et j'ai vérifié qu'il y ait bien assez de champagne dans la glace. Rose et Georg avaient pris la chaîne hi-fi sous leur contrôle et nous faisaient passer un tube après l'autre. « Un plus un font deux », chantait Hildegard Knef, et Philipp essayait de faire valser Babs dans l'étroit couloir. Les enfants ont joué à cache-cache avec le chat. Dans la salle de bains Füruzan a pris une douche après sa danse. Brigitte m'a rejoint dans la cuisine. « Une belle fête », m'a-t-elle dit en m'embrassant.

J'ai failli ne pas entendre qu'on sonnait à la porte. J'ai appuyé sur l'interphone, mais en même temps, j'ai vu derrière le verre dépoli de la porte la silhouette verte de mon visiteur déjà parvenu en haut. J'ai ouvert. Herzog était là en uniforme.

« Je suis désolé, monsieur Selb… »

C'était donc cela la fin. On dit que cela arrive juste avant l'exécution, mais, à cet instant, déjà, toutes les images de la semaine passée ont défilé à toute allure, le dernier regard de Korten, mon arrivée à Mannheim le lendemain du premier jour de Noël, les nuits avec Brigitte, la bande joyeuse autour de l'arbre. J'ai voulu dire quelque chose. Mais rien n'est sorti.

Herzog est passé devant moi pour entrer. Quelqu'un a baissé la musique. Mais mes amis ont continué à parler et à rire. Quand je me suis un peu ressaisi et que je suis retourné dans le salon, Herzog tenait un verre de vin à la main. Rose, un peu ivre, il jouait avec les boutons de son uniforme.

« Je rentrais chez moi, monsieur Selb, quand j'ai entendu par radio qu'on se plaignait à cause de votre fête. Je me suis dit que je ferais aussi bien d'y aller moi-même.

— Dépêchez-vous, a crié Brigitte, plus que deux minutes. » C'était assez pour donner un verre de champagne à chacun et faire sauter les bouchons.

Maintenant, nous sommes sur le balcon, Philipp et Eberhard allument le feu d'artifice, les cloches de toutes les églises sonnent, nous trinquons.

« Bonne année à tous ! »

DU MÊME AUTEUR

Aux Éditions Gallimard

COULEURS DE L'ADIEU, 2022 (Folio nº 7186)

OLGA, 2019 (Folio nº 6828)

LA FEMME SUR L'ESCALIER, 2016 (Folio nº 6456)

MENSONGES D'ÉTÉ, 2012 (Folio nº 5629)

LE WEEK-END, 2008 (Folio nº 5031)

VÉRIFICATIONS FAITES, 2007

LE RETOUR, 2007 (Folio nº 4703)

LA FIN DE SELB, 2003 (Folio policier nº 542)

UN HIVER À MANNHEIM, 2002 (Folio policier nº 297)

LE NŒUD GORDIEN, 2001 (Folio policier nº 438)

AMOURS EN FUITE, 2001 (Folio nº 3745)

LE LISEUR, 1996 (Folio nº 3158)

Composition : APS-ie
Impression Novoprint
à Barcelone, le 17 mai 2024
Dépôt légal : mai 2024

ISBN 978-2-07-307074-6 / Imprimé en Espagne.

632934